好山好水
水
好
好地方

嵇元 著

作家出版社

嵇元

江苏省省委机关报新华日报苏州记者站原站长、主任记者，现中国作家协会会员、江苏省散文学会理事、苏州市传统文化研究会常务副会长、西交利物浦大学校园文化与发展推进专家咨询委员会专家委员。出版有《走读苏州》《品读苏州》《本草——生活在时光柔波里》《江南风情好，菜蔬美如诗》《笔尖下的苏州》等书。

目录

序

美丽新苏州　幸福新天堂

　　流金淌银的京杭大运河贯穿南北，景色秀丽的太湖烟波浩渺，在东傍姑苏古城，从大运河西岸至太湖之畔，就是国家高新技术产业开发区。

　　这方热土，是苏州市委、市政府按照国务院"保护古城风貌，加快新区建设"的批复精神于 1990 年 11 月开发建设的，1992 年 11 月被国务院批准为国家高新技术产业开发区。苏州高新区 30 年来始终坚持创新引领，砥砺奋发，日夜兼程，从一个农业经济的区域，建设成为苏州经济发展的重要增长极，和有着"真山真水新苏州、人文美丽新天堂"美誉的新城区。

　　苏州高新区围绕重点产业，打造"2+4+X"现代产业体系，新一代信息技术和高端装备制造 2 个主导产业迈上千亿级台阶，发展医疗器械、集成电路、软件和信息技术、绿色低碳 4 个新兴产业，加强数字经济"新赛道""主赛道"布局，促进数字经济与实体经济深度融合。更让人赞叹的是，在发展现代工业的同时，这里同时是国家非物质文化遗产的苏州刺绣最重要的保护基地和规模最大的研发、生产基地……今天，商务创新、先进制造、科技生态三大特色功能片区的建设，又在快速推进中，谁来了苏州高新区，都会钦佩这里日新月异的发展。

　　高新区是产业高地，汇聚着数十万家经济主体和近 2000 家外资企业，同时这里仍然山清水秀、风物清嘉，56 座山体郁郁葱葱、京杭运河已建景观长廊、28 公里太湖岸线湖光潋滟。这里有大禹治水的传说，也有吴国历史的遗存，这里有前人治学、文人赋诗、皇帝莅临的佳话，还有革命烈士英勇斗争、洒下热血的红色史实……

沿着有轨电车观光线，尽情品鉴高新区独特之美的湖光山色，只见处处绿意、满眼风光，这里又是体现江南之美的宜居家园，这片土地正在致力建设成为太湖流域具有国际影响力的"创新智慧之城、开放共享之城、美丽人文之城"。今天走进苏州高新区，新的信息不停传来，让人振奋和憧憬：高标准规划的狮山广场项目将打造成一座开放式山水公园，重塑苏州科技文化艺术事业新地标。中科院苏州医工所、清华大学环境创新研究院等百余家大院大所落户这里，搭建的江苏省医疗器械产业园、苏州集成电路创新中心等为代表的载体平台，构建成最优创新生态体系。南京大学苏州校区正式招生，一流的科学研究和技术创新要素在这里奔涌。龙湖天街、美罗百货、金鹰广场等大型商业综合体不断升级，宜家、Costco 等国际品牌商超推陈出新，迪卡侬体育公园开门迎客，永旺梦乐城顾客盈门，虹桥品汇苏州港缤纷亮相；苏州乐园森林世界、裸心泊度假村全面拓展。姑苏八点半、地铁奇妙夜让人流连忘返。数字货币、数字红包、购房节、购车节、"五五购物节"精彩纷呈……丰富多彩的商业活动让人充实而快乐。高新区在全市率先实现义务教育集团化办学全面普及、省四星级高中全覆盖，与南京大学、上海世外教育等知名学府"强强联手"，进一步擦亮高新区教育"金字招牌"。15 分钟健康圈覆盖城乡，苏大附二院、苏州科技城医院、明基医院等高端医疗配套，让人民幸福生活指数不断攀升……苏州高新区，是美好而祥和的人间新天堂。

苏州本土作家嵇元的《走读苏州》一书，出版后印刷了 16 次，可见边走边读苏州的接地气写作方式很受读者欢迎。1990 年 11 月他曾参加过苏州高新区奠基仪式，2022 年高新区 30 周岁时，他又带领丛书编写团队以走读的方式，用真情实感记下了这片古老而又青春的土地上的风情与风景、历史与变迁，以图文并茂的形式，奉献给大家，我们相信此书在手，基本可以了解苏州高新区。

狮子山

苏州第一山

从吴宫政变到"爱之路"

大禹从太湖里牵来的山

虎丘号称吴中第一名胜，山虽不高，但在苏州人心目中，地位非常尊贵，是必游之地。20世纪80年代前，游客在虎丘的冷香阁品茶，或站在云岩寺塔往西南眺望，隔着河渠纵横、田塍如画、村落远近映带的农村风光，可以看到远处有一座山，好似一头狮子，伏在江南多彩的平畴中。但这头"狮子"又朝虎丘山回过头来，狮视眈眈的样子，这就是苏州人津津乐道的一景"狮子回头望虎丘"。无论本地人还是外地游人看了，都会觉得有趣，但又隐隐感觉到，这狮和虎，

雄伟的狮子山（高新区宣传部提供）

是不是有着仇恨呢？

中国不产狮子，国人听闻有狮子这动物大约是东汉时吧。在此之前，这山应该还有更古的名。《越绝书·吴地传》载："禹游天下，引（太）湖中柯山置之鹤阜，更名莋碓。"《水经注》卷二十九："太湖之东，吴国西十八里，有崋（上山下岭）山。俗说此山本在太湖中，禹治水，移进近吴。又东及西南有两小山，皆有石如卷筜，俗云禹所用牵山也。"

原来这狮子山在古传说中还和大禹治水有关，他老人家到今天叫苏州的这个地方，见水面多而干地少，就将太湖中的柯山，牵到了这里，用来填水。《吴郡志》还说大禹是用童男童女来牵山，并改名为莋碓山，意思是通过一个仪式，山就移成了。大禹改这个山名是什么用意，就不清楚了，估计是个古吴语的音读吧？莋碓山东和西南，有两座小山，东面那座山的石头像是卷筜，就是卷放着的竹索，现在东面的小山叫索山，大约就是这样得的名，索山下还有一水塘，如今建为索山公园；西南的小山当地人叫绣球山或球山，或许当地人想，狮在这里挺寂寞的，给它个绣球玩玩吧，就给山取了这个名字。

从太湖里移座柯山来的人，是中国第一个国家政权夏朝开国者启的老爸大禹，可见高新区这个故事的古老。这样说来，理解为狮子山是苏州第一山也许是可以的吧？

大禹牵山治水的目的，是让这一带的人可以更好地建设家园，这个壮丽的神话故事折射出那个时代的人雄伟的魄力，应该是和先民要在苏州这一带建设家园有关。如不是要在这个地方进行大规模建设、聚居，何必要改造地形？禹是越族人的祖先，这个故事隐含的信息，很可能透露的是在吴王阖闾之前的一件建城事件，所以《越绝书》说吴王（这个吴王猜想是阖闾之前的吴王）来这里后会讨厌这个越语叫"莋邑"的城名，将狮子山纳入城郭之中。

当然，狮子山周边真的成为城郭，还是在苏州高新区乘着改革开放东风，进行大规模开发建设之后。

吴王来了

伍子胥为吴国大臣时，在吴王阖闾的支持下主持建造了吴国都城，就是至今城址未移的姑苏古城（嵇元摄）

　　狮子山和吴国历史、和苏州城的开建，确实有关系。唐代古籍《吴地记》记载说，吴王僚葬在此山。

　　另一古籍《世本》则说："吴孰姑徙句吴。宋忠曰：孰姑，寿梦也。"南朝刘宋人的《史记集解》又引《世本》云："诸樊徙吴。"

　　这是一些较古书籍里的记载。这吴王寿梦，是吴国的开国之君泰伯的十九世孙，而吴王诸樊是寿梦的长子。

　　此前的吴国，不过是个小国，活动的重心在徐州到扬州和宁镇一带，从寿梦、诸樊他们父子开始，吴国的中心迁到太湖之东，但是有没有开发建设都城呢？那个时期的吴都既没有史料的明确记载，暂时也没有确凿的考古发现。

　　当时的吴国的王位，奉行兄终弟及的传承法，吴王诸樊的弟弟分别是馀祭、馀眜和季札。诸樊战死疆场后，先是馀祭、后是馀眜接位，馀眜被越国战俘刺杀后，按理应该是四弟季札继位。但季札不知出于何种考虑，不但坚决不肯继位，反而逃掉了。于是吴国的王亲大臣们商量，最后决定让馀眜的儿子僚继位为吴王。不过《公羊春秋传》说僚是寿梦的庶子，但庶出不如嫡出，继承王位同样也名不正言不顺。

反正，姬僚为吴王，诸樊的儿子姬光不乐意了。他抱怨说："使以兄弟次邪，季子当立；必以（儿）子乎，则光真嫡嗣，当立。"

他的意思很明白，四叔季札不愿意当吴王，那就应该由他当吴王。于是他私下组织起了一个忠于他的团伙，而且都是比较有才干的人，比如楚国逃来的伍子胥、吴国淮河边上的堂邑人专诸等，这个阴谋集团聚在一起商量来商量去，目的就是如何谋划夺位。

烤鱼引出的剑影饭局

公元前515年，吴国的公子姬光，请吴王姬僚品尝太湖炙鱼——这是鸿门宴的前身吧？

炙，也可理解为炮的一种古代烹饪方法，今天有人解释是松鼠鳜鱼的前身，有人理解可能后来演变成了熏鱼、爆鱼，有的说也很可能是刷调料汁的烤鱼，有的说这鱼是太湖白鱼，有的酒楼索性推出"专诸炙鱼"以招徕顾客，不一而足。其实也无须深考，因为古今调料就不一样。这太湖第一菜炙鱼的肚子里，藏着一柄专诸专用的利剑。

《史记》中说："酒既酣，公子光详（假装的意思）为足疾，入窟室中，使专诸置匕首鱼炙之腹中而进之。既至王（僚）前，专诸擘鱼，因以匕首刺王僚，王僚立死。左右亦杀专诸，王人扰乱。公子光出其伏甲以攻王僚之徒，尽灭之，遂自立为王。"

那时规矩，菜烧好了要上桌，是由厨师光身、短裤（以表示身上未藏有兵器）送菜至主客的食案上，并要亲自将鱼掰开，鱼肉归

吴王阖闾战死后埋葬于虎丘山，王陵经越王勾践、秦始皇和三国吴王孙权的三次盗掘，成为深潭，后名剑池，为姑苏一大古迹（嵇元摄）

鱼肉，鱼骨归鱼骨，以示对主客的尊敬。公子光安排将利剑藏在鱼腹中，让刺客专诸借给最尊贵客人剖鱼之机掏出短剑，以在宴会上刺杀吴王僚。光准备了甲士，但知道现场都是吴王僚的卫士，戒备森严，一定会有激烈而血腥的搏斗，所以早就准备了地下室。专诸上鱼时，公子光就躲进地下室去了。行刺过程中，宴会场所案翻簋倒、鲜血四溅、惨叫不绝，等到王僚的人都砍光了，专诸当然也被王僚卫兵杀死了，姬光才从地下室里出来，接过权柄成为新吴王。这个公子光，就是吴王阖闾。

姬僚毕竟是吴王，被杀后落葬按礼不会草率，据《吴地记》上的记载，他被葬在狮子山。

从个人好恶来说，王僚并不是一个昏君或恶人，他亲自率军参加战斗，捍卫吴国利益也不含糊。比如吴楚两个女孩子争桑，纠纷发生后，楚国出动大军，灭了吴国两个边境小城，僚大怒，派公子光

"故遂伐楚，取两都而去"。（《史记·吴太伯世家》）两都即锺离、居巢，称之为都，大概是比吴边邑大的城市吧。僚为人好像比较厚道，给公子光以军权，应该是个胸怀不太差的人。但他在位时，并没有考虑建造什么新城。

公子光登上吴王大位，史书上称呼他就叫阖闾了。他是一个有雄才大略的吴王，做的一件重要大事是命令大臣伍子胥建造新都城阖闾大城。吴都造好后，阖闾在和越国的一次战争中，受伤而死，葬在海涌山，就是今天的虎丘。

僚经这次宴会后从历史中消失，因此才有吴都阖闾大城，也就是今天姑苏古城的诞生，从此，长江三角洲地区从蛮荒走向繁盛的发展史或者说文明史，开始了新的篇章。

专诸刺王僚事件，剑光血影、恐怖吓人，但刺僚和建吴国都城这两件事，对苏州来说意义都非常重大。历史就是这样，如要再三品味是非曲直，总会让人感慨万端——而狮子山也就成了苏州众多山中一座别样的山。

狮子山：光华璀璨的文化宝库

上山三条路

狮子山的上山道有三条，山路弯弯各有韵味，有的是石阶，而且有的台阶是直接在山体上凿的；有时树荫夹道，有时山石累累，甚至有时路一侧是危崖……时有市民登此山为健身，并有人对吴国的历史感兴趣，问起王僚的陵墓。但可惜时代过去太悠远了，在狮子山上已经找不到王僚陵墓的点滴信息了。

狮子山顶的"爱之路"（苏州狮山广场发展有限公司摄）

走山路还常可见到各种摩崖刻字，颇可回味。祖籍苏州的扬州八怪之一的名画家郑板桥，题写的字是"仙人靴"，这条路是"狮头"，也就是南面的上山路，人称"仙人道"。

走不多远可以看见一口大锅似的"洗心泉"，四季有水，大旱不涸，让人称奇，崖壁上还有清道光十九年（1839）的题词，可算是古泉了吧；路上往斜里去有支径，那儿有座石佛寺，不大，但也值得一看。我已故的同事、前辈张裕庚医师曾告诉我，20世纪50年代初，他来狮子山时，山上是有古寺的，现这石佛寺是后来恢复的，不知是否延接张医师所说的古寺的法脉？再往上，崖壁上的刻字多了起来，现在称之为"狮山雅集摩崖"，有郭沫若的"中流砥柱"、林散之的"春山如画，秋水长天"、文徵明87岁时写的白居易来游此山思益寺的七律诗……

再往上有顾廷龙题词的"志士招国魂处"，那是为了纪念1903年秋，南社的朱锡梁苦闷之中约了多人登此山，竖起招魂幡举行招国魂活动这件事……

抬头往上看，有巨石在望，确实山形如狮首，石势峥嵘。走近些可以看到石上刻有成闲和尚的"吼"字、徐悲鸿的"魂兮归来"等字，这时会觉得天风浩荡——原来这里已是山之巅了。

到了山顶，就是狮首之峰。裸露的山石形状粗犷，只有一些草长在山缝里，给人山体雄壮之感。在这里极目远眺，山下已不见我小时在虎丘山上南眺时所见到的田园风光。吴国时14.5平方公里的阖闾大城也就是姑苏城，千年来算得上是江东第一大城，而今天的苏州城区，从东到西或从南到北，各连绵百里，是一气势恢宏的新城市。天风吹拂，放眼四眺，不仅让人心旷神怡，更让人胸中激情涌动，回想当年招魂什么的不过是文人的无奈之举，再看今天，百多年来，苏州——其实也是折射出中国——发生了多么巨大而深刻的变化啊。

登狮子山如果细看山体，还会发现有心人集了许多名家为景所题的字，刻在相宜的山石上，可以给游人平添许多游兴。从这里往东下山去，山路边有石平如台，刻有晚清学者俞樾所题的"状元读书台"，再走可以看到康有为题的"云溪"，吴昌硕题的"坠星岩"……这条中间的山道，人叫"云溪小径"，虽不如南面的上山路长，但一路走来遇有许多人文典故，让人不仅饶有兴趣，还会感慨这方热土上历史文化积淀的深厚。

山顶往北有段山梁很窄，宛若鲫鱼背，路两边因此竖有石柱、铁链，以保游人安全。最让人意外的是，石崖上竟刻有明代江南第一风流才子唐寅的"诗"："我画蓝江水悠悠，爱晚亭上枫叶愁。秋月溶溶照佛寺，香烟袅袅绕经楼。"这藏头诗意思是"我爱秋香"，旁边还镌刻有大字："梦里同游"，难道真是唐伯虎当年相思病重时所写的诗、真的梦中和秋香姐姐到此一游？不禁让人莞尔。从此处刻字旁边一直到山顶的许多石块上，还刻了苏东坡的"爱"、米芾的"珍爱"、文徵明的"珍重"、林散之的"相思"等字和一方"长相思"印章，这样山顶形成了一个"爱之路"，如怀着不准备深究的心态，倒也是可以让人流连的景点呢。

有姑娘、小伙在此拍照，或若有所思，或眺望山景。剑光与血影相映的宫廷流血政变往事已少人道及，倒是镌刻在山崖上的这些爱情咏叹，让来到狮子山上的俊男靓女兴趣盎然。

狮尾那边的山路，路口大石上刻有"飞雨"两字，这是北面的山路，人们就叫飞雨坡。也是另有风景，留等以后再细说吧！

山有十八景

苏州高新区宣传部副部长周皖斌赠我的《狮山》一书中介绍，狮子山有着很深厚的历史遗存，加上近年的开发，人们总结出了十八景。

狮子山十八景分别是：

狮子山巅景色（周永成摄）

狮子回头望虎丘，狮山坠星，狮山眠松，天下第五泉，状元读书处，日神土地庙，白居易吟诗处，吴王僚陵墓，何充墓，寿圣公主墓，石佛寺，思益讲寺，传诗堂，基督教堂，招国魂处，祝大椿墓，西晋地宫，苏州乐园。

据该书介绍，这十八景最早是苏州最后一位状元洪钧为其爱妾郑彩云（洪钧逝世后出门为妓改名赛金花）所总结，但他没有说全，对彩云只讲了十二景。今人补全为十八景。不过，列祝大椿墓为一景，似显牵强，苏州乐园又已经搬迁，狮山十八景如何确定还可以再讨论。比如，天镜湖，又比如苏州博物馆西馆和其他馆……都是很好的景点。第十六景由天镜湖取替祝大椿墓，应该比较合适，第十八景则可以考虑为《赵圣关》建个纪念亭或纪念馆之类。

但无论如何，"狮山十八景"之说显示了狮子山历史文化和旅游资源深厚，满山景致、美不胜收。

狮山之宝：吴歌《赵圣关》

赵圣关？有人会意外吧？近代著名长篇吴歌《赵圣关》的诞生地是狮子山，这在苏州知道的人应该并不多。

《赵圣关》这部吴歌是中国民间长叙事诗中的珍贵奇葩：一是它取材于真人真事；二是它是个悲剧，有民歌《红楼梦》之誉；三是清代江苏巡抚丁日昌在同治七年（1868）下令禁唱《赵圣关》这一"结识私情"的"淫词唱本"后，一度消失，100多年后重被发现，人们才发现这唱本是极有价值的民间文学瑰宝。

据钱杏珍老师告知，1982年时，她在苏州郊区文化馆工作，当时枫桥公社书记告诉她当地有个妇女会唱吴歌《赵圣关》。她就去采访记录了一些，回来向文化馆领导、著名民俗学者金煦先生（已故）汇报，金指示她赶快去抢救。民歌演唱者陆巧英当时已90多岁（人称赵老太），听说有人来采集她的山歌，很是兴奋，无保留地演唱。钱老师抢救到近三千行歌词，整理后由北京一出版社出版，让更多的

狮子山商务创新区非遗展示厅里的展板（嵇元摄）

人知道了这一故事。

赵圣关是清乾隆年间狮子山下的一位年轻读书人，15岁中秀才。刘府台觉得如此优秀的人才十分难得，欲将女儿嫁给他。赵圣关父亲同意了，但赵圣关不愿意娶这个"刘小姐是螃蟹精，十岁还要咬奶头，把我娘（奶妈）的奶头咬得血淋淋"的官府姑娘。他去杭州途中经过浙江嘉兴临平镇，结识了当地姑娘林二姐，两人相爱，相处了一段时间后，赵圣关回苏州准备让父母去提亲。但父亲惧怕官府，痛责赵圣关，赵圣关顶不住巨大的家庭压力生病了。林二姐闻讯赶来苏州探病，赵家的房屋一进又一进，"十重台门"总得一重一重进，留下了经典的山歌唱段"前望郎君"、"后望郎君"和"十重门"。民间文学的语言难免夸大，但多少反映出赵家也不是靠劳作为生的普通人家。

赵圣关不治身亡后，林二姐虽未过门，但感于情义，为他灵堂披麻七七四十九天，这段唱词的曲调就是著名的"哭七七"调。香港电影《三笑》中有一情节，唐伯虎追秋香追到华府，不得门而入，有合唱"到底侯门深如海，娇娥欲见费安排……"，用的就是"哭七七"调。而作曲家贺绿汀为电影《马路天使》配一插曲，也是用"哭七七"曲调编成了脍炙人口的《四季歌》。如今，《四季歌》到处传唱，几乎成为江南民歌的经典之作了。

我想，《四季歌》曲调的娘家，应该就是狮子山周边包括枫桥一带吧！

但光一"哭七七"调，那也太看轻《赵圣关》了。其他如艄公灵福唱的"十二月花名"即"卅六码头"，梅香手指八仙图唱的"八仙下凡"，艄公灵福与梅杰私会时"姐看郎来郎看姐"一段的"十看"，即流传的"十八摸"，还有二姐与圣关相会喝酒时唱的"十杯酒"等，都是民歌中比较著名的曲调。

虽然《赵圣关》流传在苏州以及上海、浙北等地，但钱杏珍老师对我说，已故俗文学家路工先生研究后告诉她，《赵圣关》是典型的苏州民歌，里面有大量关于苏州景物的描写，也反映了资本主义萌芽时期苏州青年对个人自由的追求。钱杏珍曾到狮子山下村民那里调查，不仅在赵宅前的村子里见到了赵圣关九间四隔厢的故居，还见到了他的后人。有点意外是吧？故事中赵圣关没有追求到婚姻幸福，怎么会有后人的呢？钱老师说，那可能是立嗣的后裔，不是亲生的。

现在长篇吴歌《赵圣关》作为省非物质文化遗产项目，已被狮山街道重视，以后在狮子山通过摩崖刻字或建个石亭、石坊之类，以作此山提示或纪念性景点，成为狮山十八景之一，应该是够资格的吧？

用金子量的宝地

苏州家里养着一条龙

2017年下半年，一个让苏州以及周边许多人震惊的消息传出：陪伴了大家20年的苏州乐园，将于10月31日闭园！甚至有人说："这是为什么呀，这么好的景区，难道要做房地产了吗？"反映了强烈的不舍情绪。

苏州市区的旅游，以前一向以古典园林、名胜古迹为优势旅游资源而名闻天下，但随着国家进入波澜壮阔的迅猛发展阶段，人们已不再满足于静态观赏型旅游项目，特别是孩子和青年人，面对老景点会觉得"没劲""单调"，而彼时苏州乐园的横空出世，让苏州旅游业进入新古辉映的新时代而立马活力充沛。对于高新区来讲，这个景区成功吸引了人们的眼光向苏州城西看，完全可以说，苏州乐园拉动了高新区的人气。甚至观前街上的商家也笑眯眯地私下告诉我说："嗯，有了苏州乐园，吸引了不少客人到我们这里来消费。"

因此当听说狮子山麓的苏州乐园要结束使命的消息，社会上惋惜、不理解的，占了多数。有关方面解释说，苏州乐园不是闭园，闭园的是苏州乐园的欢乐世界，同时将在高新区的大阳山建一座苏州乐园森林世界。

"噢，高新区要换新名堂给我们玩啦？蛮好、蛮好！"听到进一步解释，大家的情绪才平和下来。但人们又好奇了，欢乐世界都舍得关门送客易地重建，腾来出的这个地方可以说是"用金子量的宝地"，将派什么用场呢？

无数的目光聚焦于狮子山下。进一步信息浮出：这里要建一个狮山广场。

很快，狮山广场规划向社会公布，立马吸引了无数关注，也引起了各种反响。有说规划理念出乎意外的，有说大手笔而且整体风格让人惊艳的，有说无限向往期待的……总之，是好评如潮。

我有一些苏州发展规划业余爱好者朋友，其实就是一帮热诚关注苏州发展的青年朋友，曾讨论过狮山广场，总的说来这一地块更新要放在苏州大发展的角度来看。

过去苏州城区的主干道是条南北向的人民路，不知算不算得上是那时城市的中轴线，事实上那时基本上也没有"城市中轴线"这个意识。自从和新加坡合作开发建设苏州工业园区，在新方和我方合作编制的第一个总体规划上，提出了东西向规划、建设城市中轴线的理念，"中轴线！"这对市民来讲是一个很新鲜的词，就此走进了苏州的城市发展史。但大家明白是苏州城市将迎来前所未有的大发展，才

从狮子山远眺东方之门，串联起高新区、姑苏区和工业园区的中轴线长达10余公里，气势恢宏（朱卫东摄）

需要这个概念并且写进规划的。

今天假如我们俯瞰苏州，可以看到这座2500多年的城市核心区域，有一条东西向的中轴线，气势恢宏。

因为苏州发展得快而好，"苏州现象"引起广泛注目，有的风水爱好者也挤进来从城市规划角度解读苏州的行稳致远，眼睛自然也瞄上了这中轴线，左看右看找苏州成功的秘密："咦，这不是苏州城市里有着一条巨龙吗？龙威无敌，苏州借到了天风借到了势能……"看他们一惊一乍说得像煞有介事的样子，不由得人一哂。

但他们坚持说："你看苏州城，中间横亘巨龙般的中轴线。'巨龙'的东面是金鸡湖，CBD；西面是狮子山，苏州人也要来个CBD，东西一阴一阳，仿佛太极图中的两个眼——啊呀呀，苏州过去古城是龟形，现在是活力充沛的太极，当中还有中轴线这条巨龙，这真是无敌了，苏州要慢些发展也不可能了！"

"搬走乐园，真是大手笔！"

"将乐园搬走，地块重新安排，建设一个开放式狮山广场，必是有大胸怀的人才能作出这样惊人的决策！"也有人惊叹，"大手笔！真是大手笔！""高新区今后的发展一定不得了！"

我倒是认为，苏州东面的金鸡湖发展亮丽，全国闻名，但如此巨大面积千余平方公里的城市，不可能让重心一味往东倾斜，苏州高新区发展同样振奋人心，如今已是底子殷实、人口百万，本身也确实需要一个CBD了。所以狮山广场规划和社会一见面，大家基本上是称赞、支持和希望早日实现。

工程顺利开工后，进度快而顺利，建设可谓如火如荼。据介绍，到2021年下半年，会有第一个工程竣工。我也在2021年杜鹃花开的季节里，有机会面对面向负责广场建设的有关单位的领导请教，交流了一个上午，又是PPT介绍又是图文并茂的材料，一顿信息轰炸，听

经过 30 多年筚路蓝缕的开发建设，从京杭大运河西岸直至太湖之畔，一座气象万千、青春亮丽的苏州新城区，在江南大地上横空出世（钱强摄，高新区宣传部提供）

得我热血沸腾。

在苏州乐园欢乐世界原址所建的狮山广场，规划占地 1213 亩，总建筑面积约 30 万平方米，总投资约 62 亿元（含展陈），地铁 1 号线、3 号线、有轨电车 1 号线在这里交会，我就是坐地铁 4 号线转 1 号线来的，可称便捷。

一般而言，"广场"在英语的原意就是个商业集纳项目。而狮山广场，则是一个融入公共文化、科技设施的开放性山水公园的文化广场。狮山公园由"一山：狮子山；一湖：天狮湖；一环：环路林荫步道以及 8 个功能分区"组成。一条宽 10 米、2.2 公里的环形林荫步道将三大场馆与各功能分区进行串联，环路可以有效满足居民健身锻炼等需求。此外，公园还规划设有芳洲茶室、络雨亭等休闲景观和配套服务设施。"狮子回头望虎丘""狮山坠星"等历史人文景观也将更好地向世人展示。

但有关人士强调说，总的说来对狮子山的山体会非常爱惜，尽可能不去动它。

至于社会上传说的打造"东有金鸡湖，西有狮子山"的城市轴线，有关人士并不讳言，说这是规划愿景，因此狮山广场的目标是成为苏州西部的新名片和新地标，和金鸡湖相比，并不是重复建设，而是自有其魅力各美其美。

诱惑无限，值得热烈期盼

狮山广场主要有苏州博物馆西馆、苏州科技馆、工业展览馆、艺术剧院、地下空间、狮山公园等子项目。

苏州博物馆西馆建筑面积48365万平方米，建筑高度23.9米，地下2层、地上3层。建筑方案由德国GMP事务所设计，是由10个边长25米的立方体构成的建筑群。有的人就称之为"盒子"了，每个盒子之间有个5.8米的空间，为玻璃连廊。苏博领导告诉媒体，"设计师的灵感来源于江南民居，和民居与民居之间的弄堂或者窄道"，这一建筑群的建筑体量和传统小体量的东吴民居相呼应，契合

苏州博物馆（苏州博物馆提供）

了苏州文化气质。建筑在内、外立面的设计上，通过外墙设置透光孔，呈现内透外射的光影效果，从效果图来看，真是如诗如幻，其美不可方物。

这座作为苏州文化新地标的苏博西馆进展最快，已在 2021 年国庆节开馆，建成开放了，展陈面积 13391 平方米，是苏博本馆展陈面积的 4 倍多，游客一到，无论看到馆内还是馆外，都会感到惊艳："要不做苏博西馆的粉丝也很难！"苏州博物馆将秉持着"立江南，观世界"的办馆思路，常设展出有"纯粹江南：苏州历史陈列"苏州通史馆、苏作工艺馆、国际合作馆和探索体验馆，主要展示苏州从三山岛旧石器文化到辛亥革命的一万年历史，苏州的雕、琢、绣等辉煌技艺等，此外还有国际交流、探索体验等专业展厅，以及咖啡厅及艺术品商店。业内人士透露，苏博志在将这一平台，打造成苏州首家博物馆学校。

艺术剧院坐落于广场东部的中心区域，建筑面积约 4.2 万平方米。建筑高度 40.48 米，地下 2 层，地上局部 7 层。建筑方案由世界知名建筑大师妹岛和世主持设计。有人说建筑取意于石榴裙，曲线优美，寓意美好，但有关人士纠正我说，建筑设计确实有特色，但应该说好似山间一朵云彩，流转起伏于狮子山和天狮湖之间，与自然山水相得益彰。我细看效果图，觉得有点道理。这幢建筑里有大剧院和多功能厅，采用开敞式布局，建筑空间与公园景观充分融合，是一座开放式新型剧院。

大剧场共有 1280 个座位，台口尺寸 19 米宽、14 米高，能够满足各类歌剧、芭蕾、戏剧、戏曲及古典音乐、大型交响乐、民族管弦乐的演出要求，是国内唯一一座能够通过整体反声罩移动快速转换成音乐厅的剧场。以前看法国、俄国小说，里面写到大剧场，那是一个贵族专享的高贵华丽宫殿，心里是有所神往的，但也从不敢奢想苏州也会有这艺术殿堂，得知如今在狮子山下建造了，心里怎么会不浮想联翩呢！

艺术剧院（苏州博物馆提供）

有关人士还介绍说，大剧场里还有一个多功能厅，约设 500 座，厅的内高 17 米多，特别适合来个评弹啊、独幕话剧啊、室内四重奏之类小型音乐会及开大型会议等用途。

艺术剧院屋面为曲面状大型玻璃幕墙，屋檐的低点和高点相互交错，动感韵律十足，有人说这设计取意于跳舞的五线谱，也是很有创意的。

旁边还有一个苏州科工馆。我去采访时还没有建成，但这项目在施工中就已让市民翘首盼望了。因为苏州虽是工业大市，但没有工业博物馆；苏州是人口大市，孩子多，没有科技馆或自然博物馆，总觉得对孩子课堂外教育缺点什么。科工馆是自然科学和工业内容结合的一个公共参观场所，以后孩子来此作为第二课堂可以从小培养对科学技术的兴趣，中年人来可以学习新知识，老年人来可以在此怀旧并展望美好未来……这个馆显然不仅仅是为高新区市民服务。

苏州科工馆建筑面积 6 万余平方米，建筑高度 24 米，由国际知名建筑设计事务所 PW 设计，建筑同样很别致，既宛如一柄玉如意，又取意"无穷大"符号，建筑与狮子山山体无缝衔接，象征自然与科

苏州科工馆（苏州博物馆提供）

技的融合。

　　苏州科工馆这幢建筑建成后也是值得细看的：为国内最大的"带大悬挑钢框架筒体－水平扭曲大跨重载巨型桁架结构体系工程"，结构框架由5个巨型筒体柱支撑，核心筒之间以钢桁架结构搭接，两侧桁架支撑屋面及楼面桁架，以此来撑起整个建筑框架。底层架空，设有科普广场。外立面采用金属编织幕墙，既彰显苏州丝绸文化特色，又具有极强的科技感和视觉冲击力。

　　屋顶花园自狮子山脚下自然延伸，使建筑与大自然互为融合。负一层下沉式庭院设有科普植物园，既为场馆各层引入自然采光，又拓展了科普功能空间。

　　有关人士说，这个馆的目标是打造一座国内一流、精而美的科普教育中心。用我们老百姓的话来说，是为了给市民打造一个供学校外学习用的第二课堂。"高新区真舍得用钱啊！"我听着介绍，心里涌起一阵阵喜悦，知道有些内容还不宜写出来，但可以说："朋友！我已经兴奋莫名，对这里今后展出的内容，可以遐想无限！"

　　苏博西馆、艺术剧院、苏州科工馆呈时光轴线排列，各场馆地下一层和地铁狮子山站通过地下空间无缝衔接、互联互通。地下空间建筑面积约 14.2 万平方米，上下两层，设有机动车位约 1400 个；通过峡谷公园、下沉式广场等特色建筑，将地下空间与地面景观进行了融合，打造集文化、艺术、科技、休闲于一体的城市公共空间。

有关人士表示，工程在按期推进，无论遇到疫情还是其他困难，他们都不敢稍有懈怠，预计到 2023 年，狮山广场可以基本完工，到那时，苏州市民，还有外地游客来这里后，一定会流连忘返、赞不绝口的。

——真的诱惑无限啊，我热烈地期盼着……

"这是围棋里的'大模样'！"

狮子麓想起长辫子姑娘

　　姑苏区过狮山桥往西就进入了高新区，姑苏区的老城区，建筑有限高的规定，所以走出古城站在狮山桥上西望，气派的主干道狮山路，路两边都是高楼，给人以强烈对比带来的震撼。

　　狮山路往西到底是狮子山，道路在这里和南北向的长江路构成"丁"字形的三岔路口，路口东南面有一颗明珠似的精致小湖，以湖

樱花开时春色浓（朱卫东摄）

为中心，布置了绿草地、雕塑、散步道、亲水平台、各种绿树……这是一个供路人和市民休憩的生态空间，虽没有啥名胜古迹和传说，但人到这里，可以远眺，可以休息，可以散步，可以看书……这里还有个地下商业文化服务区，有商场、射击场、儿童培训水吧等。

以前介绍苏州的书上说，狮子山的东面、西南，过去有两座小山，东面有石头像是卷笮，就是卷放着的竹索的山，名叫索山。索山高约20来米吧，下有一水塘，可以绕着"湖"散步，有的说这湖是原先有的，有的说是采石形成的。先是1956年有建筑公司来开山采石，后来村、乡接着采石，因为这山里有水晶，所以挖得有点深。到1980年山只剩下四分之一，就停止采石了，所以今天索山还有一点残余在"湖"之南，一点"卷笮"的意思也没有了。山坡上种着雪松等，山下种着樱花之类，残山经过打扮，如今就如一颗绿宝石，点缀着这座公园。西南的山当地人叫绣球山或球山，这球山如今还在，远望可见，虽不起眼，但也是历史悠久呢。

附近有个玉山公园，2013年11月，为纪念《中日和平友好条约》缔结35周年，苏州市人民对外友好协会、高新区管委会和苏州日商俱乐部在这公园共同举行中日友好纪念植树活动。一些在高新区工作、生活的日本友人，在玉山公园的"湖"畔，种下了40棵花呈粉白色的染井吉野樱。这个品种的樱花是日本最普遍也最有名的樱花品种，花开时花繁艳丽，满树烂漫，如云如霞。那时苏州这个品种的樱花还比较少，因此当玉山公园的樱花开放时，许多人慕名前来赏樱，所以说，这里还是苏州元老级的赏樱"网红打卡"景点。

因为已过樱花季，所以我没有去玉山公园，而是在索山公园多坐一会儿，望着不远处气势雄壮的狮子山，我想到了一个女同学，我私下叫她"检察厅长的女儿"。中国没有检察厅一说，但她父亲确实是厅级检察长，这样叫她不过是亲昵的话。她曾在狮子山下好像一个叫"永和大队"的地方劳动过半年，住在农民家里。我就打电话给她，叫她回忆将近50年前的事。她想了好一会儿，说不出什么来，我提示问，有什么面条馄饨店、大饼油条店？她说，想吃碗馄饨？那里没有什么店，点心店、烟纸店都没有。

我曾骑着自行车去看她，但没到今天狮山桥的地方，因找不到路而只好回程。她说，交通确实不方便，她是坐公交车到寒山寺，再从那里走过去的。然后她再也想不出什么了，只说做过给农田手撒猪粪之类的农活。过了一会儿又说，我父亲管得严，我们女孩子不会主动追求人，也许是那个时代都这样吧。如果那时你托人和我说，我会答应的。她思维有点黏滞，这是脑子做了两次手术后的原因。那时她可是个眼睛大，微带菱角嘴，一笑露出整齐雪白的牙齿，总给人感觉是在甜笑的漂亮姑娘。

坐在索山公园，想象不出她那时劳动的农村到底啥样子，反正那个身材苗条、两条大辫子的美丽姑娘，种田的地方大概就在这附近吧。我曾看过老照片，那时这一带主要是农田，连棵大树也没有。今天人来车往的，完全是一个都市的街区。想想不到 50 年，变化就如此巨大，不要说她是病人，就是记忆力再好的健康人，也找不出一丝毫过去的痕迹了。

合欢花开时的索山公园景色（嵇元摄）

商业繁华似都市

现在狮子山这一带集聚了许多大商场，比如美罗百货、泉屋百货、绿宝广场、苏州金鹰等，是苏州城西的一个商业中心。

比如泉屋百货，是一家全日资百货商场，2011年9月在高新区天都商业广场正式开业，在当时苏州是一个大新闻。说实话，苏州也很给力，乘地铁到狮子山站下车，有专门通道直接通到商场，这种"待遇"，在百货零售界是非常"VIP"的待遇了吧。泉屋百货的经营铺面，地上4层，地下2层。我独喜欢地下一层的食品超市，有时会去买味道正宗的日式蛋糕、寿司等。日本的食品，一般说来质量是可信赖的，所以，食品超市里顾客也很多，大概差不多抱着和我相同的心理而来消费的吧。地下2层还设置了停车场，方便市民前往购物。

但高新区发展势头太猛了，泉屋百货也一定会受到挑战的吧。不仅比邻的美罗百货是苏州实力强大和最大的高档品牌商品商家，也

狮子山商务创新区一角（朱卫东摄）

可以说是苏州标志性的高档商场；附近龙湖狮山天街，也是很生猛的商家。2017年9月18日龙湖天街开业那天人山人海，据说顾客去了有20多万。龙湖集团因此对苏州信心大增，此后短短三四年里，又在苏州其他板块投资要开3家！而2021年5月狮山天街"北里"开业，这是从龙湖中心1至3层辟出的新商业空间，定位为"精致暇生活"，引进一大批新的品牌商家。一位业内人士笑道："狮山天街北里所在的狮山CBD核心区内云集25家银行机构、71栋商务写字楼、30家世界五百强企业以及17家星级酒店，辐射商务人士近20万。这样火热的地方，不抢抓机遇把蛋糕做大，那不是傻了？"他所言的背后，是满满的底气：狮山天街的B馆与A馆相互连通，狮山天街成为商业总体量达29万平方米的超大综合体，很有点"谁与争锋"的气概。

现在这里出现了两个概念，一是狮山商圈，二是狮山CBD核心区。其实，还有第三个概念，更能体现苏州高新区在这方热土要绘的繁华美图的雄心——狮山商务创新区。

狮山商务创新区2019年10月28日获批成立，辖区总面积31.3平方公里，总人口近30万人，到2021年6月底拥有4万多家市场主体，包括5家主板上市企业、1家科创板企业、16家新三板企业、702家外资公司，其中日资企业192家、欧美企业156家。狮山商务创新区1个月可以实现一般公共预算收入4亿多元，20多幢高端商务楼中，税收超亿元楼宇有6座，说这里是个金盆子，也不算夸张吧？

现在狮山商务创新区基本完成以狮山路CBD核心区为中心，包括中外创新智能制造园、科技与生产性服务园、上市企业总部园、横山高新技术产业园和苏州国际教育园的"一心五园"空间规划布局，形成了涵盖智能制造、科技与生产性服务、金融保险等重点产业，新能源、智能安防、智能医疗等新兴产业链及工业互联网产业集群的"3+3+1"产业体系。而新闻报道说："2021年2月21日，苏州高新区狮山商务创新区举办2021年春季重大项目集中开工仪式，12个项目集中开工，总投资超过 50 亿元。"而在 2022 年 6 月 7 日又见媒体报道："在 2022 年苏州高新区数字经济产业项目狮山商务创新区集中签约仪式上，总投资 25.23 亿元的 16 个项目集中签约。据悉，此次签约项目涵盖了数字经济、集成电路及半导体、生物医药及医疗器械等高新区重点产业领域，达产后预计产值 32.56 亿元，税收 1.7 亿元。"稍加留意，总会听到喜讯不断传来——一个地区的发展运来时真是挡都挡不住啊。

非常明显，"东有金鸡湖，西有狮子山"，苏州市区宏大的商业格局正在形成。一位朋友半带惊喜半带傲骄地说："这是围棋里的'大模样'！你不得不佩服！"

但让我高兴的同时又有点惆怅，心想我的那位女同学现在如果视力好，陪她来这里走走，圆我一个和她在华灯下并肩走过一段路的美梦，那该多好啊！

横塘波流

横塘月

运河水边是横塘

北宋词人一写就出名了

1923年，湖南青年毛润之泪别爱妻和革命战友杨开慧，写下了一首《贺新郎·别友》，词里写道："今朝霜重东门路，照横塘半天残月，凄清如许。"这里的横塘，当然不是他和妻子分别的地方的地名，而是文学修辞的一种借代。

然而这词中借代所用的横塘，原始出处应该是苏州城东南、石湖之北的横塘。

京杭大运河上的横塘驿站（朱卫东摄）

上方山那边的越来溪，与木渎塘合流，苏州志书上称"横塘水"，其北流与运河交汇之地，哺育出一个人烟稠密的镇，就因"横塘水"叫作横塘镇。

横塘在古代，是非常有名的分别地。北有灞桥，南有横塘，作为骚人墨客喜欢用作借代的两个分别地，反复出现在我国诗词等文学作品里。不过长安的灞桥往往用于建功立业、朋友有所作为的分别，抒的是豪情，出名在唐代；横塘则多用于男女分别，抒的是婉约之情，真正出名要晚一些，是在宋代。

北宋有个著名词人叫贺铸（1052—1125），字方回，卫州人（今河南卫辉市），曾任泗州、太平州等地通判，因为生性耿直，官运不顺。北宋大观三年（1109），58岁的贺铸以承议郎这个和县官差不多级别的文官职致仕（亦即退休），因三四年前来过苏、杭游历，喜欢上了苏州，于是就南来卜居苏州，做了新苏州人。有的书记载说，他住在姑苏城里的醋坊桥，当然那时的醋坊桥并不像今天是个商业繁华地段。也有的说住城里胥门和阊门之间的升平桥，房子还有个雅号叫"企鸿居"，就是今天学士街那里。宋龚明之的《中吴纪闻》中有记载："（贺）铸有小筑在姑苏盘门外十余里，地名横塘。方回往来其间。"大概是横塘那里山清水秀，景色美丽，吸引了他吧，他在城外的横塘还有处小别墅，经常坐了船城外城里往来于两地，由于和他感情深厚的妻子逝去，他心情一直不太好，有一次他将去横塘的感受写了一首《青玉案·横塘路》词：

凌波不过横塘路，但目送、芳尘去。锦瑟华年谁与度？月桥花院，琐窗朱户，只有春知处。

飞云冉冉蘅皋暮，彩笔新题断肠句。若问闲情都几许？一川烟草，满城风絮，梅子黄时雨！

贺铸此词一出，就获得了一片喝彩声。周紫芝《竹坡诗话》：

"贺方回尝作《青玉案》，有'梅子黄时雨'之句，人皆服其工，士大夫谓之'贺梅子'。"罗大经《鹤林玉露》："贺方回有'试问闲愁都几许？一川烟草，满城风絮，梅子黄时雨'。盖以三者比愁之多也，尤为新奇，兼兴中有比，意味更长。"从此以后，士大夫们就对他刮目相看，不再因他长得难看叫那个贬义的"鬼头"，而是改叫他"贺梅子"了。

赏析贺铸这首词，有各种解释，但总的说来是以路上偶见一个女子为起兴，来抒发愁绪，跟后来的戴望舒的诗《丁香》差不多一样的构思。假如只是见一个不知名、没交谈的美丽女郎走过，哪会有这么多这么深的愁呢？所以看来作者还是借看见人家女子想起了自己亡故的妻子。

贺铸的愁绪，还和横塘曾有古渡口有关。很久以来，横塘镇上有座著名的桥，叫普福桥，是座三孔石拱桥，俗称"亭子桥"，上有亭名叫"横塘古渡"，20世纪60年代前画家、摄影家喜欢将之入画或入镜。不过在2004年9月，亭子桥被货船撞塌。而那个"一川烟草"的川，大概就是指"横塘水"吧？

这个地方故事多

因为贺铸将苏州横塘与分别之愁连起来了，苏州横塘这个地名就被赋予了分别之意并固定下来，南宋苏州诗人范成大住在石湖边，他也是将横塘与送别联系在了一起：

> 南浦春来绿一川，石桥朱塔两依然。
> 年年送客横塘路，细雨垂柳系画船。

范成大诗中写的横塘的桥，应该是彩云桥。他在一首水调歌头中，有个序："淳熙己亥重九，与客自阊门泛舟，径横塘，宿雾一白，

新郭街，将成为石湖景区里的一个景点（嵇元摄）

垂垂欲雨，至彩云桥，氛翳豁然，晴日满空，风景闲美，无不与人意会……"

现在的三孔花岗岩彩云桥，是横塘的标志性建筑，也是苏州市的一件重要的文物，列为保护单位。桥全长38米，为民国十七年即1928年重建。因是大运河上的桥，运输繁忙，古桥容易被来往船只撞击。出于保护的目的，于1991年12月动工，1992年6月8日完工，将此桥北移50米改建于胥江河上，仍用原材料，移建时每块石块都编上号，恢复工程中无一差错，就是长度增至51.61米。

这桥移建在了另一古迹横塘古驿亭旁，成了天衣无缝的古迹双璧。驿站原是一个建筑群，今天仅剩一亭，歇山卷进棚式瓦顶，单檐，四角为四根石柱，东、西开窗，南北各有一门，好像是当年的大门，门两旁有对联云："客到烹茶旅舍权当东道；灯悬待月邮亭远映胥江。"亭前有一碑，上面文字介绍建筑为清同治十三年（1874）所建，不过横塘驿亭近年因为区划调整，从高新区划到了姑苏区，这里就不作细讲了。

横塘是个千年老镇，大约在晋代时形成镇，以船为主要交通工具的过去，凡船只要进入石湖，或去木渎、胥口、光福和进入太湖，都要经过此地，因此就繁华起来，成为苏州西南方向的名镇。

隋朝初，这里还发生了一件大事：隋于开皇九年（589）正月平定南朝的陈，但次年（590）南京、常州、苏州和浙江多地蜂起反隋，位高权大的上柱国、越国公杨素率大军南下平叛。开皇十一年（591）杨素平定吴郡后，废吴郡并改吴州为"苏州"，这是苏州得名之始。同时杨素觉得苏州无险可守，就将州邑往西迁移至有一定经济基础的横山东（横塘镇东南），新立苏州城郭。

但这个做法不得人心，老百姓造城门都不肯用好木料。到唐武德七年（624），苏州人和所有官衙又全搬回吴郡郡城亦即姑苏古城，同时也带回去了"苏州"这个新名，并一直用到今天。

横塘这边的苏州新城，没有了苏州这个吉祥名字的加持，就慢慢地成了一个村，被叫作新郭（其址现为新郭村地域，近年成为石湖风景区内的一个景点）。因"苏州"这个名先用于横塘这里，所以现在苏州还有句老话，叫"先有新郭城，后有苏州城"。

苏州人再骄傲，面对新郭也只好认账，"苏州"两字本是横塘这里的"土产"啊。

从一条河到一个镇

明代崇祯年间苏州人徐鸣时所编纂的《横溪录》记载说：彼时横塘镇镇区确实不小，街容繁荣，镇上街巷有十一条弄，花园三座，名人别墅很多。现在能看到的民国时的一张苏州船菜菜单，是横塘花船上的，在苏州甚至江苏餐饮史来说，这份史料都弥足珍贵，同时也证实了横塘镇过去的繁荣。然而历史沧桑，在1950年前，横塘已是"镇区狭，人民贫"，仅有茶馆、土布店、杂货店和一些手工作坊，商

大运河滋养着横塘镇（朱卫东摄）

业低档，房屋简陋，街道衰颓，一点也不吸引人。志书记载，横塘镇那时的房屋大多低矮破旧，路面高低不平，无公共设施；村落杂乱无章，各成体系，无大道，唯以泥路、小道相通。

横塘真正的发展是在中华人民共和国成立特别是改革开放后。后来有了个横塘大型建材市场，货多人多，催生了大约千家店铺使古镇充满活力，但大型市场也必然有点人杂车乱。后来石湖景区改造，建了东大门，横塘往石湖的传统路线不再作主干道了。

苏州高新区从 2011 年开始，投入巨资对横塘老镇进行改造，涉及区域面积 2.42 平方公里，实现"核、带、区、环"4 个圈层布局结构，即以横山为绿核，沿滨河路和晋源路南段为公共设施服务带，沿京杭大运河和胥江规划为滨水休闲环，建成一个山水人文社区和区域建筑装饰材料销售基地，其中横塘老镇改造面积将达 2100 亩。一个古老的乡镇，从此旧貌变新颜，但也失去了镇的独立形态，融合成苏州市区的一个现代化城区。

石湖景区很大一部分属于横塘，而横塘镇成了横塘街道，今天又悄悄和狮山街道合并，这预示着高新区对原横塘那一板块，有比较宏大的谋篇布局。

朋友劝我说，对横塘镇的消失你这个臭文人无须多愁善感哈！横塘老街那里有城市 RBD 项目（游憩商业中心项目），目前正在推进中。这个项目土地面积约 120 亩，建筑面积约 12.3 万平方米，预计总投资额 30 亿元，将打造为集文化街区、城市客厅、商务办公、商业休闲居住于一体的高端产城融合项目，成为面向长三角的都市文旅目的地，苏州高新区南大门城市会客厅……总之够你玩的。现在已开通的地铁 3 号线有石湖站，地铁 5 号线 2021 年 6 月开通后，有个双桥站，就是"运河十景"之 的横塘驿站，地铁双线通过这地块，无疑出自苏州市区全域发展的考虑。

想想也是的，苏州大发展高潮正在涌起，高新区怎么会让原先的横塘板块落伍呢？朋友最后笑笑说："今天发展是项目为王，但对你记者不便多透露……"那含蓄的话背后，显然信息丰富，让我心痒痒的。大致明白有更多的项目正在推进中，横塘会有更大的变化，"凌波"这姑娘若娉婷再来，肯定会不识横塘路了。

但是，横塘镇消失在大城区里，应该让人感慨还是高兴呢？

朋友说："无论辛酸还是开心，你写首诗来抒发一下心情呢？"

我无语，只是对他看，因为我文思枯涩，没有才情可以抒发为诗，也无病呻吟不来。

欲将石湖比西子

诗曰：石湖也似西湖好

2021 年年初的气温似乎较往年低，我院子里的一棵主干约有 5 厘米粗的金银花，居然冻坏了，看小区里许多种在盆里的铁树，叶子也冻死了。但很快梅香暗吐，柳绿似烟，苏州的春天最终还是应约而至。

苏州的三春，有着各自的美，从白玉兰、桃花、樱花到紫荆、

石湖风光，远处是上方山（嵇元摄）

海棠、紫藤……就像江南丝竹的曲子那样此起彼伏，这茬花接着那茬花次第绽开，天天都是花信好日子，哪一天出去赏春都是好的。

于是，苏州的各个景区会以自己的特色花卉作招徕，欢迎大家去观光。石湖风景区却有点"等闲东风吹花繁"的气概，是以百花节为主题的，市民一看"上方山百花节"的信息打出来，就知道春季旅游的高潮来了，很喜欢去那里赏花。

这石湖，在姑苏古城西南，是离古城最近，也是正在融入城区的一处风景名胜区，素有"吴中胜景""石湖佳山水"之称。志书记载："吴郡山水近治（这"治"指苏州府城）可游者，唯石湖为最。"范成大更是斩钉截铁地说："凡游吴中而不至石湖、不登行春，则与未始游无异。"不过那是宋代的评价，他老先生又住在石湖，有点为自己居住小区的公共大花园鼓吹的味道，评价很高，但和者不多。到了明清时期，石湖的景点也在增加，对石湖的评价也就更高了。甚至兵荒马乱的民国，还留下了"余庄"这个景点。我曾在新闻报道和散文书中将石湖称为"苏州西湖"，有人听说了不语，只是对我看看。也许他心里想的是，是不是你太喜欢石湖而评价有点夸张了呢？或者说这是为了写文章而杜撰的？

其实这是有出处的。

抗战胜利后，苏州东中市 30 号有家报社，出版一份叫"苏州日报"的报纸，隶书体的报头。社长范君博（1897—1976），吴县人，是南社社友、星社创办人之一，也是个诗人，还曾任吴县刺绣工商业同业公会理事长，算得上当时苏州的一个地方名流。他写有《石湖棹歌》百首，用竹枝词的民歌形式，讴歌石湖景色和人文历史。其中一首是：

竹月荷风有所思，静中光景最先知。

石湖也似西湖好，秀句难忘姓范诗。

让人瞩目的是诗中的第三句，他说苏州的石湖和杭州的西湖一样好。但似乎意犹未尽，因为这首诗里没有写到山，石湖比西湖好没有什么说服力，于是他又写了一首：

半宕秋影玉平铺，雨楫风樯入画图。

一带青山横枕好，分明秀色似西湖。

这样，石湖有青山有绿水，景色就像西湖一样美了。这位前辈的评价，是不是有些吹牛了？或许也会有人说，苏州石湖怎能和杭州西湖相比呢？

殊不知在他之前，清同治光绪年间有个叫许锷的苏州文人，话讲得还要大胆：

景物堪怜不记年，婆娑风月浩无边。

石湖原比西湖好，潴秀涵灵写百篇。

"景物堪怜不记年"，这里的"怜"字作"爱""喜欢"解，意思是石湖的景色值得爱，爱到时间概念消失，是一种永恒的美，并且他在第三句竟然说石湖本来就比西湖好。

石湖民俗有待挖掘

不过不要对许锷对石湖情有独钟太过惊讶。说苏州石湖胜杭州西湖的，在许先生之前数百年，就已有人这样评价了。这是明代吴江人莫震纂、莫旦增修的《石湖志》"总叙"中评价的：

其良辰美景，好事者泛楼舡携酒肴以为游乐，无间远近。说者以为（石湖）与杭之西湖相类。然西湖止水，游者必舍舟于十里之外，而又买舟以游。不若石湖之四通八达，无适而不舟也。每岁清明、上巳、重阳三节，则游者倾城而出，云集蚁聚，不下万人，舟舆之相接，食货之相竞，鼓吹之相闻，欢声动地以乐太平，此则西湖之所无也。

第二句话就先介绍说石湖像西湖，确是有人这么认为的。但他举了交通便捷和三大民俗活动，认为石湖某些方面比西湖还是有优势的。特别是这里提到的上巳节，一般是三月三日，杜甫《丽人行》诗曰："三月三日天气新，长安水边多丽人。"讲的就是长安上巳节的情景。被褉、曲水流觞就是这一天的活动内容，这天也是未婚青年男女自主交友的传统节日。我想，今天倒不妨考虑在石湖景区内"复活"上巳这个传统节日，开发成相亲为主要内容、婚纱（苏州特产）展示为辅的旅游活动。

莫震、莫旦的《石湖志》将石湖与杭州西湖作比较后，认为石湖在吴中是一幅看不完的美景画："幽林清树，绿阴团团，而村居野店，佛祠神宇，高下隐见。至其桥路逶迤，阡陌鳞次，洲渚远近，与夫山舆水舫之往来，农歌渔唱之响答，禽鸟鱼鳖之翔泳，皆在岚光紫翠中，变态不一，殆与画图无异，故号吴中胜景。"

那么，石湖这一汪碧波，是从哪里冒出来的呢？

从"石河"到石湖

它不是一个孤湖，水源其来有自。新编的《横塘镇志》上介绍：石湖是太湖东北出水支岔，湖水自东太湖北行，经越来溪汇于上方山下，形成一个内湾。民国《吴县志》载：石湖"南北长九里，东西广四里，周二十里，面积3.7平方公里，深处不盈仞（八尺为仞）"，距苏州古城7公里。

石湖原有水面328公顷，不过"文化大革命"期间，83.7%的水

石湖一角，柳拂长堤（稚元摄）

面，约 270 公顷被围湖造田，仅剩水面 58 公顷，"石湖"变成了"石河"。1986 年，苏州市人民政府作出对石湖围垦区"退田还湖"的决定，12 月 7 日下午 2 时 40 分放水，恢复近千亩水面。1988 年 2 月 21 日石湖再次放水，北石湖 3360 亩水面全面恢复，现在石湖有水面积为 2.88 平方公里。

　　今天我们到石湖，无论是看到烟雨迷蒙还是波光潋滟，都觉得美不胜收，那是多年来不停在建设和养护，才使得景观如此丰富、美得让人入迷。比如石湖景区 2002 年起，就开展了清淤、断航、清理杂船、围网养殖……东部石湖先开放后，又挥师西进，着手石湖西部的生态保护建设。除了将城中的动物园迁来以外，又继续建设植物园二期。这二期原址是个"吴越春秋"主题园，开园时我去作过报道，那晚园里人山人海，夜空里烟花绚丽绽放，景象如在眼前。谁知好景不长，很快就因经营不善，成了失管地块，环境脏乱不堪。2017 年石湖景区与高新区密切配合，将多年囤积于此的环境"痛点、难点，给予清理整治，还绿色生态环境于石湖山水之间"。（有关人士语）这地块作为新建的植物园，和现有植物园融为一体，于 2021 年 6 月开园。新植物园以太湖流域乡土植物为特色，以后还是很值得一看的。

我春天来到石湖西岸，看植物园二期还在紧张施工，心里自是有感想。其实石湖这美景还不满 40 年，此前差一点成了一个长满水葫芦、水花生的河浜，后又从河恢复为湖，这个曲折虽然已成历史，真应该为石湖、为苏州人庆幸，但也说明了一个道理，无论是一个人，还是江山，虽天生丽质，也需要人珍惜和精心养护。

一路看，一路将石湖和杭州西湖相比较，大致上说，石湖面积虽小，但和西湖的气质确实有点类似，历史文化景点也同样的丰富。不过我觉得无论石湖有多美，不能学古人腔调说石湖胜过杭州西湖。苏杭两湖各有其美，都是"浓妆淡抹总相宜"的城市之无价宝石。如要我来说，那就是：

上有天堂，下有苏杭；

石湖西湖，各擅胜场！

御道上的猴影

树荫洒满乾隆路

古人说石湖是苏州西湖，一个原因是石湖西有连绵而青翠的上方山相伴。上方山不甚高，不满百米，但山脊线舒缓而优美，好似飘在空中的绿云。

据有关方面提供的资料，上方山又名楞伽山，本山景群面积不过 1.4 平方公里，属七子山的一部分，山体由石英砂岩组成，西南接七子山（海拔 294.5 米）及吴山，构成横山山系，山岭四面延伸，分

上方山百花争艳，春色撩人（朱卫东摄）

别是尧峰、凤凰、姑苏、花园、福寿山等山岭，峰峦绵亘起伏，东北至茶磨屿戛然而止。整个景区总规划面积 26.15 平方公里，核心景区面积 9.97 平方公里，滨湖区域 5.64 平方公里，水面 2.56 平方公里。这么大一块地方，真是苏州旅游和生态的无价大宝库。

石湖景区在上方山东麓举行一年一度（2020 年因防疫抗疫除外）的百花节，到 2021 年已是第 15 个年头，每年都吸引了大约二三十万游人。这期间，有梨花似雪，桃花灼灼，月季鲜美，但更以樱花如云如霞为著名，山脚下还有成片郁金香绚烂似锦，鸽子在花树间飞翔。一队队春游的学生，带来了欢声笑语；还有一些人铺着垫布，在树下赏樱聚餐。2021 年的百花节，虽然花事一如往年，但我去的那天可能因为不是节假日，游人数不及以前，也可能是因为疫情还没有解除的缘故，这是可以理解的。

我从山北端的望湖楼下开始，走在山脊的乾隆御道上。一路虽有高低起伏，但缓步行来也不觉吃力，从此山的高度和坡度来看都比较适合中老年人登高健身。御道宽 1 米许，林荫夹道，只有少许阳光漏在路面上，斑斑驳驳的好似洒着碎金。

据今人所编的《石湖志》介绍：上方山御道为康熙、乾隆南巡至苏而筑，系众多御道中的一部分，有的地段是用陆墓御窑烧制皇道砖砌成"人"字纹。石湖是乾隆皇帝每次必到之地，地方官员特地在治平寺内建了行宫。御道起点在治平寺（乾隆南巡行宫所在地）前，自茶磨屿蜿蜒至郊台，再沿岭达到上方山的上山处，全长约 1000 米。

据说为修此道共役夫万人，因此得以在 3 天内筑成。现存御道用小砖或细石块砌成，宽约 1 米，每隔 10 米间砌有各种古朴的吉祥图案，嵌有麟麒、双钱、回字、蝙蝠、宝瓶、鱼形等。我仅走了一小段石块砌的御道，因此没有见到皇道砖的御道，心想留待下次细找。御道基本是花岗岩小石块呈佛珠状排列精心砌成，只是间或见到用青砖砌出的吉祥图案。

也有人说，有一年乾隆皇帝南巡至石湖，忽然心血来潮说要登临上方山，官府只得紧急动员民夫3天里赶筑成此路。御道至今还能走，说明虽是赶工项目，但当时的工程质量并不差。这条御道今天是一处名胜古迹，但也可以说成是皇帝任性的证明。

莫让邪气玷污了大好湖山

从御道走过据说是春秋吴国吴王祭天的郊台石后，不远处就是楞伽塔院了。我曾经多次来到这塔下。一次是"文革"中学校搞的所谓"拉练"。那天是晚上半夜后到的，黑沉沉的夜空中只有几粒星。山顶竖着一座孤塔，周边也不见什么房屋，只有风吹过山坡杂树的声音，显得非常冷落，好在同学多，所以当时也不觉得害怕。楞伽塔始建于隋大业四年（608），唐会昌五年（845）皇帝搞起全国性禁止佛教运动，楞伽寺和塔也难逃厄运被拆毁。没过多久，到咸通九年（868），重新建塔，直到110年后的北宋太平兴国三年（978）才再次

上方山景区里的半野生猕猴（朱卫东摄）

重建，这一年是戊寅年。我做记者采访时获得的材料上介绍说，塔体中尚可见带有"戊寅重建""楞伽宝塔"等铭文的塔砖。这塔是苏州宝塔中年代第二久长的古塔，年龄仅次于虎丘塔。作为千年文物，政府十分重视，作过多次修缮，所以至今仍屹立山巅，远远就能看到，成为石湖和上方山的标志性景点。

楞伽塔是一座七层八面仿木构楼阁式砖塔，高约23米。塔壁每层辟壶门四座，中为塔心室，一、二层为八角形，三层以上四方形，且每层变换45度，各层高度依次递减，建筑风格与同时代的城内罗汉院双塔、瑞光塔和灵岩山多宝佛塔相似，古人说，"上方一塔俯清秋"，是说这塔给湖山增色不少。

在过去的历史里，上方山成了土觋们借五通神为名大搞乌烟瘴气活动的场所，民间有女子生了病，会说是被五通神看中了，反对找医生，而是鼓动去向五通神进香，病人往往最后病瘥而死。五通神不属佛或道，从历史至今，官方和佛道儒都认作是邪神。清康熙二十三年（1684），名臣汤斌擢升江苏巡抚到苏州上任。他见上方山五通神活动兴盛，百姓如痴如醉。次年他跑上山去，将铁链一头拴神像头颈里，一头拴自己头颈上，将五通神拉到山下丢进石湖里，狠狠打击了土觋们的邪气。苏州人顾公燮在《消夏闲记》记载此事：

> 康熙二十四年，诸生范姓被五圣占夺其妻，再三求祷，不应而死。范怒，赴抚院控告。汤公诣山，坐露台上，锁拿妖神剥去冠带，各杖四十，投其像于湖……

但地方上的民间信仰有时也不容易引向正式的宗教，虽屡受打击，五通神的名头一直在变，老是死灰复燃。《石湖志稿》上说：道光年间，上方山五通祠香火死灰复燃，且变本加厉。江苏按察使裕谦闻知，效学汤公，下通告令摧祠毁神。韦光黻《闻见阐幽录》云："裕谦抚吴，尽拆殿宇。"五通神再一次遭到打击。

裕谦是蒙古镶黄旗（在今锡林郭勒盟）人，嘉庆二十二年（1817）进士，后升任江苏巡抚，驻苏州，后又升两江总督。鸦片战争爆发，他是坚决抵抗外国侵略的爱国者，督战浙江镇海时，临危不惧，以身殉国。因此，裕谦作为一名爱国者，在苏州和五通迷信的斗争事迹，是不应该被忘记的。

民国期间，人民生活困苦，五通活动在上方山又兴旺起来。我听上辈老苏州人说，那个年代，上方山有一种"借阴债"的活动。苏州士绅阶层对上方山的五通活动，都取否定态度，并往往会告诫子女遇到再大困难也不可去"借阴债"。解放后，政府更是进一步打击了野和尚借五通神敛财的活动，让他们参加农业生产，自食其力。

在过去，人们去上方山，很多是去"借阴债"，希望能改变不好命的生存状态，因此满山的景色、景点反倒没有人关注了。现在成为石湖景区后，有关方面做了大量工作，开发、建设了许多景点，上方山面貌已经美得让人让老游客不敢说是故地重游了。人们再去，基本已无人谈起五通神，甚至对上方山的标志性景点楞伽塔也不太专注了……

园内园外，欢声笑语

老的苏州动物园 2016 年从古城里搬到这里后，改叫上方山森林动物世界，每逢星期六、星期日或节假日，带着孩子来帮孩子放飞心情，是家长们的"作业"，孩子的欢声笑语，园外、园内处处可闻，以致这里停车都不太容易呢。

园内有 100 多种、数百只国家一二级保护动物，百余只省级保护动物和"三有"动物（指国家保护的有益的或者有重要经济、科学研究价值的陆生野生动物名录），这里还是中国华南虎苏州培育基地，拥有 10 来只珍贵无比的华南虎。这里繁育成活了华南虎、东北虎、亚洲象、长颈鹿、非洲狮、斑马、东非黑白疣猴、蓑衣鹤……这些动

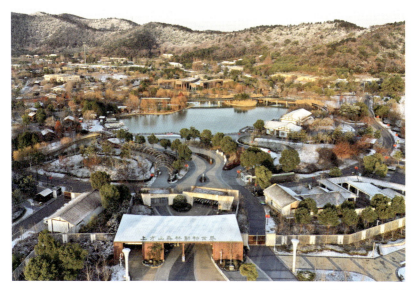

上方山森林动物世界（朱卫东摄）

物让孩子看得如痴如醉。所以如果阿爹、阿婆或父母带了孩子来，以后孩子长大了会去拜什么五通神吗？

这时，御道远处，似乎看到几只猴影，或从树上跳下来，或在那边抓痒，或在树梢跳过……多么吸引人呀，但路边有警示牌，告诫人不要戏弄野生猕猴。

——啊，看来上方山真的有野生猴群啊，这生态，啧啧，也是太让人惊喜了！

行春桥畔：无限风光正旖旎

皇帝为此桥写诗五首

　　非常有意思的是，苏州市民介绍石湖、上方山，重点往往是越来溪上的一座桥——据苏州人口口相传，这越来溪是当年越军用一夜工夫开凿而成、打进吴都的河道，吴人因而命名，以示不忘历史教训——说这桥是石湖景区的标志性建筑，至少是之一；还说桥北的荷花荡，在历史上也是非常有名的，不过清时改种菱白，水面也有缩

行春桥栏杆上的石狮子，歪头而笑（嵇元摄）

小，湖名也叫茭白荡了。

作为石湖之眼的桥，在石湖北端、上方山北尾小山头茶磨屿的东面，清波粼粼之上，飞跨一座九孔石拱桥，名叫行春桥，当地人叫九环洞桥。乾隆皇帝六下江南，每次都要来到此桥畔观赏风景，并为这座桥写了5首诗。他第一次游石湖只写了一首诗，夸奖"行春桥下春波媚"，第二次南巡是乾隆二十二年（1757），他写了《初游石湖作》，再次提到行春桥：

　　　　　行春恰值好春晴，桥上风光蓄眼清。

　　　　　绿竹红花他绘事，黄童白叟我田情。

　　　　　白洋烟水在襟袖，祚碓①云岚若送迎。

　　　　　却讶祗园方外地，起予两字号治平。

行春桥这一带风光确实秀丽，所以皇帝看得有些入迷，而且还联想丰富地说茶磨屿北的治平寺，寺名是对他治国的评介。皇帝对苏州的好印象，激发了苏州画家徐扬的创作热情，他在乾隆二十四年（1759）亦即乾隆皇帝第二次南巡后，画出了《盛世孳生图》（又叫《姑苏繁华图》），图中就画了狮子山、石湖上的行春桥和越城桥，以供皇帝鉴赏。

这座桥由来已久，北宋《吴郡图经续记》里就已记载："行春桥在横山下，越来溪中，湖山满目，亦为胜处。"经过几百年来的风风雨雨，如今的行春桥面周边的环境有了改观，景观和那个时候是很不一样了。甚至石湖作为景区后，作过清淤，省交通厅特批这一水道永久断航。所以当人站在湖边，耳边只闻得风声和鸟鸣的天籁，既没有艄公的号子，也没有机帆船、轮船的"突突"声，城市中的这份清静，是多么难得啊！

---

① 指狮子山。

今日风月更胜昔

周边景观虽有变化，但行春桥基本还是原桥，长54米，宽5.2米。一直到2005年，甚至还被当作普通的桥梁通行汽车，长期有大型车辆行驶。终于桥的花岗岩拱券被压得变形并开裂，才引起政府与社会的广泛关注，"这是古物呀，不能这么使用！"于是赶快维修。维修之后，桥面上设了阻隔桩，禁止机动车辆通行，古桥这才得到有效保护。2021年我去时，还看到了保安在值守，可见对行春桥的保护是越发重视了。

遗憾的是桥上石狮子在那个特殊的年代中被砸。维修时在桥栏望柱上重置了23只石狮子。如果细看，是可以看得出区别的：桥西的那对大石狮，似一对夫妻，对游人偏着头在咧嘴偷笑，那是旧物；而那些新补的小石狮，是京派风格，体量虽小却颇有威猛气势。

行春桥东50米，还有一座单孔石拱桥，桥通越城遗址并与之毗

越城桥风光（嵇元摄）

邻,因而叫越城桥,又因跨北越来溪,还有一个名字叫越来溪桥,俗称"吞月桥""月亮桥"。两桥相连在石湖湖面上,锁住了越来溪,这里湖风拂面,视野开阔,石湖景色尽收眼底。

不过人们真正津津乐道的不是乾隆皇帝的诗,而是行春桥的石湖串月风俗。

苏州人认为,农历八月十八那天,在行春桥可以看到月光初起映入桥洞中,其影如串月。住在天池山的文化人徐波,在明天启六年(1626)他37岁时,那年的八月十八日和朋友在上方山的灵官殿天井里,从薄暮等到更余,方看到升起的月亮"从溪港一一显影,分身无数,始大异之",他还为此写了长诗。当然,看到这样的奇景的人很少,于是有的人就解释说,"十八夜串月,(须)从上方塔铁链中看出,是夜月之分度,适当铁链之中,倒影于地,联络一串",这"上方塔铁链"不知是不是指塔刹上从塔尖挂到相轮上的那几条铁链?要用这个观赏方法来欣赏串月"倒影于地"的奇观好像蛮有难度的。但也有可能苏州前人说的是一种"针孔成像"原理,值得科学史家来研究了。

有关石湖串月的记载很多,过去人们关心最多的是说在什么角度可以看到9个桥面洞里会有9个月亮,加上天上一轮明月,共有10个月亮。那一晚,画舫楼船,箫鼓酒肴,仕女农夫,贩夫走卒卖浆者流,齐聚石湖之内、上方山上,一时人流如潮、歌喧沸天,要至半夜后才逐渐谢幕。1953年苏州文人周瘦鹃曾前往观串月,一时手边没有他的书,不知他是怎么描写这一经历的。

听前辈人说,那时石湖一带农人喜玩一种船拳,就是一种在船头上进行技击的水乡武术。串月时,这些船结队驶出来,小伙子们或在船头舞枪弄棒,或在船上玩石锁。这玩石锁最吸引人,船到行春桥前时,船头上人在桥这边将石锁斜抛过桥,船像箭一般从桥洞出来,表演者要正好将下落的石锁接住。如接不住,石锁掉水里了,必会引起岸上人哄笑,摇船者和表演者都会觉得很没有面子。如果抛接石锁成功了，必定会引得岸上姑娘家们含笑多看几眼的吧？

现在，八月十八观石湖串月这一习俗，正在复兴之中，有关方面透露，将致力打响"石湖串月"文化品牌。石湖景区也在行春桥前重新修建了串月广场，希望能为游客提供更好的观测视野。

我没有去现场，事后看到苏州媒体报道说："除了各种形式的'文化+'跨界，石湖地区本身由石湖景区管理处和姑苏区吴门桥街道、吴中区越溪街道、高新区狮山街道'三国四方'共管，此次'石湖串月'民俗活动中，'三国四方'拧成一股绳，姑苏区吴门桥街道、吴中区越溪街道、高新区狮山街道更是联手推出了'江南船拳'展演，以文化力量促进融合发展。"

这次活动共3天，线上线下有90多万人次体验了"石湖串月"文化之旅。我想，生长在灯火璀璨年代的现代人，对月亮不如农耕时代人那么感兴趣了，去石湖也未必真要看月，喜欢的是更多的文化内容，兴奋的是俊男美女如云，"人这么多，真的好开心……"许多青年人怀着如能遇上个好姻缘那就太好的心情而去也说不定。

不过2020年10月4日晚的第三届"石湖串月"中秋民俗文化节开幕式、2021年9月28日晚的"吴门运河最江南·石湖串月"江南民俗文化旅游活动，地址都改在了越城桥东、石湖东畔的渔家村新郭老街、石湖景区北入口广场。

小小茶磨屿，说来故事多

精致小山风景佳

行春桥西有座小山，叫茶磨屿。屿是三面环水的意思，今天不再三面环水了，于是有人叫作茶磨山。说是山顶平坦，形似石磨，但为何又叫茶磨呢？

宋人蔡襄在《茶录》中说，将茶碾成细末，置茶盏中，以沸水点冲为饮。这是宋时的饮茶法，那么这山名很可能是宋时起的。把茶

茶磨屿"山"不在高（嵇元摄）

叶磨成粉的茶磨，是比较小而精致的专用石磨，山得此名，也是说此山的小和精致吧。

确实，茶磨屿高仅 32.4 米，比海拔 34.3 米的虎丘山矮了那么一点点，两座小山都是小、矮但又有大名声的风景名胜之山。

人们到石湖来烧香拜佛，一般是来到茶磨屿下的石观音寺的。据说南宋淳祐年间（1241—1252）有僧人尧山法师，在山南的岩壁凿出观音像，高一丈六尺，崖岩就叫作"观音岩"；依崖壁建了一个两层的小型的寺院，石观音就在寺内。旁边是 3 间粉墙黛瓦房屋，名"茶磨山房"。为了体现观音住南海，利用地形和山涧水，辟建了一个大水潭。潭上面有根石梁，上刻"梵音胜迹" 4 字，寺名呢，叫潮音庵。

前些年，石湖景区将潭扩大，所以现在看到的是清池一泓，终年不涸。景区还从潭里捞出那个"内乱"年代砸断的观音像，由高新区著名的石雕企业枫桥工艺美术厂进行整修，补全了佛像，观音像现高 2.4 米，石观音寺这一古迹方才名副其实。

此处风光绝胜，进香人和游人都很多。古来题咏甚多，甚至寺南的崖壁上，有许多题刻，什么状元吴宽、书法祝枝山等，连乾隆皇帝也来题了两个字，成为苏州一处著名的摩崖石刻。古寺有书卷气的衬托，这也是苏州寺观的一个特点，不过在这里题词刻石的，名人较多。此前还有人告诉我说，洞内北侧石柱旁崖石上刻有一头麒麟，轻易不能发现，为洞中一奇，我这次因婉谢了景区里朋友陪伴，所以也可能失去了见到之缘。

江山也要才人捧

景区要真正出名，一般需要典故来点缀，最不济的也要说八仙，或某诗人或状元之类来过。石湖景色美，是和南宋的范成大有关。范成大（1126—1193）是吴县（今苏州市区）人，南宋绍兴二十四年

范成大祠内景色（嵇元摄）

（1154）28 岁时中进士。南宋乾道六年（1170）六月，以资政殿大学士衔奉命出使金中都。关于此次出使，他记有一卷日记名《揽辔录》，记载了金朝时的燕京（中都）的河流渡口、州县城邑、物产、生活风尚、名胜古迹、中都城现状、官职制度、疆域建置、廷臣名氏、族帐部曲等信息，也记录了金中都的壮丽景观，是研究金代时北京城市历史的重要材料。同时他在此日记中实事求是记下了"民亦久习胡俗，态度嗜好，与之俱化。更甚者衣装之类，其制尽为胡矣。自过淮已北皆然，而京师尤甚"。但他也写下了东京（北宋都城）"州桥南北是天街，父老年年等驾回。忍泪失声询使者，几时真有六军来"的诗句，让许多人如陆游等心潮激荡。他出使时，以一介书生，慷慨抗节，不畏强暴，几近被杀，但最终还是不辱使命而归，大长了南宋军民抗金的士气，朝廷对他也蛮尊重。晚年他辞官还乡，隐居石湖，号石湖居士。他在石湖主要做了这样几件事：

一是编写了《吴郡志》，这是苏州第一部系统的地方志，有着极为宝贵的史料价值。

二是在石湖写诗，诗的成就很大，范被称为"中兴四大诗人"之一。他反映农民生活和苏州农村风光的田园诗，在中国文学史上有一席地位，特别是《四时田园杂兴》60首，是中国田园诗中的代表作。

三是编了《菊谱》《梅谱》。他在《菊谱》中说："以菊比君子……草木变衰，乃独晔然秀发，傲睨风露，此幽人逸士之操"，可能有所寄托。而他的《梅谱》是中国第一部梅的专著，记录了当时有12种梅。现在祠内种了不少梅树，有次雨天我到那里，祠内红梅正开，带水湿气的梅香拂之不去，沾了满脸满身。

这些，大概也可以写入《苏州虎丘区志》"文化资源"卷的吧？

四是发生了一件粉色逸事。范成大有个"青衣"名叫小红。绍熙二年（1191）冬，江西人姜夔（字尧章、号白石道人）冒雪来访，他是一位词作大家但终身未仕的孤寒文人，又是后辈，范当时已66岁，是名臣宿儒、声望大的前辈。姜此来盘桓经月，不过是以文会友，他在范家赋了两首词，范成大很喜欢，给起名为《暗香》《疏影》，这是中国文学史上非常著名的两首婉约词。

小红一去无消息

谁知姜来了以后发生了一件让人意想不到的事。元代苏州人陆友仁《砚北杂志》里记载说：

> 尧章归吴兴，公寻以小红赠之；其夕大雪，过垂虹（桥），赋诗曰："自作新词韵最娇，小红低唱我吹箫。曲终过尽松陵路，回首烟波十四桥。"尧章每喜自度曲，小红辄歌而和之。

姜夔在石湖逗留了些时日后，要回吴兴，年长姜夔30多岁的范成大可能看出家里的小红颇属意未满40岁的大才子姜白石，也可能是同情姜夔旧情未能忘怀合肥的弹琵琶姑娘相思得苦？具体原因不清楚，反正范老先生将小红送给了姜夔。

姜夔携色艺双绝的美丽姑娘小红南归，船过吴江松陵镇（垂虹桥本是比宝带桥还要长的桥，20世纪60年代倒塌，现尚有部分残桥）的垂虹桥时，这天正是除夕，水阔云低，大雪纷飞，虽然天寒，大概小红和姜夔都很高兴，两人在船舱里一吹一唱以赏雪景，留下一段文坛佳话。

不过，后来不知何故小红还是另嫁人了。姜夔病故，葬在杭州一叫西马塍的地方（今杭州西湖北有马塍路，解放后所修筑，但当地人多喊作马腾路），有同时代诗人苏泂挽曰："儿年十七未更事，曷日文章能世家？赖是小红渠已嫁，不然啼碎马塍花。"（苏泂《泠然斋诗集·到马塍哭尧章》）可见小红当时跟随姜夔时年才17岁，不过彩云

在茶磨屿顶远眺石湖，湖中的天镜阁历历在目（嵇元摄）

易散后来另嫁人了。诗人苏泂认为如果小红不改嫁，一定会来姜夔坟前伤心哭泣的。这句诗透露出小红对姜夔还是有很深感情的，她之所以改嫁，或是身不由己吧（比如被姜家人驱逐或转卖）？

这个故事流传至今，说来不免让人一咏三叹，感慨不已。

范成大居住在石湖，宋孝宗亲题"石湖"赠送，从此石湖名声就更大了，同时，范成大也和石湖密不可分了，人称范石湖。宋孝宗题字的石碑，原在范成大祠，20世纪50年代为苏南文管会征走，带到南京去了，近年为建设石湖景区，景区方面去买来了字影，刻在崖壁上，为石湖添一处点睛胜迹。

行春桥西不远处有范成大祠。祠始建于明正德十四年（1519），徐扬所作的《盛世滋长图》中，绘有祠宇全貌，背山面湖，规模颇宏。祠内原有宋孝宗御书"石湖"碑、田园诗碑、范成大像为三大镇祠之宝。现有祠门、享堂两进，左右以廊相连，中为幽静的庭院。祠门额"范文穆公祠"，享堂面阔三间，硬山顶。堂内悬"寿栎堂"匾，内有一尊范成大坐姿的塑像。祠堂内还有明代摹刻的范成大手书60首《四时田园杂兴》诗碑7块。

据介绍，范公祠又称石湖书院，为明代唐寅、文徵明、沈周等文人才子读书作画之地。我走进范成大祠，感觉这个建筑群的面积虽然不大，但整洁肃穆。祠最东天井里长有一棵高大的七叶树，据说此树南方甚少见，所以景区方面特意挂牌介绍，这也是一个意义独特的看点。

所谓江山也靠才人捧，没有名人逸事点缀，再好的风月也逊色乏味，似乎可以说，没有范成大，也就没有石湖如今的名声。

一天晚上，我和几位朋友小聚，说起旅游的趣味，觉得景区固然要有历史的真实、情调的高雅，但也不能缺了俗和趣味。大家讲起唐伯虎和秋香的事，觉得确实脍炙人口，说从古到今谁不爱听爱情的故事呢？其实苏州还有几件诸如此类的故事，整理一下来装点景区，这美不胜收的苏州景色才有精气神。大家一时兴起，排了一下，有吴王和西施、韩世忠和梁红玉、冯梦龙和侯慧卿、汤显祖和在台上一唱而绝的苏州女旦、钱谦益和柳如是、吴梅村和卞玉京……而范成大义赠小红也是绝好的故事，试想，哪个城市有比苏州更多这类让人荡气回肠的故事呢？

是啊，如能在石湖边竖个范成大送姜夔、小红上船三人群雕铜像，衬景是《暗香》《疏影》词和范成大的《次韵姜尧章雪中见赠》诗碑，我想，这个景点必然能倍添游兴的吧。

枫桥

谱写新诗篇

解放苏州前哨战：枫桥烽火红

江南四月春光好

　　寒山寺西、京杭老运河和新运河之间，有个南北向的狭长岛，面积大约一个拙政园那么大，2003 年开发成景区时，起了个挺美的名字叫江枫洲。这个景区精心设计、精心施工，洲上景点依托大运河安排，丰富而且讲究，开放后，很受市民和游客欢迎，许多游人从寒山寺出来，必来此免费景区，真是抬脚就到，十分方便。

枫桥，因诗著名（嵇元摄）

景点再多也有重点，景区北端有个并不太高大的古关，叫铁铃关，扼守着运河，形势险要。这座关隘是古物，不过关上有楼翼然，那是改革开放后恢复的，游人喜欢上关去观赏运河风光。

铁铃关东，有座跨老运河的枫桥，看桥阶石上有车辙印，就知此桥已历经沧桑。它听惯了年年岁岁古刹半夜的钟声，应该已记不得敲钟的次数了，但 1949 年 4 月那场激烈枪声，一定融进了它的桥石里了吧？

江南 4 月，油菜花初谢开始结荚，不过 1949 年的江南春季，特别多雨。征衣还披着淮海大战烽尘的解放军第三野战军（简称三野），这时进抵长江北岸，几十万大军秣马厉兵，完成了渡江战役的准备。

国民党军从抗拒我解放大军渡江的总战略考虑，组建了长江防线，驻守苏州沿江一线的国民党军队为一二三军，军部设常熟城内，下属一八二师布防在苏州城及西郊，作出军事对抗的部署。

解放军三野渡江部队分为东集团和中集团。东集团由第八、第十两个兵团共 7 个军 35 万人组成，东集团的第二十九军，前身是华东野战军第 11 纵队，是由抗日战争时期新四军苏中军区的部分部队发展而来的一支光荣劲旅。该军任务是从张家港（今苏州下属市）那里的双山沙（今叫双山岛）方向渡江；该军八十五师为"渡江突击师"。

4 月 20 日，国民党政府拒绝在和平协定上签字，国共和谈破裂。次日，毛泽东、朱德发布《向全国进军的命令》，百万雄师强渡长江。解放军八十五师在苏州地下党组织的数十名向导带领下横渡长江，经过血战，攻上双山沙，于 22 日黎明解放了这个靠近长江南岸的江岛。

大军随即疾进，23 日夜解放无锡，接着部署解放苏州：二十九军八十五、八十六师及八十七师的二六〇团、军炮团等，担任主攻苏州的任务。

配置了如此强大的军力，体现出渡江指挥部对解放苏州的重视。苏州为江南名城，又是上海和浙北的门户，解放上海之战，为全世界所瞩目，而要顺利解放上海，苏州是解放军必须拿下的战略之城。攻打苏州用牛刀宰鸡之力，旨在用雷霆之击，速战速决解放苏州。还有一个原因，我军解放上海战役指挥部决定设在苏州，三野首长将莅苏指挥。

国民党鉴于江防全线失守，通过长江天堑阻挡我解放全中国的图谋已然失败，其守江部队面临分割围歼，为在上海再作顽抗，下令部队分别向杭州和上海方向收缩靠拢。驻守在苏州的国民党部队一二三军所属的一八二师三个团以及一些地方武装，接命令主要布防于苏州城西的京杭大运河一线，其任务是掩护主力部队和地方政权机构撤逃，因此他们势必要进行顽抗以掩护溃军前往沪杭集结。而大运河畔的枫桥，向来是扼西进苏州的咽喉，国民党军在枫桥、西津桥都作了军事部署。

兵锋直指铁铃关

担任解放苏州任务的我军第二十九军，征尘未洗，4 月 26 日凌晨从无锡出发，沿京沪铁路线和大运河向苏州进军。

据中共苏州市委党史办公室整理的史料，当二十九军八十五师行进到望亭和浒墅关之间时，突遭 4 架敌机俯冲扫射，部队有伤亡。26 日下午 2 时许，二十九军前进指挥所和八十五师师部均抵达苏州的浒墅关镇，并立即作出战斗部署：

（一）八十五师沿铁路两侧攻击前进：（1）其所属之二五三团为左翼，沿铁路北侧前进，歼灭虎丘山一带守防的敌军一个营后向苏城攻击；（2）二五四团为右翼，沿铁路南侧前进，任务是歼灭枫桥、江村桥及高板桥一线敌一个团的守防兵力；而后配合二五三团向城区攻击；（3）二五五团随二五四团跟进，协助歼灭该敌后向苏城攻击。

（二）八十六师两个团在八十五师右侧，直插横塘，而后至苏州城南控制苏嘉公路以及宁沪铁路，断敌退路；该师另一个团从通安桥

铁铃关，苏州抗倭三关，唯此独存（嵇元摄）

方向攻占木渎。

从这一部署可见，今天高新区区域，是当初解放苏州第一战的主要战场。

军令既下，我八十五师、八十六师像两把尖刀插向苏州守敌。

八十五师担负主攻苏州的任务。左翼二五三团前进到黄花泾地区遇到大河阻挡，无法通过。黄桥地区的地下党组织发动了二三百群众，集中了近百条民船和许多门板木条，在颜家圩、潘家角等渡口搭起三座浮桥，供解放军通行，同时又派向导给先头部队带路至旺河桥；右翼二五四团从浒墅关向枫桥方向疾进；后面的二五五团也于26日下午6时到达了江村桥和高板桥以西一线。

我主攻枫桥的部队二五四团有3个营，从浒墅关镇出发，经镇内的旺米、联港，到达开山，这时已是下午4点了。部队发起攻击前在这里稍作休息，团部在开山村田野里召开了紧急会议作战斗部署，进一步明确各营战斗任务。

一营由开山村直奔枫桥镇的运河西岸，主攻铁铃关；三营在一营右侧为右翼，攻击枫桥集镇南面的江村桥；二营在一营左侧，部队以展开姿势向枫桥镇与铁路之间的运河西岸推进。各营均须在黄昏前到达运河西岸，构筑阵地，做好一切攻击准备。

二四五团紧急会议的精神及作战要求，立即传达到每个战士，大家都明确了攻敌任务后，部队就出发了，以战斗状态通过镇内的木桥、铜墩、西津桥、东浜、马浜等地，浩浩荡荡奔向运河西岸。

下午6时前，天色还没有暗，中路的一营三连在原津桥村与敌前哨部队一个排相遇，双方发生战斗，敌见我军如虎下山，势不可当，心胆俱裂，被迫放弃阵地，向枫桥镇逃窜。

下午6点30分左右，攻枫桥部队二五四团3个营已全部到达大运河西岸。

我曾和枫桥街道的一位老农民聊过那天晚上的事。他说他父亲带着全家，从张家港市那里来枫桥租田，是无地贫民，住的是搭建的草房，而旁边就是地主家的瓦房，但解放军来了，选择住在他们家，不去地主家的瓦房里躲雨。当时他父母亲就觉得这是我们自己的部队来了，天真的要亮了，从心里把解放军当作亲人一样看待。因此解放军要了解地形什么的，大家都真言相告。

四打枫桥之战

《枫桥镇志》的主编徐双林老师，向我介绍了这次战斗经过。他说他曾采访过当时参加战斗的部队干部，获得的都是第一手资料。我根据他的介绍和书面记载，作了些整理：

枫桥镇的铁铃关本就是军事设施，三面环水，易守难攻，敌军在枫桥上和关上都架设了机关枪，妄图据险顽守，在南面不到100米距离的江村桥上，敌人也架设了机关枪，与守关之敌成掎角之势，打算以相互支持的火力，来拒止解放军。我军见敌情如此，并没有马上发起攻击，而是再做了一些攻击的相应准备。晚8时，一营和三营同时向两处敌人发起攻击，敌军负隅顽抗，解放军进攻受阻，双方形成对峙态势。

二营在枫桥北面收集船只，准备架设浮桥，打算东渡运河，从敌人后面包抄攻击，但这一意图被敌人发现后用机枪扫射，导致部队伤亡较大。第二次攻击又没有成功。

二五四团团长李力群让攻枫战斗稍停，再做准备后在 27 日拂晓，亲自指挥第三次对枫桥发起攻击。三营在机枪掩护下，向敌人逼近，但敌人居高临下，交叉火力猛烈，我军虽发起多次攻击，仍然没有获得进展。第三次攻击又受阻。

李团长打仗善于用智，没有硬拼。他第四次攻枫桥改用兵力，一面命令二营担任攻击并组织突击队。二营借来居民的桌子，上蒙湿棉被，然后让突击队在火力掩护下，头顶桌子，偷渡过运河，绕到敌人后面兜击；一面命令三营七连再次组织对枫桥的正面攻击。

这时，一个喜讯传来，师部通知二五四团，我炮兵部队已经抵

解放军攻打枫桥之战（嵇元摄于苏州革命博物馆）

达运河西岸，并已做好射击准备，不过强调为保护寒山寺，不能轰击古寺和古镇。

清晨5时30分，我炮兵向运河东岸作压制性炮击，并用八二迫击炮加大火药包平射，敌在枫桥、江村桥的工事，瞬间被摧毁，这样的火力和攻击势头，完全出敌意料。5分钟后，我军的冲锋号在春天的清晨中嘹亮响起，回荡在运河和寒山古刹上空，轻重机枪一齐向东岸敌人开火，一营、三营一跃而起，两支利剑同时直插枫桥、江村桥。这时，河东岸也响起我军的枪声和喊杀声，原来二营也偷渡成功，上了东岸，绕到敌人后面。

但敌人没有想到的是，二营突击队渡过运河后，不是配合一营和二营，而是配合自己的二五四团和二五五团一部，攻击高板桥守敌。另一支兄弟部队八十六师以二五八团向横塘方向搜索前进，击溃盘踞在横塘一带的残敌，也在27日拂晓发起总攻，被孤立的敌人见势不妙急忙撤逃。我军即派一部兵力往东南转攻苏州城东南，也是抢大运河的要点觅渡桥，以期控制苏嘉公路和大运河；二五七团于同日早晨进抵木渎，但敌人早已逃跑——于是我军顺利进驻名镇枫桥。

我八十五师各部挟胜向苏州城内追击前进，从平门、阊门、金门、娄门入城，敌一八二师主力东逃昆山。早晨6时40分，完全解放了苏州。

主攻部队八十五师在枫桥的战斗，是解放苏州最重要的首战。首战必胜，是我军的传统，而国民党军也想凭运河的天然障碍和工事，做了守备的准备，因而这一仗也是解放苏州最激烈的战斗。此战我军歼敌2个连，俘敌1个连，保安团1个连投降。我忠勇指战员血洒铁铃关下，牺牲11人。

民盟苏州地下支部印发了大量《光明报》号外，向市民报告苏州解放的特大喜讯。在苏北组成的苏州地委、市委的接管人员也随军到达苏州城里。市民纷纷奔走相告："天亮了！天亮了！"

苏州这座始建于春秋时期的历史名城，由此翻开了崭新一页！

枫桥，也因此增添了新的一页。关楼里原先有"铁铃关战斗史迹陈列"的展览，枪械、照片的内容丰富，画面生动，许多游人和孩子在认真参观，个个神情肃穆。现平地上另辟有专门的展览馆。我去时正好有个单位来参观，还有一大群人立正在党旗前，我见里面人有点多，就走了出来。一会儿背后传出参观者铿锵的声音，原来他们在重温入党誓言，这气壮山河而又熟悉的词句，听得我心情激动。

我回到关上，绕着关楼缓缓走了一圈，看铁铃关下四周虽只是苏州一角，但风光殊胜，思绪就如滔滔运河水，波浪不息。

古老又新生的高景山

当年吴军山下过

如在枫桥街道、马涧商业街一带办事或散步，特别是走在湘江路、马涧路，远远地可以看到一座山突兀地矗立在路南边，白鹤寺传统风格的建筑，从山脚依山而上，层层叠叠，直至山巅，非常壮观——这已成为这里一个标志性的街景。

苏州的山，都不太高峻，但却名山众多，而位于支硎山北端的高景山，在苏州诸山里，并不是太有名的一座山。

据查资料，高景山南与大禹山相连，海拔 107.7 米，北东走向，是苏州城西一座普通的山。山体由花岗岩构成，我的朋友、中科院地理研究所齐德利博士说，高景山的花岗岩和天平山、中峰山形成于同

高景山坡白鹤寺，高景山下新城区（枫桥街道提供）

一时期。那么可以这样理解，高景山和天平山等附近的花岗岩体山陵是弟兄关系。据说高景山还发现有萤石矿点，但有无开采价值我说不清楚。

其实，高景山在历史上也是很有名的，《江南通志》卷十二这样记载："高景山，天平支陇也，《越绝书》作高颈山。其西麓对花山，厓谷盘拱处曰'金盆坞'，宋魏了翁墓在焉；其南为斜堰岭。"天平山有余脉"漫衍而来"数里，像一首音乐一样余音袅袅，到了今天马涧路这个地方时，山脉戛然而止——高景山就像是一个大大的休止符号。

《越绝书》是东汉时古籍，也许可以说是记载苏州最古老地理信息的一本书，其中记载说：

> 吴古故陆道，出胥门，奏出土山，度灌邑，奏高颈，过犹山，奏太湖，随北顾以西，度阳下溪，过历山阳、龙尾西大决，通安湖。

高景山东麓景色（嵇元摄）

我大致是这样理解的：春秋吴都曾有条古道，但现已弃用的陆上大道，是出胥门，进到土山，经过灌邑，再进到高颈山，经过犹山，再过去，就到了太湖边了。转而向北再向西，渡过阳下溪，经过历山南麓的龙尾西大湖口，可以通向安湖。

细看这段文字，透露了吴国往西到太湖有一条国道，南主干道通往灵岩山至太湖，这条北主干道要经过高颈山。换言之，高颈山虽不高，但在吴国时是扼吴都往西的干道，地理位置十分险要。很有可能，吴国和越国在太湖作战，是走南干道，若大军西征（比如征楚），走的是这条从高颈山下经过的北人道，而且这条路是走吴国水陆大军的干道，水军往西进入大湖，陆军沿太湖岸往北、往西而去。

遥想当年，数以万计的吴军水陆部队，浩浩荡荡经过高颈（景）山，那场面该是非常震撼的吧！今天看高景山，默默无语，其实它是历史老人，见过吴国历史雄壮的一页的啊！

元代大儒长眠此山

不过，东汉时说起这条道路时，前面加了古、故两字。古，意思是历史；故，是已经不用的意思，这条"吴古故陆道"中在高景山下的一段，现路名叫马涧路。

虽然吴国被越国灭亡以后，高景山有点冷寂，少见于史书，但并没有被人忘记。宋代有个大学者魏了翁逝世后，家属将他安葬在了高景山的金盆坞，因他而故，高景山见诸记载就多了起来。但是，以今天的眼光严格说来，魏了翁先生的墓，是在高景山南的大禹山，两山相连。墓冢今犹在，不过过去的神道、翁仲和石牌坊已经没有了，只有政府所立的文物保护石碑和杂草相伴，时有古迹爱好者前去寻访。

魏了翁（1178—1237），字华父，号鹤山，四川邛州蒲江人，《宋史•列传第一百九十六》有传。他是南宋宋宁宗时人，进士，在嘉

原江苏省巡抚衙署、今苏州卫生职业学院内，为纪念魏了翁在西花园建了鹤山厅（嵇元摄）

定、绍兴等地做过官，后来在朝廷里任工部侍郎、礼部尚书、资历政殿大学士，一般认为他是南宋著名理学家、思想家、大臣、教育家。他卒于嘉熙元年（1237），年六十，赠太师、秦国公，谥文靖。

魏了翁能诗词，善属文，其所填的词，语意高旷，风格多样。他的《鹤山全集》达109卷之多，还有《九经要义》《古今考》《经史杂钞》《师友雅言》等，词集名《鹤山长短句》。

他一个蜀人之所以和苏州有关系，是因为皇帝欣赏他，赐第于苏州，也就是安排（要求）他定居苏州——也许这是国家最高层重视苏州的文化、教育事业建设的重大举措，为苏州引进了人才吧。魏了翁在各地创办鹤山书院多所，他来到苏州后，也办了一家有相当规模的鹤山书院。之前北宋时的范仲淹，也曾在苏州办学，不过那是官学，史称"郡学""府学"，学址在今天的苏州中学和文庙。府学对苏州文化建设做出了重大贡献。

鹤山书院位于苏州古城里面西南区域的书院巷20号，院址在府学后面。进入府学学习，需要具备一定的条件，而且这条件还比较严格。鹤山书院则是民间办学，对普及儒学、培养人才，和府学一样意义重大，这书院巷的地名就来自鹤山书院，是一种纪念。

元代仁宗年间，魏了翁的曾孙向朝廷建议重建鹤山书院，这表明世代更替，鹤山学院此前已经停办。据《道圆学古录》卷六《魏氏请建鹤山书院》记载："上请于朝，以先人之居分籍在己者，规以为鹤山书院，请得与明师良友，讲求其所传。"因得到朝廷批准，苏州鹤山书院得以重建，至顺元年（1330）文宗命虞集题"鹤山书院"，并作《鹤山书院记》。元代鹤山书院的恢复，对苏州文脉延续有积极意义。但明清时，鹤山书院的旧址被作了江苏巡抚衙门，衙署古迹至今尚存大部，为省级文物保护单位。不过兜兜转转，到了20世纪，这块地又作了教学场所，这种历史"宿命"，是不是很让人感慨的？

天平山、金山等山体为花岗岩，是优质石材，原先苏州长期被采的石为在湖海盆地生成的石灰岩类青石，到了清代，采石工具有改

魏了翁墓（华意娟摄）

进，苏州硬度更优的花岗岩被大量开采。清雍正年间，巡抚张楷下令石工采高景山石，导致该山多处残毁。乾隆三年（1738），巡抚许容勒石永禁采石。同治十一年（1872），苏州知府李铭皖普禁诸山违禁开采。但新中国成立以后，因建设需要，高景山等又被列入采石之山，山的南坡因采石几近夷平。

苏州政府在新世纪初全面停止开山采石，高景山虽有残破，却得以保留了下来，现在高新区不仅严格保护山体，而且采取了复绿、采石宕口整理、建景点等许多生态恢复、景色改善方面的措施，颇见效果，让人欣慰。而枫桥街道早在 2003 年起就开始陆续对辖区内的 16 个采石宕口开始整治复绿，并且采用了许多新技术、新方法。

名刹美园两相宜

高景山以前山上好像有庙的，据说是清乾隆二年（1737），山上建飞府城隍庙，那这庙应该属于道教。庙毁于 20 世纪 60 年代末 70

以前的采石宕口，今改建成了一处开放式苏派花园（嵇元摄）

年代初，但留有残迹。到 90 年代时，民间自发在山东北高坡上建了座简陋的高景山庙，既没有旅游价值，又有引发山林火灾的隐患，更没有经过宗教管理批准，这所未经批准私自搭建的土庙，经过了几轮拆除、重建的反复。

枫桥镇较为重视民情民意，决定在高景山建一处既有建筑美学和旅游价值的仿古风格的建筑群，又可作为一处经过批准、规范的宗教场所，方便当地居民的宗教生活。重建后的寺庙坐西朝东，名叫白鹤寺，由庙前广场、寺院、塔院、花园及道路等几个部分组成。寺内由下而上分别是牌楼式山门、御道、照墙、山门，左右为两层重檐式钟鼓楼、天王殿、传心洞、妙法洞、护法殿、佛殿（大雄宝殿）、石鱼景点、多宝楼等，看楼阁重重叠叠，我花了很大功夫，那些飞檐也没有数清楚。

高景山采石遗迹的处理，是枫桥生态治理中的一处，采用了"挂网客土喷播"复绿技术和"留景、复绿、点缀、修饰"的方法，做法颇见匠心，效果非常明显，裸露的残留山体成为四季有绿、景色秀美的休闲观光公园，被国土资源部评为示范项目，治理模式被总结为"高景山模式"，在全省乃至全国推广。

我去白鹤寺的路的右边，有一个大水塘，据说是以前采石（或挖泥）形成的深潭，经过整理，修了驳岸，还建了观光木栈道，如彩虹临于水上。池北为架水而建、体量很大的单檐歇山式、斗拱、面阔七开间的念佛堂，堂前还有观水平台，念佛堂东南，曲桥相连一座重檐八角形亭子，这两座建筑都很精美，是高等级的仿古建筑，和这池、木栈道相配合，构成一处很值得一游的景点。

白鹤寺山南麓被夷平处，经过整理、建设，成了一处风格疏朗、很有特色的市民园林，有在山腰的长廊，有建在小山丘上、旁边辅以翠竹的观景亭，有水池，有轩，还种了超过 50 种花木，光樱花就种了 500 棵……残破之地，变身为古典园林风貌的花园，给苏州新添了一处休闲明珠。

前几年来白鹤寺，还没有见到这处园林，现在里面小坐，感觉这里是一处很有看头而又环境十分幽静的景区，公共交通到这里也很便捷，这里正在成为一处有特色的旅游胜地。

后来和朋友讲起此次的高景山印象，说印象很好，就是景区面积太大了，有42万余平方米，相当于56个足球场，走马观花也不容易走完啊。朋友问我："你去高景山有没有走一走健身步道？"我愕然："没留意啊，我主要访古了呀。"朋友大失所望的样子："唉，你吃鱼是只吃葱和姜片吧？"他介绍说，高景山景区有休闲步道、健身步道和文化步道，构成3个环，那彩虹塑胶跑道，分别有红、绿、橙、黄、蓝、紫，就像彩虹落在了人世间，穿行于树林、草地、山麓……

听了他这么说，我也觉得自己粗疏了，心想，那我过几天再去，反正现在交通方便了。

龙池：桃花盛开在水中的地方

慧眼识得此山水

"你啥辰光到我们白马涧来玩呢！我陪你去吃吃茶……"电话里传来清脆悦耳的声音，一位枫桥的朋友，多次盛情邀请我去她家乡。我想，白马涧一定是一个值得她骄傲的明珠景区吧！我心里感激她对我的关心，但实在偷不出半日闲的浮生。

有一天，高新区管委会一位领导对我说："白马涧里有桃花水母，你怎么不去看看呢？"

龙池风光（枫桥街道提供）

嗯？好像这名字美丽的"水中熊猫"，在苏州还不多见吧，更何况是在一个高新技术开发区里呢！更何况枫桥是高新区人口约30万的第一工业板块呢！

于是在一个秋阳如金的日子，我一个人来到了枫桥街道（镇已改街道）西部的白马涧（龙池）风景区。公交车并不到景区门口，有段路走走，正好让我一路上欣赏着如油画般的景色。景区门口有介绍，说风景区占地1.5平方公里，离市中心16公里，是高新区里一块原生态的"绿肺"。

进了景区，满山树木郁郁葱葱，只有少数树的枝梢略染黄色；山泉在欢乐流淌，到了一个山口汇成瀑布，发出很响的哗哗声在山岭间回荡；树林里、草坪上、石桥边、花廊下，响起孩子们的笑语声、闪过他们的身影……原来这天高新区的一所学校组织了学生来这里秋游。孩子们和大自然零距离接触，放飞着心底纯真的欢乐，也感染了这秋色，因此显得分外美丽。

苏州总体上是一个平原地区，但在靠近太湖西部，逶迤着一些不高的丘陵，大致是浙江北部的天目山穿太湖而来的余脉。白马涧这一带的丘陵，以前开发水平很低，或作为果林场，或辟作公墓区，有

为体现白马涧的马文化，景区内新建的景点（龙池风景区提供）

的土层较薄不宜植树还是荒山。山岭间散落着一些自然村，经济并不发达，当地农民除种点不成片的农田外还需靠山吃山，以开山采石为重要经济来源……

有幸的是，高新区发现在花山、天平山、观音山等山林围绕之间，有一个山林围合的U形山谷盆地，山上零星分布着名胜古迹和寺庙建筑，有的处于湮灭状态，很明显这一资源还没有经过很好挖掘。更可喜的是，这里并不缺水，有片清波粼粼的水面叫龙池，原是吴县的胜天水库。因为周边没有工厂和居民，因此水质格外清澈。这里还有采石和施工开挖形成的池塘，面积达100亩，水质也极佳，如果善加利用，可以化腐朽为神奇，经过细致开发，成为将来景区添彩的旅游资源。场地内溪涧、水塘众多，河网纵横，特别是一道从附近花山上流下来的涧水，从"百步潺溪"出发，流经寒山岭，又向北汇合支硎后山的一道溪水，汩汩而流，最后曲折向北转西通往京杭大运河，当地人叫这溪水为白马涧，这真是将来景区里不可多得的一宝啊……于是决定在这地方规划建一个大型景区，不久就动工了。

皇帝给景区取名"明镜漾云根"

白马涧（龙池）景区当初作为生态园首期开发的休闲旅游区，指导思想是开发保护，工程上没有大动干戈，当规划者看到龙池（胜天水库），已经年久失修渗漏严重，认为这是苏州旅游资源中非常稀缺的资源，决定在严格保护、养护的基础上，将龙池化作景区的点睛之笔、标志性景点。这一思路实在高明。

今天，往景区里走着走着，那哗啦啦声传来耳边，响得仿佛千军万马在奔腾，这就是胜天水库的瀑布，"瀑布声喧"也是其他景区较少见的景观。胜天水库今叫龙池，在天平山、支硎山之侧，蜿蜒流淌于山岭之间，往东、往南后再转往西，沿群山边缘自然流转，其状若龙，至最西端回环成湾，如一个巨大的龙首，这溪河加水库，因此

依稀可以想见过去胜天水库的模样（杨蕴华摄）

得名"龙池"。

这里有许多历史典故。和越王勾践有关的特别多，还有是和清朝乾隆皇帝有关的……景区结合这些历史文化资源，建造楼、亭、桥、雕塑、花架、特色树林等，大大丰富了景观。我在龙池边看到一方乾隆御碑"明镜漾云根"，景区管理处介绍说这还是原物，许多游人来此，惊叹这竟是皇帝原笔题写的原碑，都喜欢以龙池景色为背景，和古碑合影。这个徐霞客第二的皇帝多次到白马涧这里来游览，喜欢这里山清水秀，因此特地竖碑为证。

龙池（胜天水库）由枫桥区马涧乡青山、西和两个村合建于1952年，为原苏州地区乃至江苏省建库最早的水库。湖面面积20000平方米，容积水量约80000立方米，属天然雨水和山泉，水质清冽无污染。而且水库三山相拥，山影倒映水中，景观美不胜收。

现在的龙池，配有水滨步道、十里木栈、栏杆等设施，是景区里乘凉、观景的中心位置，游人在这里面朝龙池，山水如画尽入眼帘。这里还有苏州很少的近百棵高8米的古香樟树群落，构成一处原

龙池水倒映着山影（杨蕴华摄）

生态的绿色大茶吧，这里最多可容纳 500 人同时纳凉。景区提供茶水、风味小吃，让这里成为消暑纳凉休闲场所，也是让人心静休憩的好地方。

在这"桃花"盛开的地方

白马涧（龙池）风景区那张生态名片甚至可以说是独特的"代言人"——桃花水母，是一首很传奇的生态之歌。

2002 年 8 月，桃花水母曾持续现身于龙池中近 2 周，但当时发现的数量并不是很多。后来几次（并不是每年都有）出现了成千上万的桃花水母同时现身龙池的壮观景象。

桃花水母是一种无脊椎动物，距今已有 5.5 亿年，出现在地球上的时间比恐龙还要早 3.2 亿年左右。在多细胞生物中处在最低等、最原始的阶段，其生命周期只有不到 2 个月，被称为生物进化中的"活化石"，常被人与大熊猫、中华鲟相提并论。

据上海《东方早报》记者报道："中国水母研究专家、河南师范大学生命科学学院教授和振武介绍，桃花水母是唯一一种生活在淡水水域的水母物种。目前，在全世界范围已经发现了 11 种桃花水母，其中 9 种产自中国。记者了解到，这次龙池水库出现的桃花水母为信阳桃花水母种，因 1961 年被发现于河南信阳而得名。和振武介绍，信阳桃花水母种极其'娇嫩'，对环境要求苛刻：水质为弱酸性、不能有任何污染、温度要恒定。白马涧龙池水域的地质年代已有 1.5 亿年。"

因为桃花水母只生存在温带洁净的淡水之中，水温在 20—25 度之间它才会出现，龙池中发现了具有"水中大熊猫"之称的活化石——桃花水母后，得到了高新区、枫桥街道和景区管理部门等各方面重视，无论在前期的开发建设还是后来的开放、管理中，都极为重视生态保护，这样，一般在每年的 7—8 月，当水温水质都达到要求时，游人就能在龙池中看到桃花水母。

瀑布声颇如万马奔腾，声势雄壮（稔元摄）

许多游人舀一杯龙池水，就能看到直径大约在0.1厘米至1厘米之间的桃花水母，就像一把张开的、有着4根骨架、边缘带着细细花穗的小伞，水滴般晶莹透明，似有若无，柔软轻盈，姿态优美，很是可爱，在水中漂动时像是水晶般的桃花瓣，令人赞叹不已，这也是白马涧生态园让游客有在其他地方不一样的收获。许多人看到桃花水母如玉色桃花朵朵开，都会惊喜万分，

桃花水母（枫桥街道提供）

连呼"太可爱了！"觉得能看到桃花水母，实在是不虚此行，开心地在龙池边上流连忘返。

这里青山绿水还有桃花水母！引发了人们更多的思考。苏州高新区是长三角地区经济、社会发展非常迅猛、人口不断增加的一片热土，但在高新区的核心区里居然能看到桃花水母，无可辩驳地证明了高新区的发展，走的是一条注重生态保护的绿色之路。

高新区发展得好不好，桃花水母是代言人！

含香的鹿山，绿色的中草药宝库

会飞的石头落在此山……

初夏的早晨，气温不热也不冷，我在苏州高新区的鹿山散步，不知不觉里走过兰风寺，这座名寺里的小五百罗汉挺有特色，以前曾来过，这次就过门而未进寺，而是走上了山腰。山道走不多远，看见有块大大的石头，露出在头顶上边接近山巅处，石上镌刻有红色大字，一片绿树还有箬竹簇拥着，看不真切。据说以前的当地人把这块

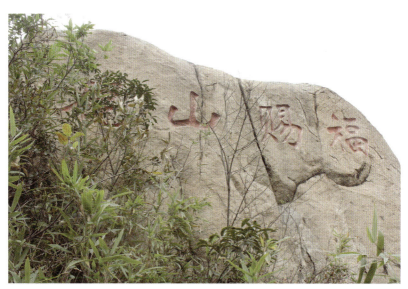

鹿山奇石，名曰"商羊"（嵇元摄）

石头叫作石羊，转音又叫"商羊"。

商羊是古代神话传说中的神兽，住在北海边，每当大雨到来之前，会屈着一只脚在田间飞舞，有古书说："商羊者，知雨之物也；天且雨，屈其一足起舞矣。"但怎么这枫桥附近的山里有商羊化为石头了呢？当地又有传说，好像是有只商羊，不知哪一年在迎雨跳舞时，为保这里年年不旱，就落到了这里的山上，舍身化而为石。这类传说在古代各地都有，但近百年来，文明昌盛，科学进步，慢慢地神话类传说孩子不感兴趣，老人也懒得说，口口相传这一传承、传播方式也就式微了，故事也大量在失传，其实鹿山的商羊石传说还很感动人的。

正在乱想，却见山道边有个亭子，就打算到亭子里小坐歇息一会儿。早晨的太阳光带着金色，斜斜地投进亭子里，给人一种灿烂的感觉。走进亭子，见已有一人在亭子里靠栏坐着，看上去年逾七旬，但精神矍铄，我就朗吟两句算是打招呼："东方欲晓，莫道君行早，踏遍青山人未老，风景这边独好……"

那位老者抬眼对我看了一下，露出笑容："你早啊，好像不是本地人？"

我说："我是苏州城里人呀，不是这里的当地人……听口音，老兄是这里人吧？"

他答道："是的，是的。不过住在小区里哉。以前一直在这一带的山里，日日爬山的，老了习惯蛮难改变的。"

我看他脚边有只塑料袋，里面是一些杂七杂八不知名的草，有的草还探出叶子、叶梢来，好像要引起我注意似的。我有点好奇，就问："你喜欢种些山上的野花野草啊？听说有台湾人来苏州这里觅了草，回去培养，就变成花店里独特的花草卖钱了。"

他却有点不感兴趣我这个话题似的回答："噢，是真的吗？"他顿了顿又解释说："我不是想拿回去种花种草。"

"那你，要这些草是干什么用呢？"

"不做啥呀，就是手痒，看见了忍不住习惯性地采了几棵，拿回家看看。"

莫看山普通，山坡长满宝

我的好奇心上来了："那请教了，这是些什么草啊？"

"噢，这些呀，"看来这是他感兴趣的话题吧，他很乐意告诉，"这都是山上的药草呀！可惜，现在上山'捉'野草的人少了。野草长得太盛了，一些药草长不出来，像以前，山上桔梗蛮多的，现在少看见了。"

我心里涌起惊奇和佩服之情："原来你懂中药啊！"

他乐呵呵地笑了。看着我一会儿，大约发现我是可以和他交流的人，就打开了话匣子。他说——

过去我们村里有七八十户人家，家家都会采药的。我们这里人多地少，以前要增加收入，就到山上去采些药卖铜钿，贴补生活。

鹿山脚下有名刹兰风寺，为苏州城西一有名景区（嵇元摄）

这里山多，所以药的名堂也多的。采药草，有的药是用根的，就要挖，像桔梗、白术、浙贝、白芍、半夏，都是挖根的；有的是全草入药，比如蒲公英、鼠曲草、杠板归、薄荷、益母草、白花蛇舌草、紫苏、佩兰、泽兰、八月扎、茵陈、夏枯草、鱼腥草……你说玄参？我们这里倒没有，苦参也没有，牛膝、蛇床子、薏仁、天门冬，嗯，都是有的。

　　你不要说，一个地方有山，是城里人、乡下人的福气，大家老小都沾光的，我们这里的几座山真的是宝山啊，许多草就是治病的宝贝。蒲公英现在有家种的，有野生的，当然野生的药味足，效果比较好一点。怎么识别呢？野的蒲公英，开黄颜色的花连在草上；家种的蒲公英，一般是没有花的，可能是力道搭不够吧……所以我想，家种的蒲公英，做中药的药力不及野生的蒲公英好。我还一直认为，有山就有野生的草，就是野生的中药。

　　也有的人，采药不是挖草，而是在山里去寻螳螂子，就是中药桑螵蛸，也有捉刺猬的，剥刺猬皮卖给收购站，刺猬皮也是一味药，

李良济中药博物馆内小景（嵇元摄）

还有蜈蚣、地鳖虫、壁虎，也是药呢。不过，现在生态保护，我们这里不再剥螳螂子了，也不捉刺猬等动物了，捉动物做药在这里好像再没有听说了，还是采草类的中药为多。总之，山里名堂多，我们眼里，草啊树啊大多是药材。

中草药里有许多讲究，比如桔梗，要挑苗粗的，白芍、白术，要三年生的，药力才够，太子参倒只要一年生，延胡索只要两年，要有足够生长时间，采到的药，质量才有保证。有一种中药叫海金沙，非常有趣，这草是有雌雄的，叶子无刺，光滑的，是雄的，叶子里没有孢子粉；叶子有刺的，是雌的，叶子背面一包孢子粉。现在不分雌雄，割了晒干，通过揉搓或敲打，将孢子粉弄下来，过去是在雌叶下面铺上被单布，轻轻拍打，孢子粉就下来了。采楮实子也挺有意思的，那树结暄暄红得像杨梅那样的果子，果子其实蛮刺手的，要弄出血的，采了拿回来放在石臼里捣出红色的籽来，晒干，就是中药楮实子。

再说枇杷叶，最好是 10 月以后采下来，用板刷刷干净叶子背面的绒毛，再切成小方片，晒干，就是一味常用的中药。我们苏州医生蛮喜欢用枇杷叶入药的，用来治疗咳嗽痰多。以前生产队里实行工分制，大家自报互评，做一天多少工分，年底根据所做的工分分红。一个成年人，做死做活一天大约只挣七八角钱，如果采药去卖，山上采采，就是收入，一天可以获得两三元钱。我父亲也是采药的，我阿爹也是采药，我们三代采药。其实呢，田里再用功，还是只有那么点收入，日子苦，大家不安心只做农业。后来队里也组织搞点小秋收，就是秋天时大家去采采药，交给生产队里，卖给收购站，也算工分。到了改革开放，采药才放开。这里有个地方叫马涧（小镇），有中药收购站的。我们这里采药人多，各人有各人的特长，药的名堂多，所以我们这一带的中药蛮有名的。

大、小鹿山不同命运的启示

听他说了这么多，我也很感慨时代的变化。他又说："我们苏州的中药产量未必多，但品种多。像有的地方，以枸杞为主，或者以牡丹皮为主，或者以杭白菊为主，或者以山药为主……我们苏州不是的，出产丰富，名堂多。其实采药很有趣的。像桑树，我们这里种桑树主要是为了养蚕，但像我们采药人看来，桑树上药很多，桑叶、桑枝、桑葚就是桑果，都是药，桑树根的二层白皮叫桑白皮，外面的粗皮刮掉，里面的二层白皮，叫桑白皮，也是药。苏州的地产中药，很有苏州的特点，除了半夏有点小毒，需要制过才能入药，一般中药的药性都比较平和，价格也不贵，这是苏州中药的特点。"

鹿山的植被非常好，这时，满山都披着朝阳，鹿山就显得特别精神，山里有轻风吹来，草啊，树啊，好像都在点头说："是啊是啊，老爷子说得对啊，保护好生态，这山才是宝山啊！"

临分手时，他送我一枝草，我嗅了一下，有股特殊清香，沁人心脾。他告诉我说，"这是青蒿，真正的山上香蒿，和普通的青蒿不

鹿山被采石后留下的残石（嵇元摄）

同。过去苏州城里许多店，夏天时扎一把香蒿，泡在水桶里，免费提供给过路的市民喝，所以用量大，现在香蒿没有人专门去采了，做药的只有青蒿。以后我们一起去山上走走，我告诉你普通青蒿和香蒿的区别。"

忽然，他眼神有些迷惘，思绪仿佛飞回了从前："其实这是大鹿山，以前这里还有一座小鹿山，开山采石开掉了，如果还在，也是一座中草药宝库呢！现在高新区重视生态保护，我才能在这山上看到这么多中草药。这鹿山啊，是留给子孙的搬不走的财富啊！"

和他告别后我向山上走，走不多远，就看清了那商羊石上的大字，原来是"鹿山赐福"4个字，涂以朱红色，十分显眼。这时，我好像闻到这字里有药香远远飘来，苏州话"鹿""绿""乐"同音，我忽然间也有点明白为何题这字的意思了。

隐士和皇帝：寒山佳话

金枝玉叶来此山隐居

苏州古城往西到太湖之畔，散落着大大小小绿玉般的山岭。山岭之间是成片的农田，还有古镇、村落、河流、桥梁、果园、寺观、古墓、古树等错落其间，遍地美景，风物清嘉，吸引了上至皇帝、下至大小官员以及本土或外来文人雅士观光。他们见了如画景色，一激动就要赋诗题词，许多山岭留下了许多摩崖石刻，成了深厚的历史文化

寒山岭景色（杨蕴华摄）

积淀，为湖山增色。

　　枫桥街道的寒山，今也叫寒山岭，就是一座摩崖石刻很多的山。虽有的因风化，字迹显得漫漶不清，有的因山体变化，文字已不完整，有的字里原有的石绿、石青早已消失，字看不清楚，有的则可能索性灭失了……但让人欣喜的是，寒山摩崖石刻还留有不少，1986年被列为苏州市文保单位，现在也越来越受到重视。

　　寒山的得名和出名，和寒山寺因一唐代僧人而得名不一样，而是与明代一位叫赵宧光（1559—1625）的太仓名人有关。

　　他是宋太宗赵炅第八子元俨之后。当北宋皇朝倾覆之际，北方人大量南渡，人流中也有大宋皇家成员。有一脉金枝玉叶过长江来后就留在太仓，成了江南人。到了明万历二十八年（1600），这一支的后人之一赵宧光，来到这里买山葬父，以为父守墓之名，挈眷傍墓而居，从此离开了太仓。不过他还是有些积蓄，在山里叠石造园，疏泉堆山，筑成一个建筑群，取名叫寒山别业，作为他的新家，山也因此得名寒山。这座集山水、园林、书画为一体的艺术建筑群，以融入大

昔日宫字今无踪，只留寒山沧桑色（周永成摄）

自然的山林园风貌而享誉当时。赵宧光在此山隐居，避开了明末清初的战乱动荡（太仓曾遭清军屠城），也没有反清举动，在这里得以善终，而且清皇朝对他没有什么意见，高层还予他以好评。

苏州高新区已故著名作家徐卓人著有《赵宧光传》，她说："我将苏州西部历史文化最为经典的代表人物赵宧光写了出来。"她对赵宧光是这样认为的：

> 一个学富五车、名策上庠却不曾一官一仕的人；一个为山水而生、为山水而死、操守卓然、名动当时却不曾标榜于世的人，为何让南来北往的缙绅大大热烈追捧？为何让前朝后世的墨客骚人流连忘返？一代帝王乾隆六下江南六次临幸追怀，并专门作诗十六首盛加赞誉。读完《赵宧光传》，你才会知道这是怎样一个人。

> 晚明高士赵宧光"泛览经书，贯串百家，策名上庠"，是中华文化的经典人物；他热爱自然，深怀人文，为生态文化建设殚精竭虑，构建了天人合一的和谐社会关系，是中国积极隐逸文化的奠基者。

> 赵宧光一生著书不下万余卷，"书各为类，类各为品，品各为篇，篇各为目，莫不搜微抉妙，穷作者之心。立未有之义，雕镂造化，争光云汉，而吟风弄月者不与焉"。尤其作为优秀的文字学家和书论家，创新草篆体，其洋洋大观的《说文长笺》《六书长笺》奠定了他成为晚明文化成就的代表之一，其艺术思想广为流传，影响深远。

> 作为生态文明建设的先驱，赵宧光在吴郡西部寒山穷其毕生，以一家三代将近百年的历程，使荒山成名胜，以奇石、美木、秀水、摩崖、寺庵、别墅、诗文、书画，开创了明代吴郡西部辉煌的文化图像，在吴文化史上贡献卓著。

> 赵宧光以高雅极致的文化素质与品格，以超迈达观的

性格魅力及感染力，构建了家庭、家族、乡邦、乡情之间的最大和谐，成为当时及身后众多学者著述中的楷模。

名士别业、皇帝行宫：雨打风吹去

明代以前，这座体量不大也不高、山石裸露的山岭，并无什么大的名声和重要历史文化遗存，也许可以说是一座荒山。今天到寒山访古，也看不到当年赵宧光所建寒山别业的任何古构建，只有石骨嶙峋，树草杂生。

寒山别业消失在历史烟云里，但山却获名寒山，而且山里现在还可以找到部分石刻文字。原先有人认为共有18处，但高新区文史志愿者经过仔细寻找，一共找到51处！山里藏有这么丰厚而无比宝贵的文化财富，这实在让人惊喜啊！其中在《寒山志》《寒山蔓草》等明代文献中出现的有：阳阿、千尺雪、飞鱼峡、芙蓉峰、瀗露（贮月瓢）、无边云、丹井、云根泉、奔声堰、洗心泉、马头石、芙蓉水

寒山巨石嶙峋（周永成摄）

（芙蓉泉）、蜿蜒壑、凌波栈、王穉登书碑。有的是赵宧光所书，大多为篆书。

　　寒山今天虽是荒山一座，但这些摩崖石刻，是吴地书法瑰宝，给这山增色不少，每一处石刻题词，都可以视作一处景点。或者可以说，这些石刻题词，让原本纯天然的山石，有了文化含金量，使得这里的景色更有人文色彩。有专家眼光越过书法艺，从园林修复的角度来考虑，认为这些摩崖石刻为原址景点的定位，提供了非常重要的实物依据。假如以后再结合相关文献、图形的解读，可以在相对可靠的基础上展开寒山别业原址的布局复原工程。好像也听到过一些要恢复寒山别业的传闻，但尚未有实质性启动的信息。

　　让人想不到的是，清朝的乾隆皇帝非常喜欢寒山。他前4次南巡分别为乾隆十六年（1751）、乾隆二十二年（1757）、乾隆二十七年（1762）和乾隆三十年（1765），时隔15年的乾隆四十五年（1780）和之后的乾隆四十九年（1784）又两次下江南。乾隆皇帝每次必到苏州，每次南下抵达苏州的日期都在农历二月下旬，三月中下旬自浙江

游人在寻访摩崖石刻（杨蕴华摄）

回銮北上，经过苏州，既要进城驻跸苏州织造署行宫（现苏州第十中学），也出城驻跸灵岩山行宫（现灵岩寺花园），还每次必安排驻跸寒山别业，可见寒山在他心目中不一样的地位。

寒山别业在赵宧光、赵均父子以后，开始凋敝，到了乾隆皇帝南巡，寒山有了复兴，寒山别业大约作过改建，改名为寒山别墅。绘于1770年的木刻版画《南巡盛典图》中，与寒山相关的图版有3幅，详细描绘了园中的主要景致。有人认为，乾隆皇帝驻跸的寒山别墅，与赵宧光所建的寒山别业，因有改动而景致有所不同。

今天来到寒山岭上，虽已不见当年的建筑，但无论明末赵宧光的私家园林，还是苏州官府修建的皇家行宫，寒山上的园林，都是苏州园林史重要的一章。

千尺雪，值得珍惜的名胜

乾隆皇帝很喜欢寒山，在寒山写了16首诗。寒山诸景中，他可能最喜欢"千尺雪"和"飞鱼峡"，这都和赵宧光取名、题词有关。

乾隆十六年（1751），皇帝首次南巡，他住在寒山时正是二月早春季节，他前往观赏赵宧光手书的"千尺雪"摩崖石刻，引来诗情奔涌，写下了《寒山千尺雪长句》，共18句126字：

> 支硎一带连寒山，山下出泉为寒泉；
> 淙淙幽幽赴溪壑，跳珠溅玉多来源；
> 土人区分称各别，岂能一一征名诠；
> 兰椒策马寻幽胜，山水与我果有缘；
> 就中宧光好事者，引泉千尺注之渊；
> 泉飞千尺雪千尺，小篆三字铭云峦；
> 名山子孙真不绝，安在舍宅资福田；
> 槃陀坐对清万虑，得未曾有诗亦然；
> 雪香在梅色在水，其声乃在虚无间。

千尺雪，字踪宛然（杨蕴华摄）

诗里透露了一些彼时寒山的景色和地理的信息，还有赵宧光造园史料，如为了造"千尺雪"景，"引泉千尺"，最后让水流到一个池塘里。现在这个景色已经看不到了，但"千尺雪"摩崖石刻字还在，值得珍惜。

乾隆四十九年（1784），皇帝已经73岁，作为一位老人，他开始了第六次也是最后一次南巡。他这次来苏州，还是安排一点时间驻跸于寒山别墅，三月，他再游"千尺雪"，见景生情，又写了一首长诗《寒山千尺雪五叠旧作韵》：

吴中多水少者山，山已佳复加有泉；

是谓合撰乘最上，乘最上者真之源；

即今我来凡六度，无不长言其妙诠；

然而其妙岂易尽，永为万古游人缘；

宧光别业固好在，屏以秀嶂带以渊；

嫌渊自渊嶂自嶂，联为一气瀑落峦；

妙斯尽矣观宜止，欲泯尺宅与寸田；

长韵五叠东坡效，笑东坡游此未然；

题罢掷笔听㳽壁，付他萝曼苔侵间。

　　这首诗用的是33年前他写"千尺雪"诗的旧韵，表示他对当年诗意记忆犹新，也是对第一次看到"千尺雪"时留下美好印象的一种回望，当然也抒发了他对"千尺雪"的喜爱之情。从此诗可见，他对寒山和寒山别墅行宫的印象真的很好，对"千尺雪"更是情有独钟。

乾隆皇帝曾多次走过的御道（周永成摄）

　　因为赵宦光在前取名、题词、建景，后又经乾隆皇帝的喜爱反复歌咏，"千尺雪"成了寒山的标志性景点，从而成了苏州数以万计景点中有意义的一宝。

　　今天寒山上山石裸露，山草离离，自然状态又加上自带一种苍茫之气，和游一般景区的感觉完全不一样，因此许多人非常喜爱这一免费景点，前来访古探胜的人络绎不绝。

何山青青：好一座城市山林公园

城市中有山林之胜

苏州在古代曾经是个海洋城市，境内又是湖泊众多，北方的候鸟南下时，会大量经过苏州。其中有多个种类的鹤，会成群在苏州栖息，所以苏州的历史文化里，有不胜枚举和鹤有关的典故，甚至苏州自称是鹤市；20世纪80年代设计市徽时，图案上曾安排一只鹤在古城上飞翔着。

高新区也有和鹤有关的地名或典故，比如有一座山叫鹤阜山，今天山的南面还有鹤阜山路。阜是小山的意思，想来山不在高，但因是鹤所喜欢栖息之处，也就出名了。问题是，原先狮子山也曾叫过鹤阜山，后来正式定名为狮子山后，苏州人不舍得丢掉这个"有鹤来栖，呈吉现祥"的山名，就把狮子山北面的一个小山叫作鹤阜山了。但在清代地方典籍《百城烟水》记载说："何山，在狮子山北一里，其地旧名鹤邑墟，故山名鹤阜山。"意思是这里曾有个以鹤为名的城邑，后来城废为墟，就借墟之名，命名此山了——这是另一种说法。

至于为何现在叫何山呢？说是南朝时，有官居太子洗马的何求、何点兄弟住于此山，人就叫何山了。但史实远比传说复杂，《南齐书》卷96有关于何求、何点的记载。他们是庐江人，出身世家大族，在刘宋时祖父、父亲都做高官，何求还做过太子舍人、吴郡丞等官。妻子逝世后葬于吴（似是她的祖茔），因政事变迁，他一直不肯出仕，

何山山路边的放鹤亭（嵇元摄）

就借住在虎丘的寺庙里讲讲学，替妻子扫墓也方便些。刘宋亡，朝代换到了南齐，他更是拒官坚决，故世后葬在鹤阜山陪他妻子了。南齐结束政权换了南梁，弟弟何点讲起来还和梁武帝有交情，但他也不愿做官。何点编撰过《齐书》，不过这部史书好像没有流传下来，现在列为正史之一流传的，是南齐高帝萧道成之孙萧子显所撰的《南齐书》。因兄葬鹤阜山，他也隐居在此山。人们敬慕这兄弟俩的高义，就叫此山为何山了。

　　这山上还出土过33件楚国的铜器，因抢救及时，这批珍贵的文物得以入藏文物部门，也许今天展出在吴文化博物馆里吧？可见这山历史上就是墓葬风水很好的山岭，说到此事，我们也应该对抢救、保护何山文物的所有人，要永远致以敬意的。

　　何山高仅63米，山体长也不过550米，山麓之东是主干道，来往汽车较多，山周边楼群起来，就是登上山顶，山四周的城区也望不

山路弯弯，浓荫凝碧（嵇元摄）

到边，如果不是刻意寻找，恐怕走过"何山公园"门口，也未必会留意到这山。这座树木葱茏的生态明珠，如今已经"沉浸"在城市之中，也就更加值得珍惜了。

何山今属于枫桥街道，枫桥街道由枫桥乡、镇演变而来，解放后陆续并入向街、西津桥、马涧等小乡镇。说到向街，人多陌生，其实出过一对姐妹花，那是值得我们尊敬的。姐姐徐丽仙，苏州弹词艺术家，她在上海评弹界是一代大师。她所创的丽调，非常好听，是苏州评弹学校学生必学的曲调，而其他的弹词女声曲调是选学的。我曾经采访过她的女儿，获知了这位艺术家的一些事迹，我一边做采访记录，一边心里感动不已，她真是一位把终生献给苏州评弹艺术的枫桥杰出女儿、优秀共产党员。因写文章的需要，有人和我说，何山上有她的半身塑像，好像是汉白玉的，为此在辛丑年农历五月初的一天，我特地到何山来寻访，想拍张照片。

美景和名胜

何山的上山路，是上山即登山，很是独特，可能是铲掉了一点点山坡，然后砌了台阶。走完这二三十级花岗石阶，才是山路。山上植被非常好。先是竹林，说明牌子上介绍叫"江南竹"，是一种修而高的大竹子，几乎遮得阳光也洒不下来，路上全是绿莹莹的阳光。路两边是拥军主题的宣传牌，大约有20来块，内容很丰富，看得出设计和制作都很用心。

过了一个石坊，一面坊柱上的对联，还是我的老朋友杨在侯先生写的，字极有功力和特色。山路接着延伸进桂花林，山坡满满的桂树，可以想象秋天桂花开时，整座山都是甜甜的桂香，好在上山的石路也修得平整，不然游人多半会醉得走不动路了吧。再往山上走是杉树林，走不多远是板栗坡……何山的植树，虽然种类蛮多，但以这4种树为主并且是小集中种植，因此就很有特点。走在山路上，有鸟鸣

何山道院外景（嵇元摄）

声在树梢传来，但看不见鸟，时有汽车声透过树林传来，天籁和人世间的嘈杂声相混合，也许就是城市山林的意境吧。

从山脚往上走，一路上遇到几座亭子，亭内外干干净净的，可供人歇脚和观景。这亭子都有亭名，分别是放鹤亭、聚鹤亭、来鹤亭，全和鹤有关；亭有六角、四角、重檐，形制各不一样，亭柱上全都镌刻有对联，可见当初何山辟为公园时，很注意弘扬此山的历史文化。最后一段山路很平坦，是在山脊上修出，往西走仅数十步，见一牌楼，牌楼中间有 4 个金字"鹤阜圣境"。走过牌楼，见飞檐翘角、黄墙红门，门上一匾是"何山道院"。

殿宇依山而建，有意思的是正中是张王殿。张王是指元末长三角地区的起义军领袖张士诚，他在泰州起义后，就渡江南下，以经济富庶的苏州为中心称王。后来在与朱元璋的战争中失败，自己被俘自杀。相对朱元璋对吴地百姓的严酷，张士诚的管理比较宽松，他统治的区域内百姓经济负担也少，因此以苏州为中心的吴地百姓一直很思

张王剑石虽是助游兴之景点，但也反映了苏州人对历史人物的好恶取舍（嵇元摄）

念他，奉他为神，香火供奉至今，甚至归入道教。直到今天，民间还有纪念他的烧"狗屎香"的风俗。这种宗教现象和民俗的背后，其实是百姓对德政的思念。

走出道院，我不欲走老路，想找另一条下山路。却在道院门外南边不几步处，看到突兀竖着 3 块大石，其中有纵裂缝，内壁平整，石上刻"张王剑石"。石旁有说明牌："张王剑石，据民间流传，张士诚平定苏州后带领数将领到城西何山巡视，见山腰一奇石，忽起雄念，拔剑弑石。手起刀落间，整个石块被劈为二。后人称此石为'张王剑石'。"说明开头就申明这是"民间流传"的故事，意思这是点缀景区、助人游兴的，游人开心就好，无须考证真假。

大师之妹是革命烈士

我的目的是寻访徐丽仙的雕像，遇到合适的人就问雕像在哪儿。后来问到一人说，好像以前有过，但现在搬到其他地方去了。又说，我们高新区对徐丽仙很重视的，还有丽仙书场呢。你如要进一步了解徐丽仙这位艺术家，山下有个枫津社区，离这里大约一公里，社区办公楼里有她们姐妹的事迹展览。我听了大喜过望，有了展览，写文章就有了基本材料，所谓"盗图、盗文"都可以了。

这个展览叫《高新的家风家训教育馆》，在社区办公楼的三楼，党委书记名叫李萍，她说平时会有附近的学校安排学生来，今天正好没有参观任务，所以比较静。她举止端庄，态度和蔼，用词精确，原来这位美丽的女生是本地人，法学本科毕业后，回到枫桥为乡亲服务，居民事哪怕鸡毛蒜皮啥都要管，很忙。对我冒昧来参观，她也会热情陪同，可见敬业。20 世纪 50、60、70 年代的居委会主任我都见过，再看今天社区工作人员这样年轻、优秀，觉得我们社会进步的程度，实在是让人振奋。

徐丽仙的事迹我基本知道，让我意外的是看到了关于革命烈士

枫津社区家风家训教育馆（嵇元摄）

先烈前贤双花红（嵇元摄）

徐新妹的介绍，原来她是徐丽仙的亲妹妹。枫桥的向街，有个下水滩村，村里有个贫苦农民的女儿叫徐新妹，1925年生，因新四军武工队往来此地，她逐渐知道了他们的宗旨，于1942年2月年仅17岁时参加抗日斗争，担任我党领导下的阳山区阳东秘密联络员，这工作有一点潜伏的性质。1945年6月2日，她被汉奸告发并遭逮捕，日军对徐新妹软硬兼施，残忍拷打，折磨了七天七夜，后来她被剃光头发游街，最后绑在向街镇（已并入枫桥）的电线杆上。那时正是大热天，敌人就是要将她暴晒示众。她当时正患眼疾，敌人还凶残地让她面向太阳而晒。徐新妹并不屈服，最终被敌人连开两枪杀害，她牺牲那天是6月9日。展板上介绍："她始终严守秘密，英勇不屈，视死如归。临刑前仍然斩钉截铁地说：'我死是为了人民，牺牲二十年后，仍旧是英雄，你们要像木排一样一根一根倒下去。'"两个多月后，日寇就投降了，她是牺牲在抗战胜利前夕的向街（枫桥）女儿，牺牲得如此壮烈，时年才21岁。望着她的黑白大照片，感觉徐新妹扬着眉、坚毅的眼睛正看着我，也穿越时空看着我们这个花团锦簇的世界，这时，我实在是心意难平，老眼湿润。

此次何山游，虽然没有找到徐丽仙的雕像，但看到了她和妹妹的事迹及照片，对于写文章是足够了，这是意外的收获。而更主要的是有了新感受：高新区今天是经济、社会生机勃勃发展的热土、百姓生活幸福的美好家园，也是过去岁月里先烈洒下热血的红色土地。

东渚

红豆先生的故乡

三百年前东渚学者，倡导"实事求是"新思想

新观念源出太湖畔的书斋

　　全国各级党政机关门口，几乎都有"实事求是"这4个字，而百姓日常生活中，也常会说"实事求是说，这应该……"今天这4个字锻塑着我们中华民族的性格，也深刻影响着我们社会生活的各个方面。

　　然而我说"实事求是"，其实是300年前东渚学者提出的，几乎每个人都会惊讶，有次我对一位熟悉的朋友说：你嘴巴不要张那么大嘛，托住下巴，让我慢慢道来好不好？

今日东渚别样美（高新区宣传部提供）

"实事求是"，是一句很古老的话，源自东汉史学家班固（32—92）所编撰的《汉书》卷五十三《河间献王刘德传》中，原话是这样的：

　　　　河间献王德以孝景前二年立，修学好古，实事求是，从民得善书，必为好写与之，留其真，加金帛赐以招之。由是四方道术之人不远千里，或有先祖旧书，多奉以奏献王者，故得书多，与汉朝等。

　　《汉书》的"实事求是"，讲的是皇家贵族刘德的为学之道，其特点是注重学习古代的理论。

　　经过秦代焚书运动，中国的文化受到极大的摧残，许多古书亡佚了，一些人凭记忆在讲学，这样就导致汉初人学到的许多知识，和原先的有很大区别。因此刘德特别注重收集秦代以前的古典书籍，以实实在在地做收集古代典籍的事情（这里实事求是的"事"，意思是做，是动词），来追求原来的知识。刘德从民间得到了好的书，一定要认真抄下来，以留下古籍的本来面目。四方有学问的人纷纷不远千里前来献书，因此，刘德的书籍数量，和朝廷一样多。

　　不过，古代典籍浩如烟海，"实事求是"4个字在漫长的时光里，并没有受到人们的特别关注。

　　儒家学说一直在发展，历代都有新的思想注入。魏晋风行玄学，两宋提倡理学，虽然丰富了思辨，但都有其不切实际的弊端。明朝一些知识分子，有一个很大的问题，即受宋代理学的影响，好为空疏大言，喜将道德标准在朝堂之上定得非常高，但在私生活方面又是声色犬马，讲究享受，认认真真做学问的少。有一部分知识分子反思后转为实学，提倡反伪存真、经世致用，其中以太仓、苏州为中心的复社提倡"务为实用之学"，在一定程度上转变了当时的学风，有其进步的作用。

到了清朝初期，中国的知识分子精英面临着思想理论重构的艰巨任务，一是总结明朝灭亡的教训，二是反驳清王朝的新正统思想的禁锢，三是建立新的学风。复社的"复兴古学"，对清初知识分子有深远的影响。所谓复兴古学，言下之意，宋、明的理论，都有重新审视的必要，于是，为弄清学问渊源和真相，就有了考据之学，以期从学问的上游寻找真正的儒家学说。

从昆山大学者顾炎武开始，还有王夫之、黄宗羲以及戴震等一流大师，开创了一种新的研究和学习方法，大致来说是搜补辑佚、辨伪校勘，下的是死功夫，求的是真面目。其工作默然无声，看似平淡，却往往是优秀学者穷毕生精力甚至师徒相继，方有建树。这样的结果，是后人加在儒家学说里的所谓高大上的东西，魏晋、唐代、两宋的种种金粉比如玄理、天理、道学、心学等，被抖搂下来了，还以本来面目。人们看到的是古人在特定历史环境下的普通资料"六经皆史"而已，不是什么圣人之经典、不易之天理，虽是丰富的历史经验

苏州科技城内的浒光运河（嵇元摄）

可为后世效法，但无须成为指导今人思想和生活的准则，这就为后来五四新文化运动"打倒孔家店"做了思想动员和学术准备。

这种考据为特色的为学之道，叫作"朴学"，按其学术研究范围也叫汉学。

苏州太湖边，有个叫东渚的地方（现属苏州高新区东渚街道、科技城），山水明媚，民风淳厚，乡里有个惠家，四代人投身朴学，精研深思，薪火相传，后来陆续有志同道合的学者和弟子加入，形成了汉学中的"吴派"，成果辉煌，影响深远，成为中国学术史上为人敬仰的亮丽风景。

东渚惠氏经学，发轫于惠家第一代惠有声（卒于清康熙十六年或以后），据其曾孙惠栋说，他"极推汉学，以为汉人去古未远，论说各有师承，后儒所不能及"。不幸因遭变故，所著书佚失，后来就以口授方式教学儿子惠周惕。那时所谓汉学，还主要局限在惠家宅院里，在外面影响不大。因惠有声是汉学"吴学"的酝酿者、启幕人，故也有惠氏"四世传经"之说。

他的儿子惠周惕，康熙三十年（1691）进士，他虽出去做官，其实也是一位学问深湛的大学者，因公务辛劳卒于密云知县任上，有《诗说》等学术著作传世，《四库全书总目》认为，"惠氏三世以经学著，周惕其创始者也"。可以说是官方的肯定，不过和学术界的"四世"说，略有差异。

惠士奇和他的儿子惠栋

惠周惕子惠士奇（1671—1741），更为出类拔萃，人们尊称其为红豆先生。他康熙四十八年（1709）进士，曾任广东学政等职，在当地颇有建树。雍正皇帝上台，借口他召对不称旨，下旨罚修镇江城，至家中银尽方停工，所欠修城银两到乾隆时才得以宽免，并复起为皇帝侍读，实际是冤案获得了平反。惠士奇研究《易》学、《春秋》等，

有轨电车行驶在科技城（高新区宣传部提供）

成果甚丰，是惠氏经学的奠基者。

惠士奇为惠氏学术研究的特点作总结，自然从汉代书籍中寻找，结果《汉书·河间献王刘德传》里的这"实事求是"4字，深合其心，被特地引出高举为"吴派"的大旗：

> 车之制，莫详于《诗》《礼》，前轨见《考工》而侯胡无闻焉。实事求是，仍从《说文》为正。（《礼说》）
>
> 愚以《左氏传》中之经，正经文之误，非舍经而从传。实事求是，正所以尊经，后之学者详焉。（《春秋说》）

惠士奇提出"实事求是"，和《汉书》中的"实事求是"在原意上是不同的。一个"求"字是为学方法，一个"是"字是知识分子学术追求的目标。《汉书》中的"实事求是"这4个字，被他赋予新的意义，用来指导治学之道。

惠士奇的学风，继续惠家文脉，将研究的立足点放在汉代典籍。

他认为宋明理学侈言义理，学风浮夸，所以他倡导汉学，做学问以汉代典籍为基础。他的研究细致到一个字一个字地去研究汉代典籍，尽最大努力恢复其本来面目。

他的"实事求是"观点一出来，立即激起学界的热烈反响，许多著名的知识分子会集在这面旗帜之下，形成了乾嘉学派中的"吴派"。他们从事的经学研究的特点是，学养深厚，不剽窃，不臆测，不哗众取宠，立论公允，治学方法严谨，做学问态度认真，有一种追求真理的气质。郭嵩焘（1818—1891，进士）在《大学章句质疑序》中说："雍乾之交，朴学日昌，博闻强力，实事求是，凡言性理者屏不得与于学，于是风气又一变。"这是说"实事求是"改变了当时的学风。

惠士奇作为一代经学大师，不仅是学问地位上的崇高，而且他的出现，是时代潮流的标志。张家港人、南京大学中文系教授、博导李开在《惠栋评传》附《惠士奇评传》的结尾处写下了一段充满激情的话：

> 惠士奇发明《春秋》义例，褒贬善恶，判分是非，洞察议论，批评前古，纵横捭阖，恢弘驰骋，岂止一反宋儒，实为呼唤彼之启蒙时代的风雨，企望与时代同步，呼啸前进。

惠士奇的儿子惠栋（1697—1758），可能因其祖、其父的不幸遭遇，看透了官场的黑暗，终身只是秀才，原因是他后来未再应试，在东渚以布衣终老，人称小红豆先生。史载说陕甘总督、两江总督交章论荐，大学士、九卿要讨论他学问水平，向他索要所著书先作了解评估，但惠栋没有呈进，于是"罢归"回苏，他得以在家安心研究经学和教授学生。

他治学也是坚持实事求是学风，成果超过乃父，是公认的乾嘉学派的一代大师，汉学到他时地位尊崇，如日中天。惠栋传世著作有

科技城的惠东路（嵇元摄）

《九经古义》22 卷等。汉易研究成就尤其卓著，《周易述》目录 44 卷，书未成因病逝世，今本 23 卷。但《清史稿》认为"汉学之绝者千有五百余年，至是而粲然复明"，对惠氏治教学评价极高。而他应用文字、音韵、训诂等小学来研究汉易，对乾嘉时朴学中的小学研究，也起了推动作用。

　　"吴派"队伍除苏州学者外，还有更多其他府县的学者，大家在同一学风下各自努力钻研，成就斐然，大学者如座座高峰，然而"实事求是"作为一种理论思想和研究方法，也未被当时学界普遍接受，甚至还曾受到廖平、康有为等人的攻击，章学诚、龚自珍等也作过批判。但"吴派"一直是苏州经学的基础，苏州的紫阳书院等，仍然重视经学、朴学作为基础学科，人都说苏州文风昌盛，其特点就是"实事求是"的学风为精髓。这种文风也影响了苏州社会风气，熏陶了苏州人的气质。

"实事求是"渐成新风气

在时代的进步大潮中，经学也在发生变化，许多有实学思想的知识分子转向维新思想，积极推动社会变革，"实事求是"最终被人们所普遍接受，并且其思想内涵不断深化。

1895年，中国在甲午战争中惨败，苦心推动的洋务运动破产，知识分子开始转向变法。原先洋务派重要官员、常州籍的天津海关道盛宣怀，通过其他官员向光绪皇帝上奏章提出办新式学堂，得到批准。次年，北洋大学堂在天津创建，这是我国第一所新式大学（今天津大学），盛宣怀亲任督办兼名誉校长，并以"科教救国，实业兴邦"为办校宗旨。1904年入北洋大学法律系学习、1906年留学美国哈佛大学法律科、后获法律博士学位的赵天麟，1914年被任命为国立北洋大学校长，他继承和发扬了北洋大学严谨求实的校风，以"实事求是"作为校训，以该校的影响，"实事求是"在北方广为人知。

"实事求是"理念也传到了湖南。苏州紫阳书院的学子中有一位

随着科技城的开发建设，新的公园亮丽问世（嵇元摄）

江标（1860—1899），家住姑苏城东的悬桥巷，他天资聪颖，深受汉学影响，可贵的是此时新学兴起，他思想也追随时代进步。他是光绪十五年（1889）进士，5年后参加了强学会，1894年出任湖南学政。3年中在当地对教育进行了许多改革，开设、整顿书院，增设史地、算学等新学科，创刊《湘学报》，组织南学会，以实学课士取士，湖南学风丕变，无论当时还是今天，都对他评价很高。自然，他也受到守旧人士攻击，变法失败后被革职回籍，死时未满40。

1896年，他在湖南时看到一篇讲教育的文章，写了按语，其中有这样的观点："近见德国学校章程，纲举目张，皆实事求是之学，教童子尤严密。国之新者学必新，教人者尤当知之也。"可见他是"实事求是"派，提倡实事求是之学。

借甲午战争失败为契机朝廷开始实施新政，废书院而兴学堂，湖南学政江标继北洋大学堂后，在巡抚陈宝箴、按察使黄遵宪的支持下，于光绪二十三年（1897）联衔上奏朝廷，设时务学堂于长沙小东街，熊希龄为学堂总理（校长），梁启超为总教习。时务学堂于1899

彩石湖夕照（赵芸摄，科技城管委会提供）

年改为求实书院，将求实作为学校办学宗旨，求实和实事求是，其精神一脉相传。

1902年，求实学堂改为湖南省城大学堂，次年又与岳麓书院所改之湖南高等学堂合并。1912年，湖南高等学堂奉命停办，湖南高等师范学校奉命迁入，此时的岳麓书院即成为湖南高等师范学校。1917年，湖南高等师范学校又奉命停办，由湖南公立工业高等专门学校迁入岳麓书院办学。该校校长宾步程为学校到新址办学，题写了"实事求是"匾额，作为该校的校训。1916—1919年，青年毛泽东寓居岳麓书院半学斋，与同伴"指点江山，激扬文字"，探求革命真理。岳麓书院里的湖南工专的"实事求是"校训，也必然深深影响了毛泽东。

1943年，毛泽东在延安亲书"实事求是"作为中共中央党校校训。邓小平也曾题写过"实事求是"四个字，并多次讲到，"我是实事求是派"。2012年5月16日，习近平在中央党校春季学期第二批入学学员开学典礼上语重心长地说："同志们出入中央党校大门时，都会看到花岗岩上镌刻的'实事求是'四个大字。这四个字，是毛泽东同志为中央党校题写的校训。大家在学习和工作中，要注意深刻理解实事求是的科学含义和精神实质，正确掌握实事求是这个马克思主义的精髓和灵魂，始终按实事求是的要求办事。"

是中国共产党人，赋予"实事求是"以科学含义和时代精神，并用来指导中国革命和建设、改革开放事业和民族复兴的波澜壮阔伟大实践，这4个字已成为中华民族思想的精华之一。

我到东渚也就是科技城，走走看看，想寻找有没有惠氏家族的历史信息遗留，但步履匆匆，所见甚浅。过彩虹桥时看到有条路叫惠东路，应该是一种纪念性路名吧，忍不住激动了一阵子。迎面吹来柔和的春风，气息清新，我会想到，这是惠氏四代呼喊并实践"实事求是"的地方，也是他们走过的地方啊，东渚这块热土在我心里，自然而然有着不一样的分量和感情。

科技城，当年曾是绣女镇

一件往事悠悠在心头

1978年前，我还是苏州精神病院（今广济医院）一名普通的医务人员。有一天我夜班下来，到医院门外钱万里桥堍一家面店吃面条作早餐。那时不时兴服务员服务，而是要顾客自己服务自己，我买了面票后自己到厨房窗口端了碗阳春面，在店堂里找了一个座位坐下。

苏州太湖绣女，美丽而聪慧（高新区宣传部提供）

坐下时觉得眼前有点亮，抬头一看，桌子对面坐着一位非常美丽的姑娘，她旁边是一对中年夫妇，还有另一边坐着一个人有点面熟："咦，你也在这里吃早饭啊！"我想起来了，这是我病区一位病人的家属。"你们某某是今天'假出院'呀！"

精神病人在医院治疗时间较长，出院脱离了严格规范的病房生活，不知能否适应社会生活，所以一般先办"假出院"，就是病床保留一周或10天，其间如果病情反复，病人就送回来继续住院治疗。

他很开心地说："是的、是的。"还说生产队里今天派了机帆船来接病人，天没大亮就开船了，现在船就停在钱万里桥堍。我只知道病人是吴县的，什么公社忘记了，就问是哪里人。

他说是东渚人。又介绍了开机帆船的3个人，说是夫妇两人和女儿一起来，先见个面，等会儿办好出院手续一起回去。

吃面时，那姑娘一直看着我，我自然也难免要多看一眼。我看她脸有点圆，皮肤很白，眼睛也大，两条辫子刚过肩，十分漂亮，奇怪怎么东渚这个乡下的姑娘会这么白净标致。她老爸说，女儿要去石路的新华书店，不认识路，问我能不能带她去。我犹豫了一下，答应了。

路上问起她在农村做些什么，是种水稻还是蔬菜，是不是铁姑娘队员……她说，我们东渚家家有绣绷，刺绣是我们那里农村人家的首要传统副业，女孩子从小跟娘或者阿姊学刺绣，人人要会做刺绣，一般不下田。她偏着头想了想补充说："公社喇叭里说我们东渚万名做刺绣的妇女贡献大，是很肯定的。"她顿了顿，忍不住笑了："做刺绣要是铁姑娘，有点傻的。"

"原来她不是船上阿妹。"我好奇了，做些什么刺绣呢？她说，做些绣大众化的被面、枕套、台布之类，主要是日用型的，有的手艺好的人也会做花卉、鸟禽、山水、园林风景等艺术欣赏型，那是为城里的刺绣厂加工的。

"那一个月有多少收入呢？"我问道。

姚惠琴、姚惠芬姐妹和苏绣任大师在一起（姚惠芬刺绣艺术馆提供）

昔日绣乡，今日科技城（嵇元摄）

"噢，你在说笑了，"她眼望着前面，"我们是集体生产，汇队里记工，一件活做好，刺绣工价汇入生产队，队里根据工价折记工分。我们那点分红的收入怎么能和城里单位比呢？……我们是农民，手上功夫再好，对城里人也没有啥想法的。"

噢……我不过好奇随便问问，却有可能让她心里感到不舒服了。

到了书店，她想买的美术类书没有，有本怎样出黑板报的小册子，不合她意，她有点失望。我建议陪她乘坐公交车到市中心去逛其他书店，那里书多一点，但她说等会儿还要去药店，一会儿就回医院了。她要买药，我正好做顾问，很热心地要陪她。她也没有坚持，买了几样药，她坚持自己回医院，还说我夜班下班，早点回去休息，说了两遍要和我告别。临分手前，她的大眼睛对我看了一会儿，问我有对象了没有。我说没有。她说，你结婚要告诉我的啊，我会送你一副绣花帐檐的。还问我要了姓名，也给了我她的姓名、地址，说实话，我对东渚一点印象也没有，甚至以为在苏州的东面。

过了大约四五年，我已调离医院多年了，有人从医院带来一个邮包，拆开来，里面是一条白的确良面料的绣花帐檐，鸳鸯、荷花、石榴……绣得无比精美，甚至有点耀眼。邮包上有地址，但里面没有信。啊呀，我当时觉得她挺美丽的，但过后也就忘记了……看到了这礼物，心里一时甜酸夹杂，说不清是什么滋味。

东渚刺绣，亦是苏绣正脉

有一次，有人组织我们一群记者去苏州城里一条小巷里，采访一对刺绣姐妹花。原来，1995年全国"首届中华巧女手工艺品大奖赛"中，苏州绣女姐姐姚惠芬获全国一等奖，妹妹姚惠琴获全国优秀奖，年纪轻轻就崭露头角，而这两位都是从东渚走出来的苏州绣女，是个让人惊喜的新闻。

到了那里才知她们是租城里的房子，绣室雅致。两位姐妹年轻

姚惠芬老师（姚惠芬刺绣艺术馆提供）

美丽，待人温和有礼。看了她们的作品，所绣作品有山水、花卉、动物、人物肖像等，绣艺全面而精湛，记者们都赞叹不已。讲起哪里人，答说是东渚，在太湖边上，大阳山南面。我心里不禁一个"咯噔"，眼前浮现了东渚那个美丽的大眼睛绣女，当然她年纪比这两位姐妹花要大，但不知还像她俩那样在做刺绣并有出色成绩否？但无论如何，东渚绣女貌美、心慧、手巧，好像是个共同现象，对此记者们都有印象了。

过了好多年，看到报道说姚惠芬是享受国务院特殊津贴专家、首届中国刺绣艺术大师，姚惠琴多次获中国工艺美术大师精品展、国际民间手工艺品展金奖、银奖，心里很是感叹欢喜，觉得这姐妹俩真是东渚绣女中的双子星座。

姚惠芬、姚惠琴出生于刺绣世家，至今从艺已近40年，精通各种刺绣技法，擅长人物肖像、油画及中国写意水墨画的绣制。从1991年至今，姚惠芬、姚惠琴所创作的苏绣艺术精品几十次荣获国家级工艺美术大奖，被誉为"苏绣传人""中华巧女"。姚惠芬还荣获了"中国民间文艺的最高奖——山花奖""江苏大工匠""江苏省首批紫金文化创意英才"及"全国非物质文化遗产保护工作先进个人""中国非遗年度人物"荣誉称号。近10多年来，姚惠芬注重研究当代苏绣的风格与创新，逐渐形成了自己的艺术特色与风格，首创了"简针绣"刺绣技法，创作出了一批诸如《素描少女肖像》《达·芬奇自画像》等简针绣系列作品以及《写意水墨系列》《苏州新梦——园林组画》等具创新刺绣作品，刺绣技法、审美内涵均有新的突破。有的作品被英国"大英博物馆"等国内外多家博物馆、艺术馆等收藏。

姚惠芬赴德令哈辅导少数民族绣娘（镇湖街道提供）

我有时会想，东渚不过是苏州城西一个偏僻的小乡镇，为何刺绣业会如此出众呢？查《东渚镇》，上面有解释：

"光绪三十二年（1906）俞志勤蒙前清西太后特征至北京，供奉内廷教授宫闱，名著一时，继任京师女学绣工教

刺绣是苏州高新区的传统文化，受到高度重视（高新区宣传部提供）

习。"（民国十八年《光福志》记载）俞志勤在京共 5 年，教出一批刺绣能手，同时自己钻研绣艺，绣出一批刺绣精品。如仿沈南蘋的《松鹤中堂》绣品，在 1910 年南洋劝业会上参展，获优等奖（三等奖），为东渚绣娘们争了光。辛亥革命后俞志勤退归故乡，夫妇隐居家乡，教授绣艺。刺绣技艺传承至今，发扬光大。当代东渚绣娘中的姚惠芬、姚惠琴姐妹拜沈寿第三代传人牟志红为师，勤奋刻苦学习苏绣精湛技艺，成为东渚新一代刺绣艺术名师。

原来，清末苏州刺绣花开多枝，名家 10 余辈。其中著名的一枝是沈寿，不过她晚年是在南通终老，另一枝是东渚人俞志勤所传。所以东渚刺绣的文脉，从其源头来说，很是不凡呢！东渚刺绣之所以精彩，也就很好理解了。

今天风景美，不与往昔同

2012 年 12 月，听闻苏州高新区设立的科技城，已经省人民政府

这里是苏州腾飞的助推器之一（丁达祥摄，科技城管委会提供）

批复。这是全国首家科技部和省市共建的大型科技型研发创新机构，迥异于经济开发区的新进展，记者当然感兴趣。我去采访时，才知这科技城是在原东渚镇地块上建起的一座新城。这里有大片的平地，也有16座不高然而流青淌翠的山岭，当然作为姑苏水乡也有约50条河道和湖荡。去时，道路骨架已经可以看出，也有了一些漂亮的建筑，路边有绿化工程人员在种树，呈现出开始起步的架势。我又想到了那位石路买书的绣女和东渚的刺绣业，问了一下，知道东渚仍有许多绣女在刺绣，也有人到镇湖去开绣庄发展了。

这个科技城，按照规划，面积25平方公里，因为建的是一座功能、城市风貌都新颖的新城，开发建设的手笔也大，原有的20个村都不保留。东渚作为乡和镇的建制，始于民国二十年（1931）1月，虽然地下历史遗存丰富，但镇本身的历史并不长，在苏州历史这样短的乡镇还真不多，所以高新区决定在这方土地上画最新最美的蓝图。

我的好朋友齐德利博士，是中国第一位丹霞地貌学博士学位获得者，现就职于中国科学院地理资源所地貌研究室，还多次担任中央电视台科教频道《地理中国》栏目野外探险和考察讲解，地学分析解

科技城里，处处美景（陈坚摄，科技城管委会提供）

释生动形象，广受观众喜爱。他家虽在北京，却在科技城里的中科苏
州地理信息与文化科技产业基地担任党总支书记、高新区和苏州市党
代表，2021 年初夏时，我就先去他那里坐坐，听听他来科技城工作
的感受。

他说，他是 2017 年 3 月入驻科技城的，当初中科院地理所一路
考察遍了沿海地区主要城市，最终选定了这里。4 年过去了，建筑面
积 4.2 万平方米、坐落在高新区智慧谷的中科苏州地理信息与科技产
业基地，已全面启用。到目前为止，已创建和组建了 1 个国家级工程
中心、3 个国家级工程中心分中心、3 个省市级工程中心、1 个省级
协同创新中心，包括"国家地理信息系统工程技术中心""国家遥感
应用工程技术中心苏州分中心""基础软件国家工程研究中心苏州分
中心""国家卫星导航工程技术中心苏州分中心""江苏省国产卫星遥
感数据应用工程实验室"等，还编辑出版了许多优秀的科普读物……
苏州基地已培育和孵化 20 多家地理信息与文化科技型企业，其中 10
家获评国家高新技术企业称号，企业员工近 600 人，30 岁以下的研
发人员占到 80% 以上，一个朝气蓬勃的地理大数据产业园区正在高新

区智慧谷冉冉升起。

4年里取得这么大的成绩，几乎可以说硕果累累了。他好像知道我主要是来了解科技城，于是想了想说，我有几个外国朋友，美国的、英国的，来了都说好，说像他们那儿一样美。这里起步才10年呀，对这样的评价我难免有点惊讶。他认真地说，确实是这样，我常在这里爬爬山，看着这里的变化。我去过国外，我觉得这里的环境不输墨尔本的……相比这里的发展这么快，环境这么美，我甚至感觉我们单位的发展有点不太理想……

到底是博士，智商高，他的意思我要脑子多绕两绕才能理解：他用科技城环境和自己的工作成果对比，这是非常含蓄、非常高级的形容啊！

苏州新硅谷，美丽科技城

从低调的"制氧机大王"谈起

2021年的春季，苏州姹紫嫣红，美不胜收，不仅白天可玩的地方多得无法细说，而且许多地方还在搞晚上旅游，处处灯火楼台，热闹非凡。

但国际新闻里报道我国南面有个邻国却是疫情暴发，严重缺乏呼吸机、制氧机。中国作为工业大国，许多公司接到海量订单，加班加点生产呼吸机、制氧机。有家叫苏州鱼跃医疗科技有限公司，制氧

日新月异的科技城（朱卫东摄，科技城管委会提供）

机的产能是 100 万台 / 年，这生产能力十分惊人，今年自然也在大量生产制氧机，好像还生产呼吸机，正加紧运往这个国家。

我正想，这样的企业，可以称之为"制氧机大王"了吧？没想到在高新区去看科技城一个展览的路上，却意外看到了这家企业，让我大出意外："咦，怎么一声不响在这里啊？"因为这是医疗行业的企业，抗疫期间管制严格，大门紧闭，我无法贸然去采访，只能在路上远远行以注目礼，心里挺为高新区感觉骄傲的。

我查了一下新闻，果然就在前不久，苏州市领导还会见了这家公司的高层。新闻中透露，"鱼跃医疗"在高新区一期建筑面积约3.74 万平方米，主要从事呼吸治疗产品和医用高值耗材的研发和生产，其战略产品"无创呼吸机"部分技术指标超越了国际一线品牌产品。鱼跃医疗还将加快建设苏州鱼跃二期，用于生产高分子耗材、高端医用电子和数字医学影像设备等系列产品。

我打电话给我的朋友任女士，她是鱼跃下属另一医疗器械企业的董事长，她说正是呀，那里正在努力生产制氧机、呼吸机呢！不过那不是我的企业，具体说不清楚。

企业内部信息确实不宜随便透露，不过证实了那个传言是真的，就已足够。面对这家正在加紧生产的"鱼跃医疗"，我深表敬意的同时，也难免要想，这家公司为何要选择在科技城里大展拳脚？

那么首先要看看科技城这个发展载体。

高新区人谈到科技城，就说是"二次创业"的最大亮点。

二次创业，是一个很新鲜的词。有的说是指知识经济发展的最高阶段，有的说是生态经济，也有的说是指生态条件下的知识经济，是一种比较高级的经济增长方式。

说实话，以前高新区主要引进工业，起步之初望着成片的加工业厂房，看惯弄堂小厂的苏州人自然也很感骄傲的，甚至一个鼠标装配工厂，因为规模较大，就很开心了。2012 年 12 月，江苏省人民政府批复同意设立苏州科技城，发展知识经济，这个科技城的地方，主要是东渚镇。科技城的横空出世，显示出苏州高新区发展转型的雄心和魄力。

二次创业：从这方土地出发

为打造这个载体，科技城里仅城市功能建设已经投入 500 亿元，基本完成科技城 25 平方公里核心区近 900 万平方米的高标准基础设施建设。区域内道路成网，桥梁座座，处处绿树和鲜花，各类载体、科研综合楼、产业化用房、商业设施，以及学校等功能配套设施建设构成了一个美丽新城区的雏形……怪不得齐德利博士给我的那张手绘科技城地图上，道路成网，河湖相间，景区错杂其中，完全是一个花园般新城区的样子。亮点是这块土地并不仅仅是新城区，而且是"二次创业"的平台。高新区的目标是围绕"科技、生态、人文"的规划定位，建设"苏州新硅谷，美丽科技城"，为此对企业的服务，制定了一系列规范的服务细则。我采访中获知，科技城成立后，重点发展医疗器械、新一代信息技术、高端智能装备及新能源等特色产业基地。"大院大所"集聚成为科技城发展的一大特色。

美不胜收的科技城（华晓忠摄）

科技城一角（科技城管委会提供）

苏州的高教和高水平科研，过去长期是个短板，如今经济总量大，必须要高水平的科研来支撑继续发展，引进"大院大所"是非常明智的路径。仅过了10年光景，科技城已有中科院苏州医工所、中科院苏州地理信息与文化科技产业基地、国家知识产权局专利局专利审查协作江苏中心、中科院声学所、中国兵器工业214所苏州研发中心、中国移动苏州研发中心、清华苏州环境创新研究院、东南大学苏州医疗院、浙江大学苏州工研院、华东理工苏州工研院、西安热工苏州分院、江苏省医疗器械检验所苏州分所、国家平板显示产业计量测试中心，以及一些外资企事业的研发中心、高科技企业和项目、医疗器械、新一代信息技术、高端智能装备制造及新能源等1000多家，包括各类高层次人才和专业人才2万余人。

现在打造经济科研平台，不是过去滚动开发经济区那种做派，而是对土地惜土如金、就像东渚绣女刺绣那样一丝不苟的精细。所以科技城虽然我们外面人看到一天天在发展，其实里面细分为一些园中园性质的微型专业园区，进行精准开发。如微系统园、日本工业村、意大利工业园、智慧谷、总部经济园、环保产业园、软件园……据有关资料，这个科技城是以科学布局为导向、以产业项目为抓手，加快公共服务配套，开创了"区镇融合、创新与产业融合、产城融合"的发展、建设之路，目前一个现代化中心城市的雏形基本形成，可以用"精彩纷呈、妙不可言"来总结。

——换言之，这里的目标是"现代化中心城市"，实在是太"香"的愿景啊！

讲到产业，自然是有目标的，就是打造医疗器械、新一代信息技术、高端智能装备制造及新能源 3 个高新产业集群，其中以江苏医疗器械产业园，最为人所称道。

十年书写一部奇迹创造史

在科技城闲逛时，正好遇到美丽的聂晓倩姑娘，她下午有点空，说是去参观一个展览，她说看了展览后对科技城的医疗器械产业会有比较全面的了解，她也愿意陪我，邀我同去。我当然愿意啊，于是就坐她开的车，来到了"江苏省医疗器械科技产业园"。

医疗器械是科技城的重点产业之一（科技城管委会提供）

产业园里所有路面，小车停得满满当当的，每幢楼的每个窗户都在雨云下显得很明亮，说明里面有人工作，正开着灯。主楼门口墙上，挂着好多省、市的铜牌，数了一下竟有19块，还看到江苏省医疗器械产业创新创业基地、省医疗器械产业园科技企业孵化器两块牌子，很明显，省、市甚至上海证券交易所都相当重视这个科技园区。

产业园的这个展览，用展板、实物和简练的文字和大量美图，很大气的布置，把这个园的面积、历史、政策、特点、成果等作了精当的介绍，如能细看，必定会大有收获。我听见身后有讲解员姑娘在给前来参观的客人介绍："医疗器械产业是我们高新区重点培育的战略性新兴产业，经过10年'磨剑'，这里已经聚焦医疗器械企业300多家。"看着墙上一些代表企业的名字，这里真的是"名企集聚，创新驱动"啊。

姑娘接着说："我们这里从研发到检测到产业化到销售，有着完整的产业链，可以自己完成全过程，也可以找到合作伙伴……"

"理念太新了！""做法超前的！""我们要学恐怕有难度……"客

科技城里省级医疗器械产业创新创业基地的一处展厅（嵇元摄）

人们一片赞叹后又议论起来。

姑娘又说："我们医疗器械产业的规模，今年目标是产值300亿，明年要突破500亿……"她的声音激起了更大的赞叹声。

我听到这里就走开了。因为以我30年省报驻苏州记者的体会是，苏州科技城的10年，简直是一部奇迹创造史，到处是听不完的好消息，介绍藏着掖着吧，自然不好，而如实介绍了呢，有可能效果也不是太好。唉，这也是苏州各行各业时常会遇到的比较普遍的难题呢。

不觉来到"创新成果篇"展出部分，因为这里展出的都是实物，有大有小，背景墙上有说明，而且许多展品和参观者"零距离"，甚至可以手摸，功能先进，设计前卫，非常吸引人。

就说那体外磁悬浮人工心脏，介绍说结合了最新一代计算流体力学和主动磁悬浮技术，用于心脏失去泵血功能时的过渡支持，其心室辅助装置（人工心脏）是中国唯一、世界唯二。想想这东西可以挽救多少生命啊！还有一种可载药栓塞微球，所含有的发明专利就有12个，通过载药后在体内缓缓释放抗癌药物，能极大提高肿瘤介入手术的治疗效果。这个产品现在已在国内大量应用，多少肿瘤患者得以提高了远期生存率。也看到了"鱼跃医疗"的正压呼吸机，样子像是一台白色的收音机，有了它，可以有效预防和治疗呼吸衰竭，减少并发症，挽救和延长病人的生命，是一种至关重要的医疗设备。还有一家叫康多的公司，主要研发腹腔手术机器人；还有一家协同创新医用机器人研究院，主攻方向是医用机器人、智慧健康、人工智能……

走出展览馆，忽然想，这座科技城，可以说是高新区皇冠上的一颗明珠吗？

当然不用怀疑。朋友给我透露了一个信息，高新区有个2021—2023年的高端医疗器械及生物医药产业链高质量发展三年行动计划，在高端医疗器械、创新药物、前沿诊疗技术等5个主攻方向，通过十项任务、三大工程等举措，力争每年新增这类企业200家——目标是迈向千亿级产值。

只有三年时光啊，对于我来讲，也就是两年多一点时间而已，这里看起来像个宁静、美丽的花园，事实上这里奔腾着一股拼搏事业的无形激流，新技术、人才和资金，正一波又一波地涌来。

彩虹桥畔，江南文化之花盛开

苏州的音乐史，很久远很久远

一次，孔子带着几个弟子来到鲁国边境小城武城，听到城里到处有弦乐歌声。管理武城的主官正是他的学生子游，见老师和同门来了，连忙出来迎接。孔子微笑了一下说："治理武城这个小地方，根本用不着礼乐，杀鸡焉用牛刀呢！"

《论语·阳货》中记载了子游对老师的回答："昔者偃也闻诸夫子曰：'君子学道则爱人，小人学道则易使也。'"子曰："二三子！偃之言是也。前言戏之耳。"

把子游的回答翻译成白话："过去我听老师您说：'君子学了礼乐之道就会爱人，普通百姓学了礼乐之道，社会就容易治理。'"

子游用礼乐教化武城百姓，老师讥笑他小题大做，他没作具体反驳，只是背出了老师的教诲，表示他是学以致用。孔子有点不好意思，就回过头去说："同学们哪，子游的话是对的。我刚才不过是和他开玩笑罢了。"

"孔门十哲"之一的言偃（前506—前443），字子游，是吴人，具体说是常熟人，也就是苏州人。他在鲁国学习、实践一段时间后，别孔子回到苏州这一带传授儒学，人称"南方夫子"。

这个经典故事内涵丰富，但有一个意思是，弦歌是建设和谐社会的重要抓手。弦歌，是用乐器伴奏唱诗，后来弦和歌分开了，"弦"

也就是乐器，经过在历史长河发展至今，乐器、乐理、乐曲、表演技巧大大丰富，已单独成为一门艺术，这就是民乐。

中国的民乐，表演大多是灵活组成小乐队进行演出，甚至可以不要指挥，如果参照西方的交响乐团组团，这样的民乐团是大都市才有的高层次文艺配置。苏州民乐的历史悠久，江南丝竹就是源于苏州，社会基础广泛，还是生产各种中高档乐器的重要城市，但一直没有大型民乐团。

彩虹桥畔，花开绚丽

2017年11月，苏州市和高新区共同成立市级公益性专业职业乐团苏州民族管弦乐团，这个消息传出，让无数人惊喜、振奋甚至感到骄傲。

但我在祝贺该团成立的同时，也是有点担心的。因为我少年时也喜欢吹笛，还曾拉过二胡。当时觉得笛子几毛钱一支，是个小玩

"丝竹交响"这四字是毛泽东主席的手迹（嵇元摄）

意，和玩具差不多，二胡呢，拉了一两个月吧，长辈笑言"叫化胡琴一黄昏"，话中有看不起的意思，于是我就赌气都不练了。但我还是一直保持着对民乐的感情，后来在苏州音协领导的建议下，让女儿学了古筝。不过我有个印象，西洋乐队配置完备，而我们的民乐多个人表现，用民族乐器像交响乐团那样组建，在中国民乐历史上还是近百年来的新鲜事。换句话说，民乐器个性差异较大，转调也难，低音乐器少，组建成大型管弦乐团，光各乐器音色的协调，难度就要大于西洋乐器。

所以，苏州民族管弦乐团组建，我对他们就有了更深的感情和敬意：他们是开创苏州音乐史新篇章的探索者。

那天我走到科技城一座红色的彩虹桥桥堍，看到一块大石头上，有 4 个填着石绿的字，正好天还下着点雨，字就特别清晰："丝竹交响"，看风格好像是毛主席写的，给人感觉气派又亲切。旁边玄黑色的矮墙上，竖着不锈钢字，发着清雅而沉着的银光："苏州民族管弦乐团音乐厅·苏州音乐厅"，显示是"团厅合一"运营模式。背后有个小广场，再过去是苏州一幢吸收了民房元素的新建筑——这就是"著名"的苏州民族管弦乐团之宫啊，真是不期而遇呢！

但有点不巧，门关着，不能进去，疫情期间，这我理解，只能怀着激动的心情隔着玻璃壁看看内景，想象这时的自己有点像刘姥姥吧？

广场的一边，有一排彩色宣传牌，上面是"2021 演出季"的演出消息，如 5 月 6 日迎接中国共产党成立 100 周年"江河湖海颂"大型音乐会，5 月 21 日的"丝竹乡音传新韵"，6 月 11 日"心中的歌"庆祝中国共产党建党百年民族音乐会，9 月 4 日"江南文化艺术节"大型音乐会……后来才发现，他们真正的演出计划，大约是这牌子上的 10 倍吧。比如庆祝建党 100 周年的"百年回响·江南情韵"主题系列巡演，由《红色经典》《心中的歌》和音乐党课等五大系列组成，要在省内外、苏州城乡的机关、社区、企事业单位巡演近百场，可以

苏州高新区重视文化建设（嵇元摄）

想见他们创作、排练、演出是多么饱满。

　　作为科技城人，或者说作为高新区人，乐团和音乐厅就在自己的区里，当然可以近水楼台先得月，这是高新区人的福气。不过也许有人会想，这里以前都是农民呀？他们也喜欢虽属民族的但也是高雅的音乐？

　　我曾经和高新区枫桥街道民间艺人和民乐爱好者自发组建的枫叶民乐团的几位乐师深谈过，他们告诉我，枫桥人包括高新区其他地区的农民，虽然平时工作辛劳，但普遍喜爱艺术，有的民俗中融入了浓浓的艺术基因。比如结婚，是人生大事，称之为大喜，大多数人家举行婚礼会叫堂名（室内演奏或唱歌唱戏的小型民间乐队）来助兴。婚礼既是两姓结秦晋之好的重要仪式，有了堂名演出，民间艺人在婚礼上吹拉弹唱，主人和宾客一起欣赏民乐和歌唱艺术。这种民乐为主的艺术活动，作为一种民俗延续至今。所以说，民乐在高新区有着深厚的基础。

　　当然，高新区和苏州一样，是个外来人口多于本地人的地方，外

夜晚的音乐厅，仿佛水晶宫（苏州民族管弦乐团提供）

来人中受过高等教育的人才众多，音乐并不只是为当地居民服务的。

采访中获知，民乐有四大声部，即拉弦、弹拨、吹管、打击，我就有认识上的误区，认为民乐乐器少，如今才知道民族乐器其实品种繁多，一般乐队无法全部常备性地收进这些乐器。

比如说打击乐器吧，总觉得"敲锣打鼓"还不是很简单的事，事实上五花八门，常用的有排鼓、中国大鼓、板鼓、堂鼓、定音鼓、军鼓、钹、吊钹、小锣、大锣、云锣、木鱼、磬、梆子、铃鼓、三角铁、风铃、木琴、钢片琴等，如果再来个中国皇家常用、音色辉煌庄严的全套编钟（这家乐团就有编钟呢，多么让人惊喜啊！），那场面也就不是一般地大了……

所以，小乐队和管弦乐团，不是一个概念，民乐活动和民乐以管弦形式演出，自然也不是一个概念。

我的理解是，苏州民族管弦乐团成立，不仅是提升本地的民乐活动水平，给市民带来高水平的民乐演奏享受，而且还要通过将江南文化的美丽之花——民族音乐，成功传向全球，从而打造成高新区、苏州市的文化名片，展示高新区、苏州市的美好形象。当然这不是一件简单的事。但苏州市、高新区做事，一向是所定目标一定高远，而做事认真又低调。

这样就可以理解了，这个乐团的组建一定是高水平：由著名指挥家彭家鹏任艺术总监兼首席指挥，著名二胡演奏家朱昌耀任艺术指导，苏州市文联名誉主席、国家一级艺术监督成从武任主持工作的顾问；乐团聘请赵季平等4位著名作曲家任艺术顾问，一看即知，乐团头部非常不一般。乐团的艺术定位"丝竹里的江南"，精神定位："追求卓越"，目标定位："全国一流"，那也就可以理解了。

苏州的形象，艺术的使者

目前乐团拥有艺术家和演奏员86人，"一室五部"经营管理人员16人（培训部教员和音乐厅工作人员单列），建制健全。乐团平均年龄28岁，硕士及以上学历35人，占演奏员总人数的42.7%，由毕

音乐厅富丽堂皇（苏州民族管弦乐团提供）

业于中央、中国、上海等十大音乐学院的优秀人才以及中国的台湾、香港，还有日本、加拿大、西班牙、新加坡、马来西亚等国家的艺术家组成。彩虹桥附近有个小区，有的居民好奇又骄傲地告诉我："我们小区有外国人租房住着呢，他们是民族管弦乐团聘请的音乐家呀。"又补充说，"看他们好像很辛苦的。"

这个乐园成立后，很快就光芒四射。且看剧团给我的在国外演出的"浓缩版"资料：他们先后赴美国、德国、比利时、意大利、列支敦士登、瑞士、奥地利、匈牙利、波兰、俄罗斯、日本、韩国等12国22城市举办了共23场《华乐苏韵》大型民族管弦乐音乐会巡演，参加文旅部"纪念中俄建交70周年——中俄文化年"开幕演出、"纪念中波建交70周年——欢乐春节"文化交流演出、中美建交30周年、韩国国际音乐节开幕演出。巡演分别列入中宣部对外宣传支持项目，文游部"欢乐春节"项目，国家艺术基金、江苏艺术基金等资助项目，并被文旅部评为"欢乐春节"引导奖励资金评选一等奖。2021年8月，苏州民族管弦乐团荣获这年奥地利音乐剧院"国际交

音乐厅的门厅美而清雅，体现了苏州文化气质（苏州民族管弦乐团提供）

响乐团奖"，艺术总监、首席指挥家彭家鹏获这家剧院的"国际音乐文化成就奖"！美国、欧洲、亚洲巡演，超过3万当地民众购票观看，多家世界知名乐团观摩，海内外主流媒体广泛报道演出盛况，对乐团精彩演出给予高度评价。

艺术无国界，苏州、高新区这张名片，就通过这些艺术家精湛的艺术表演传递出去了。

苏州民族管弦乐团在国外的演出无法现场亲聆，但他们在自己音乐厅演出的迎接中国共产党成立100周年"江河湖海颂"大型音乐会，因为中央电视台的报道，通过视频我也多少能感受一点振奋人心的演出盛况。这一节目还请钢琴演奏家来一场民乐与钢琴的协奏，是场有中西合璧之妙的艺术盛宴，指挥彭家鹏先生也是激情澎湃，让听众获得一次难忘的、激荡心魄的艺术享受；甚至央视记者也受了感染，作了热情的报道。

有关人士透露说，乐团定下了"《江南丝竹·丝竹交响》江南音乐文化品牌"塑造三年行动计划，要生产一批留得下、传得开、叫得响的国家级水准的"苏字号"江南音乐作品，为此，仅三年的演出，就安排了500场。

团领导说，他们这个乐团，要用国际化、现代化的音乐语言，在海内外讲好中国苏州的故事，为此他们创作的音乐里，会有吴文化、大运河文化、红色文化及新时代"苏州精神"等基因……要坚持在苏州本土演出，要在国内城市巡演，要出国去巡演，要"进校园进基层"文化惠民，要办音乐大师导赏音乐会……

天哪！这么多工作、这么高的要求，他们是要多么拼啊！这要花多少心血、要洒下多少汗水啊！

人都说，小荷才露尖尖角，4年对于一个乐团来说应该还是在起步阶段，但苏州民族管弦乐团已经是繁花烂漫了。如果我说这个团已开始进入中国名音乐团之列，也不是夸张，只能钦佩地说，他们创造了奇迹。

民族演出，也能如此豪华（苏州民族管弦乐团提供）

　　这个团获得好多荣誉就不谈了，兹举一例为证，这个新团已经吸引住中国文化旅游部的目光。

　　2021 年 4 月部团签署了合作共建协议，双方将共建国家公共文化云苏州民族管弦乐团专区，将合力开展中国民族音乐普及推广，开发民族音乐文化产品，该部的全国公共文化发展中心主任白雪华说，这个团会聚了江南音乐的一批高端艺术家，创作了很多江南音乐作品，在国内外享有盛誉。发展中心与地方合作时，专门选择了苏州民族管弦乐团，将更有利于将江南音乐、民族音乐的普及推广推向全国、推向全世界。

　　站在苏州民族管弦乐团外，正是春雨润如酥季节，满目锦绣。我忽然感到，这个团是生长在苏州高新区大地上的一朵值得全国都骄傲的江南文化的绚丽之花啊！

龙山脚下的桃花源

寻找阳抱山

我曾经写过三国时东吴的苏州人陆绩和廉石的有关文章，也知道《三国志》记载陆绩病逝广西最后归葬家乡，但一直不能肯定陆绩的墓在哪里，后听人说最有可能在高新区。

后来又有朋友告诉我，陆绩墓在高新区东渚镇的阳抱山，心想道家有"负阴抱阳"的说法，陆绩是研究《易经》的大家，他的墓选

龙山旁的广场上点缀着太湖石，别有一番江南韵味（嵇元摄）

在阳抱山，是很有可能的。又看到有文章说，三国时东吴大臣鲁肃墓也在阳抱山，还有古籍说元代学者朱德润、明末清初的朱用纯（号柏庐，他的《朱子家训》过去影响极大），均葬于此山。1991年考古工作者还在阳抱山发现了东晋古墓群，听说考古发掘到青瓷器、铜器、玉和石器及铁器，其中一只青瓷羊尤为名贵，是吴地文物的精华。还有资料说其山顶有"藏军洞"，南北长10余米，洞高1.8米，洞呈梯形，大石覆顶，是吴国前人所建的古建筑……这阳抱山，满山的传奇故事，真值得去访古啊！

樱花刚谢不久的一天，我乘坐有轨电车来到东渚，打算访古阳抱山。问询车上人才知道，赫赫有名的苏州科技城和东渚街道，其实就是一家。科技城刚启动时，我曾不止一次采访过，后来凡有科技城的信息，也一直留心着——那么，这次到底是去阳抱山还是科技城呢？

苏州高新区发展太快了，是个三五年不去就可能迷路的神奇地方，我因赶一部书的配画，几乎深居简出有三四年了，想了一下，决定这次就用悠闲的心态去东渚，顺着路走，走到哪看到哪，就当作一次既散步又开眼界之旅吧。

下了有轨电车后，我就很随意地沿着一条路走。柏油路宽阔平坦；路两边高高的路灯杆排着整齐的行列，似是夹道欢迎；绿化相当考究，甚至行道树根部都种着草花，正开着轻盈鲜丽的小花，像是条烂漫的长锦，在绿化带上一路铺过去。路旁是条挺宽的河，路的左手方向有淡淡青山，难道那就是阳抱山？看着一路的风景走，一会儿山在眼前了，谁知来到一个绿波粼粼的小湖边，去山上还隔着湖呢！

湖边是个铺石板的平坦广场，有意思的是广场上面点缀着一垛一垛比椅子略矮的太湖石，水泥湖岸也镶砌着太湖石。那些太湖石都砌得别有匠心：初看，是各不相同好似随意砌成的太湖石，细看是可以坐人的石椅，那么就坐下歇一下吧。湖边有两株不大的杨柳，在风中轻轻摇着腰肢，好像是在表示欢迎之意。我就坐在一块太湖石上休息，无意识地东张西望起来，忽然发现那些太湖石真的不是随意所砌，有的像只矮脚绵羊，有的像只大青蛙，有的像只在泡澡的猪，有的像伸颈饮水的霸王龙……随你怎么看、怎么想象，反正越看越饶有趣味。

正好有人过来，我就请教这是什么山，是不是阳抱山？他说不是，这山叫龙山。

没想到却上了龙山

山并不高，大约就二三十米吧，山体长形，那是龙身，有一峰高一点，那就算龙头了？查一下地方志，上面说："龙山，位于（东渚）镇区东北 150 米处。为东新、龙山村辖地。山体东西走向，长767 米，海拔 41 米，山体由石英砂岩构成。60 年代初为县级采石场，70—80 年代为东渚公社矿产开采的重点矿区之一。90 年代东新、龙山村联合开采。至今，整个山体基本被开采光，转为向地下开采。地面仅留西坡和东坡残迹。"

怪不得我看这山没有 40 米高呢，原来这是一座残山啊，那湖微波如鳞，八成是过去采石采出来的宕口吧。经过整治，加上修建山路、植树、种花草，还安排了些健身器具，就成了一个有湖有山有树有趣味的开放式体育公园。漫步往山上走，山路平缓，不过奇怪了，有的地方挺湿，似乎有水汩汩流下来，是昨夜的雨还是泉眼里渗出的？

我没有向"龙头"走，而是朝"龙尾"走，才一会儿，下山路成了台阶，走完台阶却是地面了。抬头看不远处有块高高的牌子，上写"龙山商业街"，旁边还有一块小牌子，上面标记着商业街上的一些公益设施，有青少年活动中心、图书馆、文化馆、体育馆、美术馆、影视中心、健身中心、地下停车场，等等。毛估估这商业街和龙山的距离，大致有 150 米，猜想这里可能是过去东渚镇的中心地块，

山路上，野花可人（嵇元摄）

湖水有风就微波轻漾，无风似古代铜镜（嵇元摄）

现在成了苏州科技城的中心了。一个镇有这样的配置，真是超豪华了。

龙山商业街上好像人不多，猜想热闹起来还需要两三年时间吧。我想如进商业街去参观，时间会来不及，正好商业街对面是那条大河，河上飞跨一座红色的钢桥。苏州是水乡，桥梁大约数以万计吧？现在造的桥，如果很重要的话，往往会设计得别有风格，以点缀环境。这座红色钢桥曲线优美，就像红绸带飘向河对岸。这样别致而美丽的桥，值得走一走呢。

走到桥上，看见有个头发大部分已白的人在拍风景照，我就故意在他身边站着，看他拍照。他回过头来，对我微微颔首，我就顺势搭讪："老师您好啊，请教了，这是什么河？"

"这是浒光运河，就是浒墅关镇至光福的运河。"

这不是景观河，连通着大运河呢，所以看得出水波在流淌着。但这河显然是当景观河在打造，河两岸包括河滩，都做了很好的绿化或者说美化。桥那边马路纵横，高楼成片。

"听您口音，您不是本地人吧？"我问。

"是啊，我是西北来的。"那人指着河对岸说，"您看那边有成片高楼，这个小区是商品房，那边小区是动迁房，那是高新区第三中学……我孩子在苏州城里工作，也成家了，我是看中这里的环境，特地从城里住到这里来的。人说现在社会，什么买不到呀，最宝贵的是有负离子的新鲜空气。但我觉得最难得的是住的地方要有温馨的感觉，你说对不对？"

我点着头，告诉他刚才去了龙山公园，并说这公园非常不错。

我无非是想夸耀这里环境两句，以便拉近和他的距离，谁知引起他大笑："不瞒老兄，这龙山公园虽美，但在这里排不上号！科技城有山有河比龙山体育公园不知美多少倍的公园，那是你一只手的手指掰不过来的呀！"

我说："包不包括阳抱山？我正想去呢……"

有那么多景区，却去了一个小区

他如数家珍地说："喏，有玉屏山，有诺贝尔湖，有锦峰山，有恩古山，有小茅山，小茅山道院也很有名，附近有个彩石湖，还有五龙山，山上有个仿古的楼阁，叫智慧阁……阳抱山？好像说考古队挖出过吴国王室墓，不过那是 10 年前的事，我还没有来呢，具体不太清楚。"

看来他也不熟悉阳抱山，我就换个话题说："您在这里住得惯吗？"

他好像有点不太高兴："老师您说这话，是不相信我的决策了？我请您到我住的小区去参观。"

我想，现在苏州新城区是怎样的生活风情，我已不太了解，去他住的小区走走，定能增加我的见识，于是欣然说："好，好的呀！"

他住的小区叫龙惠花苑，进小区就看见 3 个小男孩在玩陀螺的一组青铜雕塑，让人回想起快乐的童年，感觉就亲切了不少。里面有很

龙惠花苑社区内的雕塑小品（毡元摄）

多上了年纪的居民，在坐着闲聊，就像个公共客厅。走不几步，见到一个大间，灯光明亮，玻璃门上是"龙惠书场"4个大字，常州评弹团一位男艺人正在里面说《落金扇》，百十来个听客正听得津津有味。那位西北朋友说，这你们苏州人喜欢，我今天只介绍您去看我们小区两个地方。

正好有社区的人过来，他打了招呼，于是社区一位姓李的女士也一同陪我参观。进去是个较大的广场，有球场什么的，迎面有幢高楼，坐电梯上了楼，先是去参观三楼的老年大学。门口墙上有一行字让我驻步多看了两眼："苏州高新区银发先锋党群驿站"。

李女士解释说，我们社区有许多外来的老年居民，他们的组织关系没有转来，就依托这里的老年大学，组建了两个临时支部，大家"离岗不离党，退休不褪色"，在这里学习，参加活动。看墙上的照片文字介绍，这个组织的活动内容丰富多彩，不能尽述。特别是在建设居民和悦、家庭和善、邻里和睦、社区和谐和治安美、环境美、文化

老而乐文，龙惠花苑社区的老年大学（嵇元摄）

美、心灵美的"四和四美家园"方面，两个临时支部起着积极作用。

我看老年大学里有的人在学国画，有的人在学跳舞，还有学烹饪的教室，但正好没有课，不然倒也能趁机学会烧一道菜……

慢慢走慢慢看，不觉回到二楼，那里是社区的日间照料中心，社区里的老人可以白天来吃喝玩乐学习……到傍晚回家。服务台后面的墙上挂满锦旗，正想拍张照片，那美丽年轻的姑娘笑着跑开了。

扭头看见对面墙上有个通知栏，上面写着一些事项：8元一餐，一大荤，二素，二两米饭。旁边李女士解释说：还有汤呢，这上面没有写，饭菜可以送上门，要加一元，但不送汤了。不过我们社区有的居民太过节俭，这一份菜要吃两顿，或者老夫妻一起吃。

原先收费标准是10元，还有一个青椒炒肉丝之类的小荤菜，估计居民要省，就降了2元，小荤换素了。注重节俭的生活习惯，其实也体现了苏州的传统民风。

西安朋友坚持要我继续参观，建议我和大家一起去视听室看电视，说"那里的椅子非常舒服的"，或者享受一下理疗，我因为想去阳抱山，就看了一下5月的活动表，这个月有"让爱心连心"主题活动、"中医体质养生"专题讲座、日常体检、便民活动以及唱歌、手工、电影、美食等兴趣小组活动……那位西北朋友说："我寻找了许多地方，觉得这里最合我意，是我晚年温馨的家。"我明白他的意思，他看重的是人世间的温馨。

离开社区，天有欲雨的样子，看来阳抱山是去不成了，但我觉得不虚此行。我们社会因已进入老年社会，从而面临着新的重大课题，许多人谈到这甚至有点焦虑，而我意外进去的这个社区，社区工作者和居民们正在合写一篇美好而温馨的文章，让我有仿佛寻访到桃花源的感觉。

太湖边，将崛起世界一流大学

紫色旗在这里飘扬

我 1985 年调到南京在《新华日报》工作，女儿才 3 岁多。第二年妻子带了女儿来南京看望我，我们除了去中山陵、玄武湖、夫子庙、长江大桥游览外，还有一个地方，我作为重中之重是一定要去的，那就是南京大学。我还特意给女儿拍了以有红五角星著名的北大楼为背景的照片——这自然也是我的一个梦想，就是祝愿她也能考上这所名校。

南大苏州校区的规划效果图（高新区宣传部提供）

南大文脉东引到苏州的标志性建筑，效果图（高新区宣传部提供）

　　最终女儿还是读了苏州的高校。让我欣慰的是，报社安排给苏州记者站的年轻记者，就是南大新闻专业毕业的。我多次对她发感慨说："我一直景仰、尊重你背后的母校和教你的教师团队，当然也是由衷尊重和钦佩你的！"这心情也反映了我一贯对南京大学的敬仰。所以，也很羡慕南京这六朝古都城市，拥有这所世界闻名的优秀大学。

　　但我 2019 年 3 月 19 日晚听到了一个令人惊喜的消息，苏州市政府和南京大学签署了全面战略合作暨南大苏州校区建设协议。从我个人来讲，真是出乎意外，我和几位"关心苏州发展业余爱好者"朋友谈起，都觉得这件好事很振奋人心。接着消息陆续传来，这个项目得到了省委省政府和国家教育部的支持，并且进展快速而顺利。

　　过了一年多，我由老邻居金鑫开车，沿着太湖大道往太湖方向开，差不多能闻到风中有太湖的味道时，来到了南京大学苏州校区工地，让我荣幸地实现了一次"开眼界"之旅。工地门口 3 根高高的旗杆上，飘着三面旗，其中最右边的一面紫色旗，看了心有感动。因为南大的标志色是"南大紫"，看到这高贵的紫色，就知道南大确实是落户在这里了。

南大苏州校区在苏州科技城范围内，东面远远的是大阳山国家森林公园，再靠近校园点反"C"形散落着几颗珍珠般的景区和名胜：恩顾山、诺贝尔湖、彩石湖、五龙山、小茅山道院和太湖湿地公园，南面还有穹窿山风景区，西区北侧离太湖大约才 1 公里——要说生态这样好的读书环境，到哪儿去找呢？而且还听说，南大苏州校区不建围墙，以和周边市民产生良好互动。听到这儿，觉得以后能做这里的居民，也是很福气的呢！

又听说校园门口的门牌号，是太湖大道 1520 号，这个号码在青年学子眼里，会有什么好的寓意的吧？我请教一位女生，她笑而不语，说不知道。后来还是一位南大人透露了"秘密"：门牌号定位"1520"的原因，是南京大学校庆日为 5 月 20 日。

庄里山下好读书

抬头望去，蓝蓝的天空上飘着几朵白云，白云下是树林茂密的山丘。金鑫介绍说，这就是庄里山。据查资料："庄里山，位于（东渚）镇区西北部，为淹马、姚市村交界处。南北走向，长 519 米，海拔 104 米，是东渚西面最高的山头。山体由砂页岩、黏土构成。西坡为姚市村石料采矿区。"（《东渚镇志》）实际上庄里山是两座山，北面靠太湖的，大约是一个山头，南面的山，山体平面略似有点大写的反"L"形，好像有四五个山头呢。远远看庄里山，正是初夏季节，前两天刚下过雨，因此阳光下那满山的树啊，绿得耀眼，长得非常精神。这投资约 100 亿、建筑面积约 100 万平方米的南大苏州校园，以庄里山为中心大致分东区和西区，校区的建筑布局和建筑设计已基本完成，但对庄里山在保持生态的前提下，如何略作改造，已有考虑了。反正让莘莘学子在这山里来晨读晚修，或者秘密谈点小恋爱，教师来

南大苏州校区沙盘模型局部（嵇元摄）

绕山脚步道思索着散个步，想来庄里山将是苏州一处产生佳话和灵感、让人难忘的美好山丘。

南大苏州校园的模型，已经做好了，我在展厅里不知不觉看得出了神。什么图书馆、餐厅、室内体育馆、灯光球场，本科生和研究生还有博士生宿舍，以及学术交流中心、产业技术研究院苏州总院、会议中心、公共教学大楼、公共研究平台、校史展览馆……都有安排。我问，那个代表南大标志性的、带红五角星的建筑北楼，苏州校区里有没有安排呢？他们指给我看模型，果然在学校西区的行政楼建筑群那里看到了，这一片叫"北大楼建筑风貌楼群"。噢！真的让人欣慰。校区虽还是模型，但"琳琅满目"看得人遐想无限。

那么，南大苏州校区毕竟是个教学和研究平台，将是一个什么愿景呢？

说实话，要苏州高新区拿出一大片珍贵的地甚至其中包括一座秀美山体，那绝对是从南京大学和苏州的发展需要，甚至从长三角一体化国家战略，以及国家的科研创新所需角度考虑的。

南大苏州校区的一幢教学用建筑，效果图（高新区宣传部提供）

首先，让人振奋的是规模。这个校区实行本科生、研究生到博士生完整的人才培养体系，近期办学规模为全日制学生 1.2 万人，远期 2 万人，师资规模 1000 人。现在这里只有风吹树梢声，远处有鸟鸣声，以后这里有万名学子的欢声笑语声和读书声，要不让人心驰神往也不可能啊！

其次是定位。建设这个校区，南大方面是"同等标准、错位发展、创新机制、国际一流"的办学定位，"人才培养、科技创新、国际交流、产研融合"的办学模式，将打造吸引人才的"强磁场"，成就事业的大舞台，当然也有利补苏州高教事业短板的不足，同时对苏州"双创"提供服务支撑。

我问有关人士，从这模型盘上看，将会设有好多新专业啊！有关人士解释说，这个校区将安排五大学科群。哪五大呢？分别是：人工智能与信息技术、功能材料与智能制造、化生医药与健康工程、地球系统与未来环境、数字经济与管理科学。

这些学科，我觉得是制造"发动机"的，以后会对苏州、对江苏、对长三角地区甚至更广大地区的发展，提供新的动力。

这张白纸，将画上最美的画

我们不是有一张白纸，可以画出最新最美的图画的说法吗？南大苏州校区的教学，从目前介绍的情况来看，我猜想可能是新校区、新理念、新教育、新愿景吧？他们说，今后的教学，将会是按照省领导提出的"四个融合"推进：理科工科融合、多学科交叉融合、科研教学融合、教育与产业融合，打造一批高品质的创新技术研发平台和产业基地……我看到一篇新闻，标题准确而大气：《百年名校"二次创业路"，天堂之城发展新引擎，解码这座太湖之滨的未来世界一流大学》，又听到内部传出的苏州校区的办学思路，是依托高新区，面向实际、面向应用，共建世界一流校区、一流园区、一流湖区；而苏

南大苏州校区的一幢教学用建筑，效果图（高新区宣传部提供）

州方面将依托南大苏州校区，着力打造核心区为 10 平方公里的太湖科学城。我听得好激动、好振奋，心想，南京大学和苏州高新区完全有这个底气制定这样辉煌的目标。

举例来说，2020 年 11 月 9 日，南京大学苏州校区环境与健康学科平台特聘教授徐祖信院士聘任仪式在南京大学仙林校区举行，她是水污染防治研究的国家级专家，在南大和苏州合建苏州校区的消息正式披露不到一年就已加盟，可见这个平台的吸引力。我也相信她是一只报春的燕子，以后会有更多的院士以各种形式，来这里教学和科研。

苏州高新区将南大苏州校区视作重中之重的项目，从签约那天开始就强力推进。事实上，苏州市、江苏省和教育部，主要领导都很支持、重视和关心这个项目。苏州的领导提出了以国际最高标准、最高水平规划建设，融合苏州江南文化和南大历史文脉，打造属于苏州的世界一流大学——谁听了都会振奋。

我特意到工地上去看看，施工的负责人正巧在现场，我忍不住问三问四，他笑着作了些简单介绍。我也不太懂工程建设，简单而言这是一个智慧工地，空气里的扬尘和噪声，都能即时反映，哪个施工人员没有戴安全帽和穿反光背心，会立即出现在有关人士手机上；甚至进出的工程车，所载物是否符合设计值，都能立刻知晓；烟火监测，还有进出人员的防疫，都是 24 小时监控……唉，科学而严密的管理措施，实在是说不完。

"目前正在加紧建设的东区校园，估计会在明年 9 月交付使用。西区校园也很快将开建了。"离开工地后，同车的朋友告诉了我一些新的信息。

但我发现车往太湖边兜了一点路。开车的司机说："这是特意让你们看看校园周边的区域。你们知道吗，以南大苏州校区为核心，周边将加快引进推进一批重大科研基础设施、国家重点实验室、新型研发机构等重点技术创新平台建设，打造具有国际影响力的太湖科学城，力争到 2035 年建成具有国际竞争力的'创新智慧之城、开放共

南大苏州校区正以"苏州效率"建设中（嵇元摄）

享之城、美丽人文之城。"

啊，我刚还在想象南大苏州校区迎来首届学子的激动人心的场景，思绪又徜徉到规划面积 105 平方公里的太湖科学城去了……

千年名镇

浒墅关

浒墅关趣谈

老虎跑到这个地方后

半个多世纪前的苏州小巷里，有许多大哥哥大姐姐甚至"爷叔"，会和孩童一起玩。谈天说地的男孩子多半聊些杨子荣、孙悟空、赵子龙之类，让人增长许多课堂里学不到、书本里也没有的"见识"。

有一次和一群孩童在巷子里一起玩，一位"爷叔"突然问："吴王

有苏州第一名胜之称的虎丘（杨蕴华摄）

阖闾有万夫不当之勇，打仗喜欢冲杀在队伍最前面。有一次阴沟里翻了船，被越国一位名不见经传的将军劈掉大拇脚指头，流血过多死了，葬在海涌山。结果你们猜怎么样？有只白颜色的老虎奇出怪样地蹲在山上，这山就改叫了虎丘。那么请问，这只老虎后来到哪里去了？"

虎丘山原叫海涌山，这大家都晓得的，古代苏州大半泡在海里，山取海涌可以理解，改叫虎丘的原因也晓得了，但这只白老虎被人发现了，跑到哪里去，这个问题却从来没有想过。于是大家就问："那老虎跑到哪里去了？"

"往西跑的，跑到浒墅关去了。"

"啊？老虎要吃人的，跑到浒墅关去会不会吃人呢？"

"真个拎不清！老虎要吃人的？也可能那是吴王家养的呢？"

"噢，不大相信……"有人拖长声音说。

这位"爷叔"见孩子不相信他的话，有点发急："浒关的浒，本来应该读《水浒》的浒！这里有个讲究，原先是个虎字，老虎跑过去了嘛，就叫虎关，后来改成和虎字同音的浒。乾隆皇帝下江南，坐在龙船上，远远看见关上的旗上，风吹了旗嘛，把三点水卷在里面，字没有看全，就说：'众爱卿，看前方市廛繁盛，莫非是姑苏第一镇的许墅关？'

"你们不懂了，皇帝是金口，他说这个关的'浒'读'许'音，谁敢不遵？船队官员连忙派出小快船到关上，通知接驾官员和镇上所有人等，等会儿皇帝来了，大家一律将'浒'改'许'音，浒墅关就是这样来的。"

现在想来，这位爷叔还是有点水平的，因为地方古籍都记载吴王阖闾下葬时，埋了三千把天下至精的吴剑。道光《浒墅关志》记述，秦始皇南巡至吴地，"求吴王剑，发阖闾墓，白虎蹲于丘上，逐之西走二十五里失"。因此，这白虎消失处始为"虎疁"之地。秦始皇这千古一帝过去在苏州普通市民心目中没有什么好名声，关键是他在苏州做了盗掘吴王陵墓的摸金校尉。

其实如果细究，这个地方古代确实和虎有关，名叫"虎嘍"。嘍，按汉代文字大学者许慎在《说文解字》里的解释："嘍，烧种也。"

据权威古书所记载，吴国的种田法是放火烧地，这样既能灭虫，又能获得草木灰为肥。用这种方法开出的田叫"嘍"，虎嘍的意思是曾经有虎出没于这里的火烧田中。清代和民国时，苏州都有华南虎出没，吴国时今天浒关一带有虎踪，那也是不足为奇的。

这个事情说来说去，其实不是在说老虎，而是说至少在吴国时，这里就已开发，而且是稻田，不是无人荒地。至于后来将"浒"读作"许"，是不是乾隆皇帝的原因，也只能当作民间故事来看了，不过隐约透露出的信息是，这里以虎为纽带，和吴王阖闾沾上了点关系。

京杭大运河，哺育了浒墅关镇（秘元摄）

《浒墅关志》里的"概述"是这样说的："相传秦始皇三十七年（公元前210），秦始皇南巡'求吴王剑，发阖闾墓'，见白虎蹲丘（今苏州虎丘）上，率部追赶20余里，虎不见处，即名为'虎嘍'地，后几经易名，唐代讳虎，改为'浒嘍'；五代吴越王钱镠忌'嘍'，遂改名'浒墅'；宋《吴郡图经续记》又称'许市'。明宣德四年（1429）户部设钞关；景泰元年（1450）朝廷因'户部尚书金濂建言仍于浒墅添设钞关'，并建关署吏舍'明远楼'于此，成为全国七大钞关之一，遂名浒墅关。"

钞关，就是税关；浒墅关，就是京杭大运河上的税务机关。

浒墅关的浒，为何这么读？

许市这个名的出现，证明这里借大运河之便，已经发展成为有商品交易而形成的集镇，故有"市"之称。至于是不是因有许姓人集聚而名许市，还是浒市去三点旁成了许，以避免出现读浒为许的读白字，这已无法深究了。

此志的"丛录"里又介绍一说，可作谈资。说当地又有乾隆读白字不同的传说，乾隆并非读白字。因为乾隆自认为自己是"真龙天

新建的花岗石牌坊，正中镌有"浒墅关"三字（毓元摄）

子"，当他见到"浒"（浒、虎同谐音）字时，认为这龙与虎（浒）是"相生相克"的！真龙天子逢巧在江南遇到了"虎（浒）关"，于是，他特把"浒"字读成"许"字，以消去"虎"字音。再说，风卷幡旗，怎么也遮盖不去这三点水，造成读白字。

当地人都深信封建皇帝对龙虎相讳，倒是真的。苏州人挺喜欢借乾隆皇帝说事，许多名胜古迹、糕点美食，都会和他搭上关系的，乾隆皇帝差不多已成为苏州的一张名片，借他为由头，生发出许多故事。

大运河从浒墅关往西北方向，古代是往常州、镇江，过长江经扬州、淮安后再往北去，因此浒墅关再往西北去就出苏州地界了。苏州人坐船离乡，到了这里总会多回望几眼，作为告别家乡前的最后一个镇，行人对浒墅关也就有着特殊的感情。反过来说，浒墅关镇地处苏州城西北、京杭大运河边，被称为"城之尾，乡之首"，或者反过来说，是进入苏州地界的第一镇。你想，无论进来或离去，到了这

浒墅关运河边的河长公示牌上，河长是江苏省一位副省长（嵇元摄）

里，人们会特别留意一点，比如上街去买点啥、吃点啥、卖掉点啥，这里自然也就热闹起来了。

随着大运河成为国家级物流大通道和浒墅镇成为经济大镇、苏州的门户之地，这地方就被朝廷看上了。

明宣德四年（1429），朝廷设浒墅钞关于长洲县二都六图浒墅镇。或有书籍记载是明景泰元年（1450），户部设浒墅钞关于镇运河畔。有学者考证大约在今天兴贤桥北、运河西岸米厂、粮库到原江苏省女子蚕业学校一带。

"苏州城和周边市镇强大的购买力和旺盛的消费需求，吸引全国各地的商船运送以粮食为主体同时兼带各类杂货的商品通过权关，形成浒墅关赖以征税的物质基础。"［朱启丹《清代浒墅关财税研究（1645—1860）》］朝廷于是在这里设立了收税官署，向大运河来往运货船只收取税金。至少在清代，浒墅关收到的税金，不仅绝大部分需上缴中央，在管理上亦受中央直接控制，一部分则是直接送内务府也就是为皇家收入。

清常熟籍大画家王翚的绢本设色《康熙南巡图》第七卷第五部分（此卷现藏于美国纽约大都会艺术博物馆），专门描绘了当时的浒墅税（钞）关，因为是写实性绘图，今天我们凭此图可以大致看到当时的风景。以江南经济之发达，浒墅钞关所收的税金肯定很丰厚，浒墅关地位从增加财赋的角度看必定是日益重要，自此名声始播。收税机构的官员，均由朝廷直接派来（意思是官员只对朝廷负责）；任期仅一年，任满就要换人，可见重视。因此之故，浒墅镇叫作浒墅关镇，也就顺理成章了。作为一个关乎国家财税收入的镇，其地位在苏州及周边无与伦比，镇上的繁荣也是必然的，茶馆、书场、酒楼、油坊、席行、客栈、钱庄、当铺、糖坊、木行、粮行……以及建筑业、装卸运输业等，百业兴旺，称雄苏州府。

正因为这个镇历史上是如此显赫，要了解苏州，浒关镇是绝对不能遗漏的，2021年盛夏，我特地去浒墅关镇，想采风写写钞关署衙。

说起钞关故事多

说起来这个关署有许多典故。如清康熙二年（1663）五月，湖州府的庄廷鑨买了别人的书稿，搞起了私人修史，编撰《明史辑要》。书刊印后被人举发，清廷以毁谤当朝的罪名，把庄家和参与该书编撰的人及其父兄弟子侄年15岁以上者共计70人斩决，近千人被牵连。其中涉及浒墅关主事李继白，喜欢读书，因买此书也被杀。这即清初最大的文字狱"明史案"。金庸《鹿鼎记》首篇即以庄廷鑨"明史案"开场。

又如太平天国以南京为天京，导致长江中下游战火连天，清廷对天京恨之入骨，派正黄旗、提督衔的和春为钦差大臣，督办江南军务。和春先是在三河镇击败太平军，又于1858年逼攻天京，重建江南大营，被朝廷授江宁将军。1860年5月，江南大营被太平军李秀成等合力击溃，和春逃往无锡。和春1851年起就参与镇压太平天国，与太平军互有胜败，官职也起起落落，但和太平军从广西反复缠斗到

钞关已走进历史烟云里，关址旁的大运河奔流仍旧不舍日夜（嵇元摄）

了浒墅关，这一大战的失败终于导致他精神崩溃，进入苏州地界后在浒墅关自杀。和春之死，不仅让浒墅关因兵燹而残破，更是让李秀成大军东征再无强大对手，苏州、杭州、嘉兴、湖州等江南名城相继落入太平军之手，导致这些地方的发展史出现了巨大的波折。太平军占有浒墅关镇3年后，清军东来，与太平军松炮对轰……浒墅关镇再次遭受战火。我在有关书中写过这段历史对苏州发展的影响、苏州和上海此落彼起的历史机遇等，当然也对浒墅关镇的发展和地位影响深远，因此很想到浒墅关来访古。

到了这里，蓝色的兴贤桥飞跨大运河之上，气势雄伟，两岸是同样雄伟的镇区。至于和文昌阁有关的米库、粮库、孵坊之类都未见到。过桥遇到一妇女，指我看沿运河的绿化带，说这就是过去的粮库地。再过去是苏州大学附属第二医院的分院，据说还要扩建至1000张床位的规模，过去镇卫生院的模样，我还有点零碎记忆，现在镇上要建这么大、这么先进的三等甲级综合医院，造福浒墅关和周边居民，听了实在是赞叹欢喜不已。

一位镇上人指点我回过去看文昌阁，说那里才是过去钞关所在地，而文昌阁是不是迁建过来的，路人所说不一。过去浒墅关镇有八景，还有文人写了"八咏"，大大增加了浒墅关的名声。这八景的第一景叫"昌阁风桅"，还是乾隆皇帝给起的。也就是说，文昌阁在运河边上，河上有好多好多船只扬着帆在河里行驶，非常壮观。而登临文昌阁能看到这样的景色，这种观景体验也只有浒墅关有。

文昌阁是明代当地张姓三兄弟出资所建，其背景这里不仅是一个货运大码头，更是正在发展成一个县城规模的城镇。苏州人重视教育有悠久传统，一个地方居民多了，就会考虑要振兴文风，希望多出读书人，更希望通过科举出人才。后来这文昌阁一度叫作太微律院，想来这是一处道观。

今天的文昌阁显然经过政府的整修，成为一处地方特色浓郁的历史文化景区。

大致说来，景区分为两处，一在文昌阁外，有石桥、苏州园林

浒墅关文昌阁，是苏州著名的运河名胜（嵇元摄）

里的轩式建筑、镌有"文昌风帆"的石坊、观水平台、环景区绿化区等，在这里还可以尽览大运河景色，来来去去的船，成为在波浪中移动的风景。这一处观赏大运河风光的公园，在苏州数以千计的景区、休闲观光区中，风貌独具一格。

二是进门后，进入以文昌阁为名的宗教景区，建在一小丘上，墙外面绕以小河。墙外的小河两岸种了许多树，绿荫沉沉，清水凝碧，环境非常幽美。里面有一些殿宇，也有多处亭轩。一水池边有一六角亭，亭子里有一碑，2011年所立，上面介绍"因（文昌）阁突起（并且）滨河，为兵家锁钥之形，故太平军在此高筑营垒，屯储粮草，扼控南北通津，文昌阁束以虹桥，环以月河……"怪不得这文昌阁景区靠运河一侧的墙砌成雉堞样式，就是为了体现这里曾作过军事营垒啊。

当走到运河边的观景步道上，看到运河里至今还是船来船往，想想千年以来这河就是这样波涛翻滚繁忙不歇，多少历史在这河水里流逝啊！而浒墅关的镇容，无论风云如何变迁，演变至今天却是更为壮丽了，一时陡生莫名感慨，与诗情并涌心头。

浒墅关，岂止是大运河

描绘运河新景致

京杭大运河滔滔向东南流，进入苏州境内，全长 82.35 公里，占江南运河（208 公里）的 40%，借运河之利，苏州从此开始了空前的繁荣阶段。

这段运河也在苏州留下了古河道、古驳岸、古驿站、古纤道、古民居、古园、古亭、古街巷、古桥、古寺古观等无数古迹和名胜，

今天的浒墅关，生机勃勃，正大步迈向灿烂的明天（丁达祥摄）

其中包括 12 处世界文化遗产点，这些历史文化遗存如颗颗珍珠镶在河两岸，成为江南最为优美的一段。

2021 年年初，苏州媒体报道了一个让人感到新奇的信息："苏州市计划启动大运河苏州段'运河十景'建设，以激发大运河文化带活力。根据《苏州"运河十景"建设工作方案》，吴门望亭、浒墅关、枫桥夜泊、平江古巷、虎丘塔、水陆盘门、横塘驿站、宝带桥、石湖五堤、平望·四河汇集为苏州'运河十景'建设目标。"

曾经有位外地朋友赞叹说："你们苏州历史文化遗存就是阔气啊！"随便弄弄大运河就来个十景。

4 月 25 日，苏州正是春意闹的季节，"运河十景"之二的浒墅关古镇项目举行开工启动仪式，嘉宾云集，全镇洋溢着喜气洋洋的气氛。

镇上朋友讲起这个项目，脸上掩盖不住开心和骄傲的神色，念叨似的在赞叹："啊呀呀，总规划面积 3400 亩呢，总投资 160 亿元呢！现在政府做点事体，几化结棍啊（多么厉害、让人钦佩之意）！"

浒墅关将投巨资在运河边新建一大型文旅项目（效果图由伟光汇通提供）

虽然话多说了几遍让人有点烦，但他的赞叹有其底气。仪式上传出的信息说，全部项目预计将在2025年年底前建设完成。开工仪式所在地是大码头二期，位于古镇东岸核心区域，占地面积6.5万平方米，投资约10亿元，将建设仰宸楼、龙华行宫、世纪幻影等业态，是文化餐饮、旅游居住、娱乐休闲等的载体，打的是江南文化品牌。

我查了一下，整个项目从规划看确实比较恢宏。规划"一心、一轴、一环、六大片区核心布局，以《康熙南巡图》为蓝本，打造'运河记忆、码头商驿、浒关水邑'三大主题，'运河味、运河埠、运河调、运河艺、运河尚、运河梦'六大风情区"，"项目建成后，力争成为运河城市更新示范区、苏州大运河人文会客厅、长三角文化旅游融合发展示范区、国际运河文化旅游目的地"；"以大运河文化保护为宗旨，通过对浒墅关历史遗迹进行保护与复建，以'明清风'加'新苏式'风格的全新包装，高度融合运河文化与旅游休闲业态"；"预计2021年年底实现西岸项目一期钞关衙署、阅帆楼、学宫等主要文化点位开工建设"。可以期望，"浒墅关古镇项目，是苏州运河最精彩一段，将在浒墅关镇续写千年运河的炫彩华章！"

估计是哪位小编的文字，笔端充满激情，看了让人很受感染，期盼之心澎湃。

昔日蚕丝地，今日换新貌

在浒新街采访时，有人指点我过一条叫"桑园路"的马路，说路对面就是浒墅关古镇项目一期，目前已经建成，招商已满，也许要过了这疫情期，才能开街。

我就过马路去看了一下。一些民国建筑的清水砖建筑留了下来，那催青楼、绿叶厅、西陵堂……甚至那小径，都闪耀着岁月的荣光。现在已经不见学生和老师，而是有的房子里传出"砰砰嘭嘭"声，那是已入驻的商家在装修，有的已经开张。看了眼前景象，我已不能确

郑辟疆、费达生两位先贤在浒墅关辛勤工作，为发展祖国的蚕丝事业做出了不可磨灭的贡献（嵇元摄）

定，这里是不是新闻界前辈、上海《申报》老总史量才先生创办的蚕桑学校的原址。记得当时校方介绍说，这是我国最早的女子蚕业专科学校，对江南地区普及科学养蚕，起到了重大的推动作用，同时也让浒墅关桑蚕文化名闻遐迩。在该校并入苏州大学前，我曾经来采写过这个学校的水产系在滇池放养太湖银鱼科研成果获得成功的报道，但看如今这样子，一个既历史又全新的文化景区，即将诞生。

我觉得苏州人有着把文化保存好和把家乡建设得美好的禀赋，导致苏州的特点是全域皆是旅游胜地，可看之处多得大概一辈子也玩不过来，但似乎每个地方还是觉得不够好玩，还在致力修缮、挖掘和新建，导致每年都有新旅游景点（区）冒出来……浒墅关镇的蚕里项目，就是一例，通过赋予新能，转换使用功能和保留历史记忆，让这方土地和这些建筑永远留在我们身边，这也是值得庆幸的。

我把这个想法和一位朋友的先生说了，他是机关里人，看问题比较透，听他言总有所得。他笑眯眯地说："这个嘛，是苏州'运河十·景'中的一景，我们当然非常用心，要做得出类拔萃……所谓大运河，这是一个交通设施……我们浒墅关的特点，之所以在古代十分繁荣、地位重要，关键是它依靠了大运河这个国家级的交通设施……不过，你看浒墅关镇如今的交通设施，已是今非昔比了，这立体的、强有力的交通资源，支撑着今天浒墅关镇的大发展和振奋人心的前景……浒墅关已经不仅仅靠大运河了。"

对此我有深刻的感受。大运河开通大约千年之后的 1906 年，在浒墅关运河东侧约 1 公里处，有了沪宁铁路浒墅关火车站。该站是客货站，东距苏州仅 10 来公里、西近无锡、离上海不到 100 公里，是相当重要、也是相当有名的一个镇级站。

抗战期间，上海、南京沦陷后，鱼米之乡的江南被侵华日军的铁蹄所蹂躏，浒墅关车站也成了日军调兵和转运后勤物资的重要节点，因此派兵驻守。1939 年 6 月 24 日，我新四军三支队六团（当时称"江南抗日义勇军"，简称"江抗"）在团长叶飞率领下东进，晚上

蚕桑学校旧址，受到当地的有效保护（嵇元摄）

袭击了车站里的日军，消灭日寇约 20 个。这一胜利给黑暗中的江南人民以极大鼓舞，人们奔走相告，"夜袭浒墅关"成了苏州至今传颂不息的红色故事，老车站也成了文物，立碑纪念。

今天浒墅关镇不仅有了电气化的高速铁路，还有了城际铁路，并在这方热土设有车站，不过不叫浒墅关站，而是叫苏州新区站。我第一次是在镇上坐公交去新区站，第二次是坐 3 号地铁到新区车站，都较为便捷。

从公交下来和从地铁站一走出来，就觉得眼前偌大的广场上，人川流不息，小车很多，公交车也非常多。原来在车站斜对面有个占地 16 万多平方米的永旺商业城，仅停车位就有 3000 多个。附近还有营业面积 4 万平方米的宜家，正在建的有迪卡侬体育公园体验式旗舰店，以及总投资 1.8 亿美元、面积 5 万多平方米的 Costco。当时去采访时 Costco 已建设得差不多开始招工了，到 12 月 8 日就正式开业了。

"商业四巨头，齐聚浒墅关！"成为苏州高新区发展让人惊艳的佳话，但说起来，还是浒墅关这个活力充沛的市域边的镇正在蝶变成新城区，内在的动力加上便捷、多样的交通，起了互相促进的作用。

集聚新动能，推动新发展

当然我这只是市民眼光，视野又窄又浅，要写好文章还得请教高人。朋友的先生在办公室接待了我，简单讲了几点，果然让我大为开窍。他说，浒墅关大运河是历史逾千年的交通设施，水运是浒墅关的传统交通，至今未有停息，货物可以通过水道至上海港、太仓港、常熟港、张家港 1 小时内车程，这且不作细谈；

我们这里的交通分外部交通和内部交通。外部交通你刚才先说的是沪宁铁路，建于晚清，运营至今，可以到南京和北京，这也不用介绍了。目前我要说的是沪宁城际铁路、京沪高铁、苏满欧国际铁

浒墅关是苏州市区最西的新城区（浒墅关经开区党政办提供）

路、沪宁城际铁路苏州西站、华东地区铁路货运中转站苏州西站都在我们这区域里或近在咫尺；

还有空运，我们苏州暂时没有机场，但浒关周边有3个机场可以利用，距离虹桥机场70公里，距离浦东机场120公里，距离硕放机场40公里；

至于公路，有京沪高速、312国道、苏州绕城高速、苏州中环快速路等交通大动脉，其他道路和外面连接就无法细说了；

你来浒关几次，乘坐的都属内部交通，你来时坐的是地铁3号线，而地铁6号线正在建设，规划要建9号线，这3条地铁都会经过浒墅关并都设站。有轨电车也是很有特色的市内交通工具，1号线、

2 号线已通车，1 号线贯穿区域南部，串联大阳山国家森林公园、苏州乐园水世界和白马涧龙池风景区等，2 号线西至科技城、东与新区站对接……人们都说这是我们高新区特有的观光交通线。

他讲得这么多，我来不及记录，思绪不免有点走神。我想起了20 世纪 90 年代初，中国和新加坡决定在苏州合作开发工业园区。我听说苏州最早推荐的区域是浒墅关、白洋湾和望亭这一带，理由是这里有沪宁铁路、312 国道和大运河……"就这三个？""还有电厂、水厂，水电都不用愁了。""还有呢？""还有铁路货运站和堆场，煤可以很方便取得的……"这大约是当时苏州交通设施最丰富的区域了，但出乎意料，新方看不上浒墅关这一带的这些交通设施，认为区域优

浒墅关也是苏州市区西部的商业重镇（嵇元摄）

势还是不够足（我理解的是他们可能认为这些交通设施老土），为了向上海方向发展，最终选了金鸡湖周边及以东区域。

当时我听了这个逸闻，觉得工业园区选址在古城东面固然高明而正确，但从浒墅关这个地方来说，有些许惋惜，觉得失去了一个机遇。

如今看浒墅关镇的里里外外，是那么亮丽，高新区和浒墅关人这么多年来埋头拼搏，同样取得了辉煌的发展成果。

——我当时那一点点淡淡的遗憾，想想真是自作多情。

这时，我忍不住自己也哑然失笑了。

浒关今昔：和一位美女的对话

当年，厂里用蒸过的米再蒸饭

田媛，一位来自虞姬家乡的女孩，1996 年毕业才 20 岁，就一个人过长江到浒墅关镇来打拼了。

20 多年在浒关打拼下来，她收获了爱情，购置了房产，创办了公司，生活美满。那天她开车来到我办公室，买了一堆我新出版的

浒墅关镇一条残余的老巷，就像一抹最后的斜阳（嵇元摄）

书，要我签字，说是作为礼物送人。小坐时和我聊苏州的风物，经常因找不到确切的词而改用浒关话，大度、热情中又有些许妩媚，性格和苏州姑娘略有不同，十分迷人。

谈到浒墅关镇，她可真是一往情深，说那时来看到的是大运河畔一个清静而不冷清、历史悠久又有活力的江南城镇。对今天的浒墅关镇，反倒有点不适应，"人那么多……以前空气都很清新……"

我忍不住大笑。她不知道，我看见过60多年前的浒墅关镇。

1958年苏州集中了各行业的人，到浒墅关镇创办苏州钢铁厂（或说钢厂建设启动于1957年），后来一直亲切地简称"苏钢厂"。大约在1959年，也可能在1960年，我的母亲在阊门内韩衙前的苏州美和布厂做织布女工，也被抽调到苏钢厂作为临时的支援力量，安排在食堂里工作。还没有进幼儿园的我，就跟着母亲在食堂里。当年为了提高米的蒸发率，食堂的工作之一，是将米先干蒸一下，然后再蒸饭。

有一次父亲来看望母亲，热火朝天的厂里当然不能进，我母亲就带着我到镇上一家旅馆去看父亲。当时天色已晚，镇上的小巷很狭，灯光昏暗，行人稀少，而且走过多座桥。我觉得有条河挺宽，就像相门、葑门外的护城河，但黑洞洞的河里却会有很多船，母亲说这就是大运河。我当然很想父母和我一起住一夜"饯房"，但那时的口号是"钢铁元帅升帐"，意思是举国一切都要为了发展钢铁产业，母亲因为晚上还要为炼钢工人烧半夜饭，所以见了我父亲一会儿就又带着我回了厂。不仅父亲，我也是极为失落。但回到厂里正好听到要出铁水的"当当"声，母亲就带我去炼铁车间看炼铁炉开炉。只见红得发亮的铁水流出来，在模槽里流淌，越流越慢，最后到我眼前不远处停止了流动并且变暗红、变灰黑了。"这真好玩啊！"这么有趣的事让我忘记了独自在小巷里过夜第二天要赶回苏州的父亲。

我常要求去车间看出铁水，但因为安全，就让看了这一次，有的记忆今天也模糊了。我母亲也曾问过当地人职工，浒关镇有哪些可以玩的地方。有的人就说，讲起来嘛是上塘街和卜塘街最闹猛，但对

这条商业街曾有过荣光，从风格看约建造于半个世纪前（秾元摄）

苏州城里人来说不稀奇了；也有人说，"白相（苏州话玩的意思）浒关嘛要去尤家浜"，那里可以看船家"水老鸦"捉鱼，是浒墅关一景，但现在没有了；也有人说，原先可以带孩子去文昌阁玩的，那里是浒关的名胜古迹，不过现在当了钢铁工人的宿舍了，而城堡的古砖，拆了造高炉了……

20世纪80年代中期我当记者后，来过几次浒墅关镇，看到浒关在发展、变化，总的感觉是浒墅关镇不仅镇区比较大，而且是一个商业相对发达、人烟较稠密、家底比较厚实的小城市。镇上有许多弄堂，也有新辟的大街，显得相当厚实。镇上的浒新街很宽，比苏州市中心的观前街要宽吧，作为全镇的新中心，在苏州各镇中也许最有气派了。最主要的是，街上往来的人，多是工人，还有学生，不全是农民。因为浒墅关镇有多家大厂，除了苏钢厂外，还有红叶造纸厂、江南丝厂、高岭土公司等国营大企业以及蚕桑学校，和苏州其他的乡镇洋溢浓浓乡土气息不同，浒墅关镇特别有城市的气质。

岁月如流水，欲寻旧踪难

2021 年夏天我特意去寻访此街，问了好多人才找到，石条铺的街面已是高低不平，似是被大卡车轧成这样的吧？街当中的六角亭依然在原地，就是有些苍老的感觉；两边的商店原先数以百家，但看到的却是正在大拆的景象，店铺只开了五分之一或十分之一吧，看这样子是要彻底更新的前奏。街南侧还有点商家在营业，我进一店去买瓶水，一位老板宽慰我，这段街不会拆了，政府要保留的。我打量着街景，觉得这不是老街啊，有啥值得保留的价值呢？他的话是否可以当真？

1992 年 9 月，苏州市浒墅关经济开发区（简称开发区）在浒墅关西南开始启动，目的是建立以高新技术和外资型经济为主的经济开发区。1993 年，经江苏省人民政府批准为省级开发区，全称为"江苏省苏州浒墅关经济开发区"。2013 年 3 月又升格为国家级经济技术

新时代的发展，给浒墅关运河带来新的风光（稀元摄）

开发区；2020 年 5 月浒墅关经开区和浒墅关镇实行一体化管理，镇和开发区是刀剑合一的关系，这个苏州高新区面积最大的板块，开始描绘新一页最美的图画。

回顾当年，当时苏南许多乡镇都在上马开发区、开发小区，就是将一些农田辟出来，自办或以"联营"方式引进几家工厂，通过"以工补农"，发展当地经济，改善居民生活。但今天看来，给乡镇注入持久发展动能的开发区，做得高大上的镇并不是很多，但浒墅关经开区是成功并且亮丽的一例。

这个开发区东临京杭大运河，西接阳山；北至浒墅关南庄居住小区真山风景区，南与苏州高新区枫桥镇交界，初期开发面积为 5 平方公里，启动区 2.4 平方公里。首家引进的外资企业为香港维德集团，开业不久我还采访过老板，他告诉我他是香港的太平绅士，向我介绍了许多胶合板的知识，当时觉得这家企业好大。

后来浒墅关经济开发区面积逐年扩大，1996 年 9 月开发面积扩

浒墅关新城区一角（嵇元摄）

大到 17 平方公里，常住人口近 3 万，流动人口约 5000 人。美丽的大眼睛姑娘田媛就是这一年来浒墅关镇的，她是踏着浒墅关镇开始大发展的春潮来的。

今天的浒墅关镇，总面积 65.4 平方公里，人口呢，大约 30 万，而 1976 年苏州市区包括郊区人口才 56 万。

我漫步在街上，感觉老镇大致已改造成新城区，高架下，道路宽广，绿树成荫，人来车往，商店无数；走在人行道上，眼前高架上正好有有轨电车驶过，路边绿化带后是一幢幢漂亮楼房的住宅小区，恍惚间有上海某区七八十年代、苏州城新世纪初的风韵。我讲出这感觉时，引得田媛女士大笑。她的意思是这怎么有可比性呢？和上海差远了，也许又比那时的苏州要光鲜吧？

她看到的是今天的上海，那是魔都、世界范儿的大都市，这我们不去比，但我印象中有 80 年代初期的上海，那时上海有许多地方和今天的浒墅关镇比，并不会有多少优势呢！

走马看花浒墅关

就说工业吧，今天的浒墅关人都不会单独以某一家港资为荣了，更多的企业各擅胜场真的是一言难尽。就好比家里的天井只种有一棵月季，会觉得花开艳丽，但若天井扩大成了大花园，百花盛放各有所美，人就会眼花缭乱，不知指哪种花为重点了。

于是浒墅关朋友介绍时，就只能笼而统之讲行业了，并且只是简要讲讲"主导"产业。浒墅关镇的主导产业主要是四块：智能制造、生物医药、绿色技术、新一代信息技术——乍一听，话里略微有点牛气，但又一想，浒墅关今天不可能把产业拉到篮里就是菜了。他们有发展指南，什么符合要求，才能进浒关来，不符合条件的，就只能不得门而入了。

田媛家里的周先生是个大帅哥，他开车让我在镇上"走马看花"

这些建筑里的企业，给高新区带来强大的新动能（浒墅关经济开发区党政办提供）

了几家企业。

一家叫"克诺尔"，德国的独资企业，是制动系统市场占有率排名世界第一的高科技企业；一会儿又是一家日资企业，是生产机器人的企业，企业名没有来得及看清楚，现在厂房外形都差不多，所以也无法描述；一会儿经过一家企业，叫胜利精密，是家上市的民营公司，另一家也是民企，叫通锦精密，自主研发了"第七轴机器人"，这是什么宝贝，有什么用途，我也不清楚，只知道国家很重视；接着是一家法国企业，是全球最大的微生物体外诊断公司，看占地的样子，企业规模不小；还有一家名叫瑞玛工业的企业，名字有点洋，其实是民营企业，也是上市公司……让人意外的是，浒墅关经开区里有4家上市公司。

汽车继续行驶，我没有"一日看尽长安花"的本事，只觉得一条条马路两边的企业，实在是看不尽，真的有点眼疲劳了，就请周先

今天在浒墅关，生活方式和质量，都和一个甲子前是完全不同了（嵇元摄）

生挑主要的看看。

　　接着看到了上市科创园、智慧高科大厦、立新医药研发中心、大新科技工业园、阳山人才公寓、阳山工业园……我想起了开发区管委会给我的材料，介绍说浒墅关已有国家高新技术企业 460 多家，省级以上研发机构 121 家，各级孵化器、众创空间 14 家……真是目前风光无限，以后前景辉煌。

　　田媛知道我对苏州钢铁厂情有独钟，就给我介绍了她的朋友邵先生。邵先生是当地人，他是在焦化车间工作的，如今已退休。他说，当时一天炼约百吨煤，得焦炭二三十吨，此外还有煤气供应市里，噢，还炼焦油，也是一种产品。那时厂里有三股烟，叫黄龙、黑龙、白龙，对环境是有污染的，厂旁边有个村，农民在田里种的稻麦，叶子上有黑灰的；居民家里，也有灰尘的，意见很大的。现在工厂改制，大约只有点轧钢设备还在生产吧，也许停产了，不太清楚……

我诧异地问："工厂还能生产或者彻底结束生产，这样的事你也不关心吗？"

他说："现在浒关发展得多快多好啊，我对苏钢厂最终关掉，觉得并不可惜。"

田媛爱过去有苏钢厂的浒关，那是因为她对当初的青春打拼岁月有着特殊的感情，这可以理解。她现在定居浒关，毫不掩饰对浒关的感情，其实也是爱着今天的新家乡的——最好的证明就是《浒墅关镇志》最后一页所列的编纂人员名单，也列有她的芳名！

稻花香里新牧歌

稻花有香味吗？

38℃！

站在艳阳下，我没有觉得热啊！因为眼前是一大方、一大方成片的绿，我看得入神了。

眼前展示出的是一大片美得无以形容、让人极度舒适的绿——因为，这是一片稻田。水稻秧苗长得容光焕发，十分喜人。

一位和水稻秧苗同样精神的男子走过来，他像巡视一样认真看着田里的那些秧苗，只是他泛出棕色的面容，看得出这是一位日常在

浒墅关的农田，仍保留着江南风光（张晨摄）

阳光下工作的人。

周边没有旁人，自然就搭起了话来。他叫戴贤芳，是这个地方的农民。天热，正是水稻生长的好时光，但往田里灌水，也正是需要讲究的时机，所以要出来看看。他说他每天5点一定要起床，然后到田边来兜几个圈子，晚上也会来看看田。

看他走路的样子，不同一般人，腰背很挺，气质大度。一问，才知他当过3年兵，部队在北京。不过令他荣耀的是父亲当过新四军，转移到苏北，后又打过长江来，后就在村（生产大队）里当书记；他的儿子也当过兵，这最让他引以为做。他希望孙子长大后也去当兵，家里要四代军人，这就是他念念不忘的愿望了。

不过他一个退伍军人，回到村里，最终选择种粮食，是让人钦佩的。现在要遇到"出水才看两腿泥"种稻麦的人，并且还能聊聊种田的门道和甘苦，还真不容易。因此听他讲田里的那些事，我是感兴趣又加感佩。但他说的种稻方法，却又和我所知的大不相同。他笑言我的种田知识太过传统，已经是过去式了。比如，如今水稻不用插秧了，直接将发芽的稻谷撒田里；肥料用的是菜籽饼；又比如，现在不再耘田除草了，而是无人机喷农药；讲起耕地，他也不用操心了，麦子收割后，请人开拖拉机来帮忙……

我就问："你种多少地啊？"

他说："种了170亩地，种的都是粮食。现在是水稻，冬天种小麦。"

我想起有个问题要请教："古人说，稻花香里说丰年。这稻花真的香吗？"

他想了想说："应该是闻不到具体的稻香，但稻花开时空气特别香甜，走在稻田边，心里的感觉是特别甜美。"那么，这甜美到底是稻花香促成的"通感"呢，还是种田人的心情呢？一时说不清楚。

浒墅关全是开发区，难能可贵的是这里还保留着这么大一片粮田，背后必有故事。

他说:"农田是各家流转出来的,通过竞标得到农田的种植权,村里有 36 个种田大户,有的是家庭农场。我们其实是种村里各家的田,每亩地要交租金,加上农业成本,假如纯种粮食,收益就没有多少花头了。不过政府对种粮有一点支持,加上耕地、打农药等请专门的人来做,所以我一个人能种这么多田,这样也就节省了成本,这样如果是气候正常年份,比如去年水稻每亩收了 700 来公斤,那就有收益。"

听他一讲,我明白了,这里规模种粮有市场性质的服务,有农业服务和政府补贴,种田无须雇工,是一大特色。

然后聊了一会儿其他,他的话题很吸引人。他说了一些今后的想法:这里以后政府要发展观光农业,那自己是不是种点油菜,让人来观赏油菜花啦;麦子是不是加工成全麦的炒麦粉作乡土旅游产品啦,那还要申请个商标啦……这些话都还属于一些念头、设想,总之是在考虑如何从单纯种田延伸到旅游、农产品要成为深加工的商品,

这座南宋石桥,当地人十分爱惜(嵇元摄)

至于落实，显然还需要进一步细化。

我这次来，主要是到浒墅关青灯村寻找一座叫"众缘桥"的宋代古桥的。你想，一个村里有座宋桥，是多么值得一看。于是告别他后继续去寻访宋桥。

和基层支书聊，全是新感觉

走到一条河边，河水清清如碧玉，河面较开阔，两岸树绿花美，树梢在风中轻轻摇摆，蓝天白云下，景色怡人。我走到河岸上，脚下好像是一条小路，又好像是"堤"，路两边堤坡上长着叶如萱草的植物，挺出的细枝上开着淡紫的花，小路两边一株桃树一株柳，枝枝相覆盖，叶叶相交通，竟无阳光漏下，小路就像一片绿光下的长廊。有两个老年人站在那里交谈，绿光映身，如在清凉世界，看来是他们俩没有感觉到骄阳的缘故。他们的身影让我想起"村里有个姑娘叫小芳"的歌，那是村里留不住人，才有了这首让人伤感的歌，但在这里，刚才戴贤芳说，没有离开村的情况，连孩子们也是住在村里的。

"村里子女会买房住城里去吗？"

村里的小路

"住浒墅关镇上的有一些，住村里的更多。我们这里反倒有外面人来租房子，和农民住在一起。来租房子的外面人超过了本地村民。"

　　他说的这些，透露出一个种粮村的魅力，这倒也很新鲜，魅力背后肯定有原因。我一边想一边因为眼前的景色实在太好，就找角度拍起照片。哎，镜头里真出现了一个身姿婀娜的姑娘，正含笑向我走来。原来，听说我来这个村，村委会的工作人员阿丽特地过来做向导，带我去看宋桥。

　　阿丽看我对这条河感兴趣，介绍说这河叫西塘河，是苏州市区的第二水源地，因此浒墅关经济技术开发区就像保护眼睛那样保护这河的水质。眼前虽是农村的一条河，但景色说是一个湿地公园也不会有人怀疑。听了我刚才和种粮农民的交谈，阿丽觉得我似乎对村的情况更感兴趣，说寻访宋桥可以作为余兴节目等会儿再说，就陪我走下

在高新区的重视下，浒墅关的农田获得了严格保护（张晨摄）

河"堤"，穿过正开着花的马鞭草园，来到一幢白粉墙小楼，这里既是西塘河党群服务中心，也是一个乡村振兴实践展览馆。大概阿丽预先联系了，浒墅关经开区（镇）九图村党总支建华书记（也是村委会主任）正等着我。建华书记也是举止、气质和一般人略有差异，一问，原来也是军人复员回到村里的，因为在部队里是无线电话务员，做到电台台长，所以讲话简洁而准确，让人钦佩苏州农村基层干部的素质实在是优秀。

听着他的介绍，我看到了一张前所未闻的美好图画。

浒墅关经济开发区乡村振兴委员会由青灯村、吴公村、九图村、华盛社区、现代农业综合开发有限公司和清洁服务站等组成，党委下有三大机构：党委办、新时代文明实践站、便民服务中心，这样的农村基层组织的构成，真是让人耳目一新；这个机构的任务是党建扎根、

环境提升、村民自治、产业振兴，既可以说单纯，也可以说不简单。

这里的工作目标是打造"苏州都市田园乡村示范区"。我想了一下，苏州是江南名城，但并不全是宣传片里常见的那个小桥流水、粉墙黛瓦的古城，而是一个经济发达的都市型大城市。看来苏州在继续发展现代经济的同时又要保持住江南鱼米之乡、人间新天堂这一气质，于是提出了"都市田园乡村"这个新课题，浒墅关经济开发区正在探索、实践。

众所周知，目标易定，实践则难，实现更难。这个区域共有10.2平方公里，2141户、户籍人口9068人，但在建华书记以前的村，产业主要是两块，一是废品回收和蔬菜种植，主要由外地人在做；二是房屋出租，许多租户是收废品的外来人，这种产业导致环境脏乱差的严重程度，不用细说就可以想见。更让农民无语的是，这些租户将能卖钱的废物卖了，不能卖的废品垃圾到处丢弃，许多甚至丢在农田里。还有一些外地人种蔬菜用大棚，将土地也搞得很"伤"。农民对土地都很有感情，看了很不舍得。简言之，生活在这样的村子里，日子并不好过，要求改变面貌首先是村民的诉求。

农村基层工作要做好，哪是容易事

先是 2012 年将农田流转到村里，外来租地的也就清退了，乱搭的蔬菜棚也拆除了。农田集中后，于第二年开始建设高标准农田，这些重新焕发青春的农田大约有 4000 多亩。然后由村里发包，你看到的戴贤芳，差不多就是在这年开始种粮食的。

2018 年上半年开始又实施整治工程，首先是整治群租房，租了农民住房开店或厂与仓库、居住，叫作"三合一"的，工厂有污染的……共有百来家收废品的，都清退了，于是这里成了一个纯农业村。

2018 年下半年又开始拆违章建筑，全村拆掉 7 万平方米，像他家里院子有个遮雨的彩钢板走廊，为的是进出屋可以不走水路，谈不

这里是一个相当于村委会的地方，村史、村情、村风等图文并茂展出，让人一目了然（嵇元摄）

上是违章，但做啥事都是党员干部带头，是村里的好传统，他是书记、主任。大家都看着呢，他第一个拆掉，其他党员、干部也是带头的，于是拆违章建筑的任务，就很顺利地完成了。其实拆除乱搭建、清理垃圾堆，村民们是蛮拥护的。

噢，还有事要回过头说，2016年开始污水管网建设，到了2019年村民的生活污水实现了全收集，许家湾那里有个"生态湿地污水处理"项目，污水进去，最保守说二级水出来，有人就喝过，你信不信？2017年9月开始创建特色康居乡村，2020年全部达到"人居环境示范村"标准，比康居的标准要高一个等级。

建华书记讲到这里接到一个电话，就匆匆离开了。正好宣传科晓彤姑娘给我手机里发来一点资料，解决了我了解这里农村变化的背景。原来，浒墅关经济技术开发区也很清楚，他们的10.2平方公里的农业片区，有着苏州中心城区范围内为数不多的成片农田，弥足珍贵。近年来通过"路网、水系、田块、村落"4个提升，完善"公共服务、特色农业"两个体系,实现"田园生产、田园生活、田园生态"的浒墅关特色的农业现代化……目标全面完整,工作内容具体,要求又高,许多文件词就不引用了,反正,以后要听一首现代农村的幸福美好的"牧歌",就请到这里来。

据说,为了开展这项工作,当初浒墅关乡村振兴综合治理组组员到任后,都作了宣誓:"听党指挥,全力以赴,攻坚克难……"

我因做省报记者,常去农村采访,很深的体会是农村农业工作是第一难。因此面对这项工作和这项工作的要求,他们有一种突击队、尖刀班的使命感,才有了宣誓后再上岗开展工作的庄重举措。

材料看到这里,我心情也难免有点激动。当阿丽把我带到那宋桥边时,我的注意力不是桥的形态、材质之类的,而是望着桥四周的农田,心想,从这桥大约千年的桥龄,可知这里有人居住已有千年,换句话说,这里的农田浸泡着先民千年的汗水,才会如此肥沃,确实是无价之宝。

村里的一处公园(嵇元摄)

放眼远处，可以看到有青山如屏。阿丽说，那就是大阳山。这阳山可以作证，高新区和浒墅关认识到了这片农田的宝贵，正在确保农民生活富裕、农村文明提升的同时，不遗余力予以保护这资源有限、不可再生的农田："……同心同德，再创佳绩，为乡村振兴努力奋斗！"他们的宣誓声，在我的想象中似乎可以听见。

其实呀，苏州大地每一处美景、每一个幸福，背后都有人在认真做事，都有一段说来让人感奋的故事。

高高的大阳山，一片大森林

吴国大业，落幕在此山

站在阳山脚下，仰头朝山巅望去，夏日的天空，那种纯清的湛蓝，真叫亮得耀眼；山后升起城堡似的白云，映衬着葱绿的大山，让阳山看上去分外雄壮。不知怎的，想起了一个甲子前的歌，歌词将山名兴安岭换一下即可："高高的大阳山，一片大森林……"

这山在古书里、苏州城里人的口中，就叫阳山，但在城西的高

为纪念吴王夫差而建的半山亭（嵇元摄）

新区，却叫大阳山。起先我也觉得挺纳闷的，阳山和大阳山是不是两座山啊？到了这山跟前，才理解高新区人的心理，自然而然觉得叫大阳山更合适。

不仅是乍一看这山大而高就情不自禁叫了大阳山，作了进一步了解，才知这山真不简单。有古书记载说："阳山山高八百五十余丈，逶迤二十余里。"山共有十五峰、六岭、六坞、四崖、七泉、三涧，现在山的高度经测量更准确些，主峰海拔338.2米，是苏州第二高峰。15座大峰分别为箭阙峰、长云峰、玃峰、松花峰、白莲峰、香炉峰、鸡峰、白鹤峰、鲤鱼峰、象鼻峰、启龙峰、凤凰峰、草头峰、道士峰和西峰，西峰又名卡驮峰；

六岭为：白墡岭、金芝岭、江婆岭、石狗岭、马王岭和耙石岭；

六坞为：白龙坞、金牛坞、火丫坞、白雪坞、栗坞和启龙坞；

岩崖有四：文殊岩、虎头岩、滴水岩、夕照岩；

阳山七泉是：龙湫泉、一壶泉、云泉、龙井泉、仙泉、茶坡泉、滴水泉；

涧水有三：白马涧、大静涧、上青涧。

这些，都说明了阳山的多姿多彩、美不胜收。

今天当地人指着阳山周边一些小山，告诉我这叫鸡笼山，那叫凤凰山，还有观山、火烧山、青山、严山等，都是阳山的单体断脉山体，山上或有果园，或有寺庙，或有古迹，或有村庄……但今天这些山的山名和历史所说的山岭名是否一一相符，却说不清楚。所以呢，如果细细探究山势，就会觉得非常丰富或者说复杂，因此阳山也就有了"四飞山"之名，就是山势四飞，气势非同一般。然而也让一般的写文章的人在山麓喟然而叹：阳山的各座山岭峰峦如不是专门研究，也就只能大概听听了。

阳山不是普通的山，如果看古籍，还会发现这样的记载："吴王率群臣遁去，昼驰夜走，三日三夕，达于秦余杭山，胸中愁忧，目视茫茫，行步猖狂，腹馁口饥……越王乃葬吴王以礼于秦余杭山（的）

卑犹。越王使军士集于我戎之功，人一隰土以葬之。宰嚭亦葬卑犹之旁。”（《吴越春秋》）这是关于阳山和一件重大历史事件有关的记载：吴王夫差最后被越军围困、后求和不成而“伏剑”在“秦余杭山”的卑犹山，最后让越军士每人一抔土，葬夫差等在秦余杭山。

这秦余杭山，难释其义，大概是古吴语吧，到了后来，才叫了今名阳山；而卑犹山，更难确指。秦余杭山改名阳山，明代顾元庆在《阳山新录序》中写道：“以其背阴面阳，故曰阳山。”虽然这理由有点牵强，不过我们后人都接受了这个大气的新名。

阳山西濒碧波万顷的太湖，东至阳山环路，南起太湖大道，北至浒墅关镇的兴贤路，距姑苏古城 10 公里，坐地铁 1 号线至塔园路，然后坐公交车可以直达阳山脚下，交通还算方便。现在阳山因植被丰茂，成为国家森林公园。这个总占地面积 1000 多公顷的公园，森林覆盖率约九成，是苏州市区的“城市绿肺”，我在阳山脚文殊寺景区游客中心前路边看到竖有电子屏，公布着负离子数据，表示这里有着

阳山脚下一巨石上的“吴之镇”三字，乃明代苏州状元吴宽的手迹（嵇元摄）

丰盈的"空气维生素"，来此一游非常有利健康。

我到了阳山脚下。直奔一家面馆去解决午餐，那是因为曾在市区居士林做义工、气质清雅的石榴女士反复建议我去吃这家面馆的素浇面，说是味道非常好，不能错过。我很容易就找到了这家面馆，店里人并不多，很快就吃到了名为"智慧面"的素什锦面，价钱便宜而面量多，果然味道极佳。于是借着歇脚，和里面的服务人员攀谈起来，听口音都是苏州城里人，年纪也不小了，细问原来都已退休，来此做义工。看他们心情愉快、接待热情，我想，来此做义工，一是为游客服务，是一件快乐的事；另一方面也可收获满满的负离子，有利养生呢。

这里有龙的传说

阳山景区众多，古代寺庙也多，但最有名的寺庙和白龙有关。宋胡伟《白龙庙记》中说："东晋隆安中，（阳山）缪氏女因出归途日

阳山路，高又弯（嵇元摄）

暮，天欲雨，忽遇老人，询姓氏居所，愿假避雨，待旦而前语，竟失老人所在，已而有娠。父母恶而逐之，乞食于邻。逾年产一肉块，弃之水中。忽焉，块破化为白龙，蜿蜒母前，若有所告者，母惊仆地。须臾，雷电晦冥，风雨交作。良久开霁，则白龙夭矫于山椒，俄顷，复还产所，视母已死，乃飞腾而去。乡民厚葬其母于此，今所谓龙冢是也。自是凭巫以求立祠，且言所产白龙已庙食长沙，于是乡民建龙母庙于山巅。"

明代嘉靖年间从小生长在阳山的岳岱，在他所撰的《阳山志》卷中记载说："灵济庙，在澄照（寺）之傍，白龙母庙也。宋太平兴国间，庙在（阳）山南曹巷。熙宁九年，迁于是。相传昔京口江步有白须老，云自长沙来，买舟至阳山省亲，许钱十千，先与其半，登舟令篙师瞑目，忽抵许市（指浒墅关）。舟人随至（阳）山间，值风雨，避于庙中，忽于神像前得钱，始知为龙，遂以钱设僧供，辞谢而去。逮今，雨旱祷之辄应。有司祀之，代有封号。有碑。"

大致是说，东晋时，阳山某村有一缪氏少女，遇到一个白衣老

大阳山余脉树山顶上的雕龙青石（吴雪村摄）

人要借宿，因为天欲下雨，那姑娘就同意了。第二天早上想和白衣老人说话，却不见所在了。不久缪女发现自己怀孕了，父母厌恶女儿不婚而孕，竟将她赶出家门。这女孩就在附近讨饭为生。到了次年，这姑娘分娩了，生下的却是一个肉团，一会儿肉团破裂，化为一条小龙，蜿蜒于缪女前，似乎想和母亲说话，但却把母亲给吓晕了。很快风雨大作，天色昏暗，小龙变成了一条大白龙，先是在山峦间绕来绕去，又爬回来看望母亲，见其母已因受巨大惊吓而亡，于是大白龙就飞走了。乡人将缪女葬在分娩龙的地方。据说这龙分管湖南那里的行云布雨事务，每年三月十八日要来阳山探望母亲，并告知了阳山的巫觋，乡人又在墓旁建了庙。这白须老人或龙每年都要来阳山，一是它作为龙子来探望亲人，二是向白龙母庙祈祷风调雨顺总会如愿。

龙母庙或白龙庙，后来一度消失在历史烟云里。人或告知我，树山村那边的树山顶上，有块雕龙和云的大青石，不知是否古时祭祀之龙像？石龙曾被砸碎，犹有残件，我去寻访，因不够细致，没有见着。有女村民告诉我说不过是古庙构件，那么祭祀石龙和古庙雕龙石构件是两物还是一物，我一时难以说明白。现在阳山恢复了两座白龙寺，但都是佛刹，一在阳山西麓，一在阳山北麓。阳山是如此之大，我这次来是为寻访吴国灭国的历史信息，没有将寻访白龙遗迹列入计划，只能留待以后了。

阳山的龙子探望龙母的传说和信仰，范围并不局限在苏州高新区的阳山，在常熟甚至浙北都有。古代吴国"断发文身，以像龙子"，吴人认为自己是高贵的龙子，说明古吴有以龙为图腾的风俗。苏州人内心深处，一直认为这块土地上的人是尊贵的一群，自尊心强，厌恶落后，做事努力，不讨不靠，自加压力，坚韧不拔，追求完美……有着鲜明的地域性格，这从高新区的发展就可领略，我想这大概就是"龙子"信仰留给后人的潜意识影响吧？

探幽走上大阳山

　　一路想着，进入了景区。这里是文殊寺景区，也是大阳山森林公园的"精华"。据介绍这里原有一寺，始建于东晋年间，为高僧支遁所开创，距今已有 1600 多年历史，是苏州最早的佛教寺庙之一。山脚的寺院里，梵呗声声，有僧人在做法事，不便打扰，于是我穿寺而过，走上石阶齐整、路旁还有扶栏的山路。

　　在半山山路转弯处有一亭叫半山亭，登山累了可以小坐片刻。夫差自杀前曾面对山谷三呼被他冤杀的公孙圣名以表悔意，山谷里传来公孙圣 3 次回应。今天上山路旁建了这半山亭，就是纪念此事的。

　　再往上走不久，大约从山下已走了数以千级石阶的山路，已来到差不多位于山顶的文殊殿。这里上有危崖，下有清池，崖上有古人的石刻，据说是真迹摩崖，再往前又见精致的殿宇，实在是景色绝佳。

　　守庙的张先生介绍，这里原先是天狗庙，具体什么缘由他也不

阳山脚下依水而建的一处新景点，在此小坐，清风满怀（稣元摄）

文殊寺已近阳山巅，摩崖石刻、清泉、大石等，看点颇多（嵇元摄）

清楚。我说有人说这里有块大石，像是天狗，故有此庙。他指着殿前方场南的大石说这叫"舍身台"，过去有人来此跳崖追求往生，故得此名。现如今杂树长得密不透风，恐怕一只山貉也钻不过去。

张先生又带我到殿后去看一大石，说此石大有意思，我细看石左下部有一小小的浅洞，收拾一下可以作修性养真打坐用，石右边有一小径。他练过拳，但他说从没有走这小径去探过此路，因为他现在只练八段锦了。前后两石到底是不是天狗石，他没有具体再说，只是说，从另一边下山，有平缓的木栈道可走，还能到凤凰寺，就是一路上树更密一点。

这里游人不多，山高云淡，让人心静。俯望山下，阳山满坡被绿树包裹，仅偶有大石岩露出树梢；再远望，是日新月异的高新区，住宅区、工厂区、如网的道路……延伸至天际和白云相连，让人心旷神怡。

森林世界、植物园——苏州旅游新王牌

阳山下，续写新华章

有一天，一位导游朋友对我叹口气说，走到狮子山那里，看不到那根柱子，心里感觉空落落的。

他所说那根柱子，是指原苏州乐园大门口高高的柱子，叫什么名我也不知道，记得柱下是条巨龙，还配有喷泉，柱顶上面有个雕塑群，一女神一手挥动宝剑，一手擎天，姿势如飞，身后还跟着3只飞

阳山之麓的新版乐园——森林世界（嵇元摄）

奔的有翼狮子，显得十分英武。这根高高的女神柱也成了苏州乐园的标志物。

他怀念的其实是苏州旅游业的一个时代。当年伴随着"迪士尼太远，去苏州乐园"的广告语，一个以卡通狮子为标志的大型现代游乐园"苏州乐园——欢乐世界"突然充满活力、新奇地"冒"出来，给苏州旅游业注入了新的活力，也震撼了华东旅游市场，同时也给许多人留下难忘的体验。所以朋友说难忘那根神采飞扬、代表进取的雕塑柱子，不如说难舍彼时苏州乐园带来的红火和崭新旅游体验。

这不是我朋友的矫情，或许对苏州乐园的感情，也是许多苏州人心中的一个情结吧。

所以当我来到大阳山下的苏州乐园森林世界大门前，看到那个熟悉的卡通狮子标志，那根柱子虽然变矮，但柱顶有欲飞的女神雕塑，身后3只飞奔的张翼狮子，喷泉也照旧，我忽然有如见故人的激动。女神身如腾云，长裙飘飘，手里还是举着那把凛凛生威的宝剑，另一高举着的手似乎在亲切地招手说"请跟我来"，我心里倍感亲切：啊，原来苏州乐园搬在这里啊！

苏州乐园在狮子山20多年里，给苏州旅游业创造了许多辉煌、许多佳话，给了游人无数快乐，但客观地说，经营20多年，作为现代游乐园，园龄是已经进入晚年，本身急需在机能上来番大更新、增添新活力，才能续写新篇章。随着苏州高新区的快速发展，一个巨大的新城区已经成形，高新区在向纵深发展，狮山商务创新功能片区要打造产业、创新和现代服务融合发展的新示范，急需一个高大上的城市CBD来优化地块的使用，于是苏州乐园搬迁新址也就是必然的了。

后来传出原苏州乐园不是关门，而是易地重建，纷纷的社会热议才转变为急切的期盼。今日在阳山下相见，熟悉的场景夹杂着往日的回忆一齐涌来，心情自然激动。

这个新的乐园，既有森林，也有山体，但布局还是有所不同，名字叫"苏州乐园森林世界"，而不是原来的"欢乐世界"，让人在游玩的同时大吸负离子和植物散发出来的芬芳。这趟游新乐园与其说是怀旧之旅，还不如说是尝新探险兼养生之游。陪我参观的苏州乐园的工作人员王溪姑娘，特地叫来她的同事、帅小伙子陶金，让他开在园内行驶的电动观光车，以让我在园内走马观花兜一圈。

新乐园里大致有20来个大大小小的项目，据王溪姑娘介绍，乐园分为水雾森林、藤蔓森林、涂鸦森林、冻原森林、黑暗森林和森灵树广场六大特色区域，有20余项以森林为主题、奇思妙想的森境营造，加上高科技的项目，提供给游客一种沉浸式的旅游体验。这次我冒着暑热来，感觉这森林世界还只是大体建成，可以想见这个项目的浩大和内容的丰富！

车到一个山崖下，我忽然呆住了。苏州的山体线条都比较柔和，这个山崖却是巨石嶙峋，感觉像是欧美电影里的山头，比较粗犷雄壮……莫非是一座体形小一点的狮子山？陶金说，这个园子里有两座山，这座山叫白鹤山，另一座叫象山，原先有一部分山体采过石，成

新苏州乐园设计精妙耐看，连一条路也设计得如此惊艳（嵇元摄）

218

了一个宕口，像个伤口很难看，建森林乐园时特地修理性建造出这个风格。我想，怪不得这崖石的形态如此好看，入画山体形状会很典型，原来虽是宛如天开，却也半是人工啊！

从这个一般人不留意的细节，也可以看出设计、建造森林世界，是多么用心。

新苏州乐园，超大型超好玩

王溪姑娘接着介绍说，森林世界其实是苏州乐园战略西移大阳山的整体产品革新项目的内容之一。这个新乐园开创性地将森林生态与主题乐园、生活方式与健康休闲、森系场景与商业娱乐、森境体系与科普教育融为一体，带来"文商旅康学娱"六位一体的森林娱乐新体验。

我倒认为，新乐园里仍然是新概念游乐项目接二连三，极力不

因为景区太大，所以备有电动的车子，给游客代步（稚元摄）

给游客"似曾相识"的感觉，而是务必让人享受到出乎意外的新体验，这是苏州乐园20多年前就积淀下来的办园理念。这样的旅游项目，才能和苏州的园林名胜、生态湿地之类旅游商品形成互补关系，也能够在区域里有竞争力——别的不说，真正的迪士尼乐园就在附近距离不是太远，苏州新乐园必须有吸引去过迪士尼乐园的游客还想再来这里的高招。

那我就来慢慢看吧——

车在"森林世界"内慢慢行，洋溢着勃勃生机的绿色比苏州乐园多得多，空气也绝对清新，这些都来不及重复叙说了，因为各种新元素的景点，一路连绵不断展现。我不断地提醒小帅哥"车开慢点"，有的地方小陶索性把车停下了——原来，他已经开得够慢了，实在是有趣的东西目不暇接呀！我忽然想起这新乐园的大门和配置的植物，有着东南亚的风格。王溪姑娘一笑，让小陶把车开到"幻境漂流"，让我下车去看。

走上一个木结构似观景平台又似桥又有东南亚皇宫风格屋顶的建筑，在上面可以看到两边水流湍急的人造溪流，"河床"蓝色的"溪流"两边，是一些芭蕉之类的植物，营造出浓郁的东南亚风貌。王溪介绍说，森林世界有六大区域，都紧扣森林体验这个主题。比如这水雾森林，设计定位是"东南亚主题区"。设计时以神农架自然景观为原型，结合东南亚木构民居和原始雨林生境要素，配以有神秘感的建筑景观，加上幻境漂流、森林秘境—XD影院、凯旋骑士、丛林飞艇、幸运转转杯等游乐项目，以及棕榈礼品店、椰树礼品店两家主题商铺，以及河马餐厅、长颈鹿餐厅等主题餐厅……听了这介绍，我想，一家子来这里，玩转这些项目，恐怕要两三个小吧。

回来上车后王姑娘又介绍说，涂鸦森林定位为日本鹿儿岛主题区，区域内有七彩梦工场（AR、VR高科技体验馆）、树梢剧场、小人国童话园、勇气塔、豪华波浪和旋转木马等游乐项目，通过用云杉和红枫创造出奇幻的亲子童话森林……那是多么吸引人啊。

漂流景区设计成东南亚风情（嵇元摄）

一个给市民带来新体验的项目（嵇元摄）

王溪姑娘又问，我们即使走马观花，时间还是有点来不及，现在我们去"小人国童话园"，还是去"冻原王国"? 她又说，这个室外童话乐园，有10余个无动力游乐设施……但我想这适合家长带孩子来，我不必去了吧，就建议去"冻原王国"看看。

这个"王国"是一幢长方形的建筑，进去后就觉得里面比外面凉快。隔着平台的大玻璃往下面看，眼前是一个冰雪世界，游客都穿着厚厚的大衣。王溪介绍说，里面共有10余个互动的游乐项目，什么冰上自行车啦，雪地坦克啦，冰上保龄球啦，冰上碰碰车啦，冰壶啦……想来也能给孩子不一般的体验，看里面很多人，个个都玩得不亦乐乎。不过真要在这里待的时间长，那就需要换穿防寒衣，疫情尚未完全平息呢，为防着凉，导致发烧，因此我就只待了一会儿就离开了。

前面还有的黑暗森林景区等，我就不去了，离开的路上看到小火车，还看到老苏州乐园搬来的姿态各异的石狮子，显示了新老乐园之间的文脉相连。25年来，从狮子山到大阳山，苏州乐园人永不停歇自己的敬业脚步，用心给旅客准备又香又甜的新颖旅游"大蛋糕"。

两个"水晶蒙古包"

正想着，来到了一片开阔的"生态园"。王溪姑娘说，依托大阳山森林公园，乐园目前打造了森林世界、森林水世界、四季恒温水乐园和这个大阳山植物园四大品牌。现在来到的是大阳山国家森林公园植物园景区。这里还有林泉里精品民宿，是9幢建造在河边的精致的木屋别墅，掩映在绿树背后，这大概在苏州也是比较少的。一些人就到这里来，白天看植物，晚上住上一夜，享受另一番体验。

不过我不准备住宿，今天主要是看植物，园内的盆景园、天鹅湖、3D打印厕所、樱花道、夫差亭等就不看了，好东西太多了，哪看得完呀！植物园导游姑娘见我在偌大的植物园里，有点心绪不宁，

这个蒙古包式的温室，营造出热带雨林风貌（稣元摄）

知道是时间太紧了，就让车直接带我去两个馆。

这两个圆穹顶的玻璃大建筑，就像兄弟俩"并肩"站在一起，到了跟前才觉得宏大，可以称之为"水晶宫"或者"水晶蒙古包"吧。

一个是沙漠风情馆，面积3900平方米，里面恒温恒湿，根据植物生长需要，温度有控制。里面长着金琥、龙血树、昆士兰瓶树、非洲霸王树、光棍树、龙舌兰、沙漠玫瑰、武伦柱、猩猩丸、龟甲龙等，这些植物形状异常得没个准，大多是一般人平时难得一见的，有的还是珍稀品种，如果时间充裕，其实十分耐看。

另一个馆是热带雨林馆，面积5100平方米，一进去首先映入眼帘的是一棵榕树，品种是小叶榕。我岳父岳母的部队从山东一路打到福建，我夫人生在福州，因此名字中带个榕字。因是第一次见到，自然要对这"独木可成林"的树多看几眼，拍照留个影。另一棵是橡皮树，来了才知道它也是榕树的一种，叫黑叶橡胶榕，在南方是优良的行道树，在苏州自然气温下无法过冬。导游不理解我的心思，见我对

植物园的天鹅湖（嵇元摄）

榕树如此关注，就引导我赶快继续看其他美妙的热带植物。

我看到了荔枝树、柠檬树，还有以前只见过果未见过植物的莲雾，还看到了香港特别行政区区徽中的洋紫荆，它的学名叫红花羊蹄甲，还有镇馆之宝之一的菩提……这里甚至还有吓人的"见血封喉"树，导游说树液确实有毒，但过去云南村寨中姑娘却用这树的树皮做裙子。我心里在瞎想，姑娘穿了这树皮裙，达到了"无感我帨兮"的目的，寨子里和寨子外的小伙子大概都会减少想法乖乖地去勤奋干活了吧……这个热带雨林馆里植物好多，几乎可以说棵棵都有名堂，每棵植物都能让人流连忘返。

虽然说植物园还在完善之中，但我却想，这大阳山下的景区群，气势恢宏，森林世界、植物园……这些旅游项目很不一般，高新区显然是在打造苏州旅游业的新明珠！

通安

处处江南风

杨梅熟时访树山

醉人的杨梅香

姑苏正是杨梅上市季节，我想到了八九年前曾采访过的阳山脚下的一个小山村。

这村叫树山，以出产一种白杨梅而闻名，因那次去时不是杨梅季节，没有看到。这次朋友说，树山村口有公交车首末站，去是很方便的事，于是就想去故地重游。

杨梅园里往往夹种了茶树（嵇元摄）

公交车到站，下得车来，我却迷糊起来了，环顾四周，一点也找不到记忆，眼前有别墅群，有商业街，有很气派的广场……如果不是路那边有铁网围栏的成片梨园，梨园另一头隐隐露出几幢白墙黑瓦的小楼，我是怎么也不会相信路牌上的"树山"两字的。

为了确保走进的是村而不是镇或商业中心，我特意绕开那豪华版的广场，沿公路朝另一个方向走。一棵大柳树下有条小路，路旁还有条小河，我觉得这才有点村的味道。

走进村去边走边努力地回想，依稀觉得还是当年的村子，错落的房屋，还是许多小楼中散落着一两处平房。有的篱笆上爬着藤，欣欣然开着火红色的花；村里的路有点纵横，再往里还有一条条小弄。走进一条弄，看到小广场中有一小小的平房居然是黄墙，旁边长着多株高大的银杏，原来是村里的观音庙。村里还有河，岸上的树斜着往河上长，绿荫遮住了大半个河面，树下还有几只白鹅呢。远处青山，似有薄雾缭绕……看着看着，我脚步慢了，甚至发起呆来：这才是苏州的村庄呀，那么清丽，那么有味道。

问了几个人，有的说这是戈巷，有的说了其他名，后来我说了大石山，有人给我指了明确的路。

树山村有座小山，山上有个名胜，叫大石坞。那石好生奇怪，大概在其他省的大山里不过一大坨巨石，在这里人眼里却觉得是那么灵巧多姿。"山"上有天然的旱桥，人称"仙桥"，下有仿佛滚下而架空的大石头"集仙岩"，巨大岩石因架空而下面还有个洞。石上刻有"仙砰"两字，意思是仙人聚会场所。上下之间有"一线天"通道，还有夕照岩、见湖峰、款云亭、挹翠亭等名胜。特别是山上有个圆形石刻，设计成古钱样，细看是"唯和呈喜"4个字，共用中间这个"口"，虽是巧妙的文字小技，其实意味颇为深长，已成为树山的标志性符号。大石山高仅80来米，历史上来赏这"块"奇巧大石的名人很多，有的还留下了墨宝，被刻在石上，因此成为一处摩崖石刻群。我还看到过照片，山顶上有个青石的龙头大石条，感觉苍古而奇怪，我还自作聪明地想，这莫非是古代祭天的什么遗留物吧？

一路寻访，走的是条平坦的柏油路，路边是供人行的木栈道。天气有点热，但在林荫下，而且路左边是望不到头的梨园，路右边是缓缓山坡上的青青茶园，茶园还间种着杨梅树或其他树，景色优美，因此人也不觉得燠热。

路渐高，走到一个平台上。这里视野开阔，大概是望景台吧，远处青山、脚下梨园，点缀着传统风格的房屋，这样的村子味如清茶，让我想起宋人的诗："来时不似人间世，日暖花香山鸟啼"。

路边有些摊，是村民在卖杨梅。但也有的村民把自家杨梅园的围栏打开，让游客进杨梅园去。他们卖杨梅的"摊"是课桌那样的桌子，摆放在一棵有年份的杨梅树下。让游人进入杨梅园，先欣赏自家的"古"杨梅，再采摘几颗品尝了再买，这样买杨梅就显得特别有情调了。这条路的两边，都是杨梅园，和前面的茶园、梨园，有着不一样的风情。特别是空气中弥漫着一股有点酸甜又有点酒香的味道，不

属于私家的杨梅园（嵇元摄）

仅是沁人心脾的杨梅芬芳，简直是让人好像在喝酒有点醉人了。

原味小村庄，迷人新景区

这里本应去大石坞的路，暂时不通，就无法去了，有人建议我从另一条路再往山的方向走几步，那里有个云泉寺，是个景点。树山的茶叶就叫云泉茶，可见这寺很有名。既然到了这里，那何妨去佛寺访访古呢。

云泉寺外有家木板房的素斋面馆，看上去环境清爽，那就去小坐一会儿。面是素浇头，用笋片、黑木耳、油面筋和金针菜之类烩成，汤鲜面足，价也不贵。女主人还赠我一小杯杨梅煮的茶，这土产的饮料色淡红，未喝先嗅到淡淡的清香，入口微甜微酸，让人神清气爽。感谢之余，就和她攀谈起来。

树山村的发展目标，很得村民肯定（毵元摄）

先是问为何管制了路，暂时不让游客去大石坞？她解释说，因为那里都是杨梅树，如今杨梅果熟，放了外面人进去，难免有人自说自话去采摘杨梅果。我听了一下子就明白了：杨梅树枝比较脆，游客如果鲁莽地自己去采摘，万一树枝断导致游人摔下，那就是伤亡事故了。她又劝慰我说，再过几天就开放了，你再来吧。其实我是有点理解的，毕竟安全事大。

我又问，大石山顶有根青石的龙头石条，还在吗？有什么来历吗？她说，那是过去云泉寺的石材，古寺庙被拆掉留下的，现在我们这儿的云泉寺是后来恢复的。听到这里，我恍然大悟又不禁捂嘴偷笑，在村民眼里什么"石龙祭天"呀，真是想到哪儿去了。

云泉寺在山麓，依山而建，虽坡度不大，但有点气势。寺四周皆是绿色，里面很是整洁，悄无人声。在寺内闲走，心情更加放松，而那股酸甜的酒香更浓了，真有点酒不醉人人自醉的意境。但也有点纳闷，为何这里有这股好闻的酒香呢？到寺边看寺外树林，树长得茂盛，地下有点点殷红，咦，这不是落地下的杨梅吗？

原来，杨梅落地上，杨梅树密得阳光很少能洒至树根部，前几天又有雨，杨梅园里湿度大，加上初夏的气温有点热，落地上的杨梅就发酵了——杨梅酒大约就是这样酿制的吧？

出得寺来往回走，想去寻找游客中心，那楼房上有"树山村党群服务中心"几个字，就是村民口中的村委会。墙上"树时代先锋，

树山村里的一座佛寺（嵇元摄）

护绿水青山"10个字，对得工整，意义深远，分外醒目。里面有村民在办事，我却遇到了面熟的朋友，彼此一说，他就是我当年采访时的村二把手，现在是村支书，竟然是故人相见。我正好有许多现实情景和当年回忆对不起来，要请他说说，喝上一杯他特地为我沏的树山云泉茶，我就顺水推舟和他叙叙旧。

农民致富，从米改梨说起

树山村原先有戈巷、孙家浜、沿头巷等14个自然村，因为高新区建有轨电车、旅游配套设施等，撤掉了4个（自然村）。一直到2000年，树山村还是种水稻为主，人均只有五六分地，种出来的粮食不能满足村民的口粮需要，因此村民有不满情绪，也有人上访过。上级也挺关心，派工作组、派干部下来，甚至苏州市政府都有干部来调研。村主要领导多的干3年，少的才做了1个月，村主要干部调动频繁，也是村民不满意的原因之一。

其实在1999年村里就讨论过种植结构调整了，说白了，就是不种水稻改种经济作物。当时选的是种翠冠梨，从浙江的湖州引进种

树山村梨花开时（高新区宣传部提供）

苗，也请浙江农科院的专家来进行栽培技术指导。政府还拨了一大笔钱（扶持资金），支持树山村"米改梨"。

粮田改种梨，年轻人很起劲，而有的老农民对种粮食有感情，见水田改旱田，不种稻麦种树苗（果树），觉得不能接受，还是反对，反对声音还上了电视，村里出现了"米梨之争"。村里领导想，认识都有个过程的，农民的事也不能硬来，于是梨树先种了450多亩。

一亩田种55棵梨，种的是一年生的嫁接苗。第二年有点挂果，第三年正式开始结果，第五或第六年进入盛产期。种下梨树苗后，村里就先组织党员到湖州去考察，听人家介绍经验，回来时每人带两只梨，和家人共享。

村书记对树山这翠冠梨有非常坚定的信心，他认为这梨实在是好，脆、甜、嫩，其他梨无可比拟。事实上树山的翠冠梨一上市很受市民欢迎，现在已经成为苏州一种有名的水果了，自己吃、送人，都是应季的上品水果。他说，村民当初尝了湖州带回来的梨，也觉得这品种不错，方才接受。到2003年，种植调整结束，全村种有1050亩梨树。去年树山村收获梨350万斤，2021年估计产量会增加10%。因为质量好，售价也可以，梨已经成为村里的一大支柱产品。

2008年，在镇和高新区的支持下，树山村还举办了梨花节，让人来欣赏雪白如海的梨花，大大扩大了树山翠冠梨的影响。

至于树山另一著名的特产白杨梅，村书记倒没有多说，说村里结合茶园，套种一种叫"甜山"的杨梅品种，面积也有2000亩左右。我看这杨梅红如朝霞，不以呈紫红为特色，吃口甜而微酸，有悠长的回味。我在路口问杨梅卖价，听了大为意外，比城里看到的杨梅要贵上一倍左右呢！不知是否在杨梅树下种的茶树？这树山村的"云泉茶"，属于碧螺系列的地方品种，售价也在精品茶序列。因为比较小众，还有点供不应求呢。

梨、杨梅、茶三项收入，让村民的钱包鼓起来了，加上上级的支持，村里进行美丽村庄建设，修大路又修小路，三线入地，污水全

树山村里（嵇元摄）

部纳入污水管，河道清淤，加筑石驳岸，建了 8 座标准比较高的公共卫生间，还拆除了 1 万多平方米违章建筑，粉刷了墙壁……树山村更加美丽了，我多年未来一时有点认不出来，也是可以理解的吧。

村里围绕旅游的服务业也发展起来了，开出了 40 来家农家乐饭店，16 户民宿，还有茶室、咖啡馆等。民宿是一些商家利用村民空余房屋对外出租开的，一家民宿一年的房租，过去 2.5 万元，现涨到 12 万元，合同 10 年一签，租金还每年涨 5000 元……许多出租户自己呢，进厂进公司去上班，甚至住在城里，空余时间回村打理果树。

我问，租金这么高，商家能收回吗？村书记蛮有信心地说："当然啦，一个标间才 24 个小时，要 680 元到 1980 元，当年就能收回投资了。来这里旅游住一晚的上海人，很多的呀！"他透露说，还有公司要在这里投资建五星级大酒店呢。

听了介绍，我已大致算出树山村村民的平均收入了。村委会其实是用近 10 年时间，解答了怎样在保护好生态的前提下富民这个大课题。

一进树山树，满目绿色，空气新鲜，人的脚步也轻松起来，甚至有想放歌的冲动。但我还想，一拨拨的外面游人赶来花钱，到树山究竟看什么呢？我想，树山村除生态好外，还有一笔宝贵的财富：原汁原味保留着一个苏州传统小山村的风貌。

这方土地，有许多热血故事

乡村名胜名声大

好几位朋友和我提起高新区的太湖边有个金墅镇，但我很意外，印象中苏州镇级行政区划里没有这个镇的。

朋友说金墅有个逢五、也就是一月3次的集市，而现在是一年一度了，到那天，集市很热闹的，比电影电视里的集市精彩。苏州乡

寺前池塘里荷花正开（秬元摄）

镇日日开市，赶集，在苏州是稀罕之事。朋友还给我看了他去拍的照片，果然很吸引人。或说金墅镇的街面还是花岗岩小石块铺的，而且是"鲫鱼背"即中间微拱，这种路面当初是学苏州城里的小巷，而现在苏州城里的小巷已找不到这样的路面了；又有人说金墅镇主街河路并行，河上有金墅桥，1958 年那年用木头建的，桥上原先还有个亭子，很有特色，1969 年 6 月 9 日有叔嫂在桥上吵架，引起百多人围观，导致人多桥塌，死亡 24 个人；又有人说拆了金墅城隍庙建中心小学，如今一个学生也没有了；更多的人说那个庙以"轧莲花"闻名，是太湖边一大盛观；但也有人说那里有个青莲寺，用瓦片放在柱子上可以推上去而不掉下……

这么多信息时不时传进耳朵，要不动心也难，于是就查前往的路线。公交车站名叫金墅的，一时不太好找，金市倒是有的，后来才明白原来"市"是"墅"的简写，也或者原先叫"市"（如常熟的徐市、王市、吴市之类），后被误为"墅"了。这个金墅行政上属于通安镇，不知是村还是社区。既有公交，而且有好多路，前去也就方便了。

坐公交到"金市"站下，抬头一看，道路宽阔，行道树美丽，问了人才知道金墅在路的支路里面。往里走，觉得人气淡薄，好多店面房，门头招牌依然，但门却紧闭着，有的甚至在敲拆窗户，传来"乒乒乓乓"声。再往里走不一会儿，遇到一条较宽的横街，看这气势，大概是金墅的主街了，街两边百店相接，还有超市之类，从建筑风貌来看不是老镇而是个新街区。但偌大的街上也是人气极少，实话实说那时竟没有一个行人，绝大部分店铺关着门。有一家店里有人，我上去问询，那人是个外地人，好像是老板，很客气。他说，现在生意清淡，他之所以不走，是在等拆迁。不过他见我大老远来，正是中饭时间，附近连家点心店、饭店也没有，可能是想让我有所得而归吧，就介绍说，从这里往西走，过桥右转，走约一公里多，有个古寺，叫莲花寺，是金墅很有名的景点，可以去看看。

于是我就一路寻找过去。虽还时见房子，但都没有人，路边还

莲花寺内景色（嵇元摄）

有块大大的牌子，提醒路人这里已是拆迁区域，请注意安全，看来这里已经绘好了新的建设蓝图了。

右转后走不多远，果然看到了砖细贴面的照墙，中间嵌有砖雕"古莲华寺"。照墙后是新种的银杏树，穿小银杏树"林"走过去是池塘，池塘里莲叶田田，绿意盎然，莲间粉色带浅红的荷花或含苞或正开，娇艳动人。池中间架一石桥，却不叫常规的香花桥之类，而是叫琵琶桥。过桥一建筑为天王殿，殿前西侧有一碑，上有《重修琵琶桥记》，不仅介绍了桥名和重建的来历，还介绍了此寺始建于唐神龙二年（706），因井现青莲而得名青莲寺，现名莲花寺。

碑文还说过去寺四角有 4 个池塘，因此寺的平面如古龟。寺前有桥，乃是奇石所建，挠其桥石，有声响如音乐，故而得名琵琶桥。但桥毁于"文革"之中，奇石也不知所终，2013 年当地居民捐资重建了此桥。我想，桥石会奏乐，当然这属神奇传说，但碑文却又言之凿凿，这怎么理解？其实再想一下也就明白了，苏州农村有的寺观，将门前石桥的桥面石做成活络的，桥面石底部故意不平，有人在桥上走过，桥面石会发出"咯笃咯笃"的声响，桥板声有提醒寺观里人的作用，主要是为了夜间防土匪、盗贼。口头传播了几个人后难免会有点变形，桥石有节奏的声音就美化成"奏乐"了。

但我的心思在金墅古镇，还是去访问这有热血故事的地方，就转了方向。

太湖名镇，何日得重生？

炎夏阳光如火，走在金墅街上，说实在话，却有说不出的冷落感，难道是盛名之下，其实难副？

金墅还有一条河路和老街并行，房屋不太高，河道足够宽，街的各建筑要素比例协调，不时见河边种着丝瓜、夜饭花之类，街景显得清秀疏朗。但也时见已紧闭甚至用砖砌掉大门的房屋，表示主人已

金墅镇河过去曾舟船满港（嵇元摄）

经离去，还见到杂草簇拥的断垣，显见这些建筑已经废弃，但没有看到一家店……这街景，应该是当作一种别样风景看，还是当作勾起诗意的由头？

一个房屋的门里有人，并有"哗啦啦"声传出，走到门槛前一看，里面有人雀战正酣。我问："请教了，当年塌掉的金墅桥在哪里？"回答者头也不抬说"不知道"。

往东五六步处，一个门前有双眼井的人家，正好有个中年人走出来，他明显是外地口音，指着一座斜对"打麻将人家"的苍老破桥："那就是金墅桥，桥上有字，就是中间一个字不太清楚了。这路你再往前不好走了，你过这桥南去再转往东，就可走到金墅新街。"他的意思好像是这金墅老街也没啥好看的。我看桥这边长着齐腰高的野草，河那边桥堍种着玉米，同样不见人影，再说我正是从新街过来的，就没有朝前面的街走过去。

我在金墅街上又遇到一年约60的当地妇女，人很热情，和我聊了起来。

她告诉我：她20世纪末嫁到金墅来时，这里还非常热闹，人多的年份街上也就是她家门前，人是前胸贴后背。又说她的儿子当初因为这里衰落，就到旁边城市去工作，在那里成家立业。她的孙子在外地长大，今年大学毕业，在苏州签了约，马上要来苏州上班了。她非常开心，一是开心孙子优秀，二是开心家里后代叶落归根，三是她说托苏州高新区发展得好的福，所以孩子回来了。但她也有些迷惘，不知这金墅镇老街会怎样发展，但愿以后会发展得更好，所以她一直住在这里等待佳音，舍不得离开呢。

我也正想了解金墅的明天呢，心里盘算要找个有点年纪、有点气质不一般的当地人聊聊。在街的西头，看到一个建筑群，发现社区原来在这里，于是就走过去，但有个传达室，里面坐着一个年约七旬的长者，正在吃饭。

他说他姓刘，这里原是金墅中心小学和幼儿园，现在没有学生

今已苍老的金墅桥（嵇元摄）

了，他在这里看看门，里面是社区办公室。我想正是吃饭时间，此时不便去打扰社区工作人员吧，就在传达室借个座，和他聊了起来。我请他介绍一些金墅镇商业繁盛的情况，比如特产、名店等，他说他是镇西的街西村的，1949 年生，因为离镇近，讲起金墅当然是很熟悉的啦，但记事也要从 20 世纪 50 年代中开始了。

他说，金墅在五六十年代甚至 70 年代还是很兴旺的，街上有银行、大百货、小百货、生产资料店、供销社、邮政局、药店、茶馆、饭店、点心店、苗猪场、理发店、修钟表的……以前还有过书场，有说书（指评弹）先生来说书。而且啊，还有金墅班轮，每天到苏州金门的轮船码头，要有好几班……讲起金墅农村，是种粮食的，50 年代时耕牛也没有，是用铁镗翻地的，先是用"豁床"来掼稻，后来脱粒机是脚踏的，要到 70 年代才通电，才有了电力的脱粒机……

他的介绍，让过去岁月无论生产还是生活的艰辛，就如画卷般在我眼前鲜明地展开。不过，他话锋一转：我说这些，不是说金墅不

好，金墅这方土地，是先烈洒下热血的红色土地。金墅街是革命街、
红色街……

我来采风，本意是想听些当地有趣的传说以助游兴，谁知他的
思绪中，却有着另一类型的故事要和我说。

武工队员，坚持在家乡

他说他过去当过吴县人大代表，同乡镇的一位女政协委员，是
秦大刚烈士的母亲，和他说了一些鲜为人知的事。秦大刚 1926 年 1
月生于通安金墅街镇，原先是这里的一位小学教师，18 岁就参加了
新四军并入了党，担任苏西武工队的组长。1945 年根据国共两党的
"双十"协定，新四军主力撤出苏锡根据地，北撤到长江以北地区，
但在苏西和锡南留下两个留守处坚持斗争。秦大刚是本地人，组织决
定他留下来，组织关系属于太湖游击队。因为生活艰苦，斗争空前激

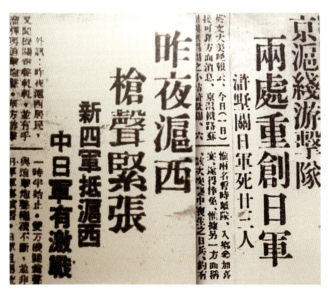

"江抗"夜袭浒墅关火车站驻守日军，挺进上海西郊的报道
（嵇元摄于苏州革命博物馆）

烈，太湖游击队的坚持甚至生存都十分困难，队员牺牲是常有的事。

我听到这儿，对刘先生所说很有同感。因为我在高新区许多地方采访，都听过太湖游击队坚持斗争、英勇牺牲的故事，有一次我到镇湖街道采访，当地同志陪我去镇湖烈士陵园，陵园的铁门关着，没能进入，但从门里能看到陵园，当中一座较大的是周志敏烈士墓。他生前任苏西留守分处主任、党支部书记，也就是苏西坚持斗争的领导。1948 年 3 月 9 日，他与西华（今镇湖）的苏水兴、孙水土被国民党青年军 202 师围困于西华中庄村，在突围战斗中，壮烈牺牲。烈士的头颅被敌人挂在苏州阊门外横马路，以威吓苏州人民。我瞻仰烈士墓，心里当然难过。据网上有资料说这支在苏州长期和我党武装作对的军队，于 1949 年 5 月被解放军歼灭，虽不知确切细节，但心里多少好受一点。

刘继续说，有一天秦大刚回家，一向支持儿子的母亲看到他，心疼他如今这么苦，就悄声说："你还是'上岸'吧？"谁知秦大刚

秦大刚烈士故居，已成通安的红色教育基地（通安镇党政办提供）

拔出手枪，对母亲厉声说："因为你是母亲，所以没有立即开枪，如果再说这样的话，我就毙了你！"吓得母亲再也不敢说了。

"上岸"在当时是"脱离太湖游击队"的委婉说法，她母亲说这话有劝降策反的性质，这是原则性问题，含糊不得，所以秦大刚会和母亲翻脸，也可见他的党性和斗争意志有多强。

因为秦是本地人，熟悉当地情况，所以担任联络员，往来于金墅一带。一般说来，太湖游击队还在当地坚持，百姓们基本上是知道的，觉得武装部队的主力虽北撤，但党没有离开他们，也让他们在黑暗中看到了黎明一定会到来的希望。所以秦大刚带着人在这一带出没，一般百姓见了也不会传出风声，很多人甚至暗地给予支持。

据《通安镇志》记载：1947年1月14日，秦大刚率领武工组的同志在金墅西泾湾村宿营，由于叛徒告密，凌晨4时许，国民党反动派太湖"清剿"区指挥部出动驻军、保安队100多人将他们的宿营地包围。秦大刚发现敌情后立即命令武工队员，迅速分散突围。那时寒风刺骨，夜色朦胧，能见度极差。秦大刚凭着对地形的熟悉，完全能摆脱敌人的追击。但为了掩护同志们脱险，他边射击边向南撤退，把敌人紧紧地吸引过来。疯狂的敌人顺着枪声穷追不舍，一直追至连河浜村。其时，秦大刚正隐蔽在村东梢头的石桥下，一连几批敌人从桥上过去均未觉察。待后面的敌人赶来时天色渐明，发现了桥底下的秦大刚，立即将他团团围住。敌人如临大敌，对他威胁利诱，企图逼迫他缴械投降。面对重重包围的敌军，秦大刚视死如归，大义凛然，毫不畏惧，毅然举起手中的枪，用最后一颗子弹，结束了自己年轻的生命。

刘先生所言，补充了志书中的许多细节。他说，秦带着游击队员在农村搞减租减息，那次，在永新大队那里，遇到的敌人是国民党的金墅镇自卫队，其实就是苏北等地溃逃出来的还乡团，被苏州这里的敌人收编为地方上的反动武装力量。

据苏州原博物馆副馆长钱正先生（已故）采访秦的母亲时得知，秦大刚在西泾湾村遇到3个敌人，缴了3支长枪，但在押送俘虏时，

3个敌人逃掉了，引出百余敌人搜捕。战斗中秦投过手榴弹，但哑火；开枪，子弹又哑火，到最后时刻，秦用最后一颗子弹射向了自己头部。

秦牺牲后，尸体被敌人放在金墅镇后梢的一座荒庙前示众3天。秦母被敌人关在金墅的"清剿指挥部"，秦牺牲后才放出来让她去收尸。这时，烈士遗体已经肿胀，但双眼怒睁，是母亲用清水替他洗身体洗脸后才合上的。里面的卫生衫脱不下来，是母亲剪了脱下的，再看儿子脚上，是一双已破了的布鞋。烈士原穿的鞋，是姐姐亲手千针万线扎的，但穿破了鞋帮，让姐姐利用鞋底重做一双。姐姐剪掉破鞋帮，洗净鞋底，尚

陈列于苏州革命博物馆内的3位烈士照片
（嵇元摄）

秦大刚烈士的遗物卫生衫还有拆了鞋帮的布鞋底等，现陈列在苏州革命博物馆
（嵇元摄）

未来得及配鞋帮，弟弟就牺牲了，秦牺牲时穿的那双破鞋子，是不知哪里来的，他暂且穿着的吧。钱先生将秦大刚烈士的卫生衫还有这双拆了鞋帮的布鞋底，作为革命文物收藏进博物馆，还曾作过展览。

这时我看室外的阳光，觉得耀眼，门口路以前也是金墅镇的主街梢，相信秦大刚烈士生前多次走过这里的吧。

稻露湿了枪，他牺牲在清晨

这时，刘先生又讲起了另一位叫王祥元的烈士。王祥元，1923年生于金墅西泾湾村，出生于贫苦农民家庭，1942年3月参加革命，后入党；一同牺牲的还有旁边望亭镇（属相城区）的秦水根，小他一岁，两人都是太湖游击队员，同分在金墅武工组，并肩坚持对敌斗争。

1941年7月开始，日伪军对我苏锡等地抗日力量反复进行清乡，斗争异常激烈，新四军主力和地方党政机关北撤，就在太湖边还有两块我党的坚持区。一是锡东，一是面积相对大一点的苏西，范围就在金墅、白马涧、东渚、善人桥这一区域内，依托太湖、依靠当地群众，打击敌人，坚持红旗不倒，在血与火的岁月里给人民以信心。党组织和党领导的太湖游击队在苏西坚持区一直坚持到解放，给这方土地留下了红色基因（嵇元摄于苏州革命博物馆）

246

据有关资料记载，1947年1月14日晨，国民党的太湖"清剿"区指挥部出动100多军警包围了金墅武工组宿营地。突围中，组长秦大刚英勇献身，王祥元、秦水根等奋力战斗，向北连续越过金墅、东泾、孟河等村庄，终于摆脱敌人追击，突出重围。得知秦大刚遇难的消息后，他俩怒火满腔，决定为死难战友报仇雪恨，他们在金墅一带剪除了特务周某和密探许某，还在大白天化装进入望亭镇将一恶棍镇压在街头，大大打击了敌人的嚣张气焰。

刘先生此时已吃好午饭，继续说：金墅西泾湾村有个保长，名叫许永根，是个两面人，就是平时也为我方做些事。但王祥元听说他以武工队名义收百姓钱，就在1948年10月11日晚来找他。说起来，王的母亲是许的姑母，所以王母劝儿子不要严厉处理，给他一个机会。王来后就对他作了批评并要他限期交出30石的公粮款。而这笔款子实际上被许用掉了，他就去向敌人告了密。

12日凌晨，敌人前来搜捕我武工队员，《通安镇志》说："国民党反动派派出保安队及由叛徒徐泉根率领的突击队前往西泾湾门家桥顾阿小家搜捕王祥元、秦水根。6时许，顾阿小起床后去田间拔毛豆，一出门便看见保安队、突击队向他家包抄搜索而来，便马上返家报告了正在密室中歇息的王祥元、秦水根。他俩知道密室实际上是个地窖，难以长久藏身，一旦被发现，势将被动挨打。因此，决定趁早突围。两人迅速钻出地窖，拔出武器，在门后向外观察敌人动向和突围路线，随时准备投入战斗。敌人虽然包围了顾家，但都怕挨枪子，不敢贸然发动进攻。他俩瞅准机会，甩出几颗手榴弹，借着硝烟的掩护，冲出顾家，边射击边向田间突围。那时稻穗正沉头，行走极不方便。敌人人多势众，敌枪齐发，将他俩紧紧包围在稻田里。王祥元腿部已中弹负伤，不能行走。秦水根不愿单身突围，决心护卫战友冲杀出去。敌人见机，便由徐泉根出面向他俩喊话，妄图'规劝'两人投降。他俩对徐泉根的叛逆行径早已切齿痛恨，怀着满腔怒火，怒斥敌人，敌人见'规劝'徒劳，就对着王祥元、秦水根据守的稻田乱枪射

人民解放军与坚持斗争的地方武装举行会师大会（稔元摄于苏州革命博物馆）

击。王祥元拉响了自己身藏的最后一颗手榴弹，壮烈牺牲。秦水根胸腹部中弹数处，英勇献身。"

刘先生说的有的细节是志书上没有的，有无史料价值我不好说，姑记在此以供党史研究者参考。他说，这叛徒徐泉根，其实就是1947年1月14日和秦大刚一起下来工作的游击队员，他先是突围出去的，后来却叛变了。还有，王祥元等逃到农田那边，早上水稻梢上全是露水，导致王的枪受潮，所以被敌人包围了，打不出子弹，这才拉响了最后一颗手榴弹。

刘见我这时心情沉重，好久不说话，就宽慰我说，那个叛徒，解放后公审后伏法了。又说，金墅许多参加革命的人，包括有的太湖游击队员，活到了解放，有的就到北京、上海等外地做了干部，有的还做到省委书记，当选为中央委员呢……

金墅，噢不，不仅仅金墅这个小小的甚至1957年就已撤掉的小乡可以听到许多感人的先烈事迹，这次我跑遍苏州高新区各个片区，每个地方都有些可歌可泣的革命斗争故事，可惜我没有当作重点来采访。

　　告别刘先生，我再走在金墅的土地上，觉得天蓝云美，树绿水清，连吹来的风都有点甜——这真是一个好地方啊，先烈不嫌它僻而穷，为之洒热血慷慨牺牲，我想今人及后人一定会将之画上世上最美丽的图画来的。

在真山，聆听遥远的回响

一座小山传出惊人的消息

从太湖方向乘坐公交车往苏州城里赶，过了通安中学的下一站，有人指着路北一片绿色葱茏的绿地说："那里面就是真山，山里曾经挖掘出苏州城隍老爷的墓。"

"啊？还有这说法？"我连忙抬起头隔着车窗玻璃细眺远处，果然见到树隙里有一不高但体形优美的山，绿色葱茏，在夏日阳光下绿得发亮。我心里一阵激动："我认得的，这是真山！"

我连忙下了车，去拜访真山"老朋友"。

去往真山路上所见的文保碑（秭元摄）

1992年当地乡镇企业在小真山开山采石，炸开了一座古墓（后编号为真山D1号古墓），出土有青铜器及玉器等数十件文物，其中还有一方铜印。当地人立即向苏州博物馆报告。馆方非常重视，政府有关部门和文物单位火速奔赴真山，发现山顶有一座竖墓被炸，文物就是从这里炸出来的，但有部分文物破损、部分文物散失。经公安等部门努力，到当天下午，散失文物就基本追回来了。隔了一天，苏州博物馆和南京博物院的联合考古队就进入真山，进行抢救性挖掘。

　　这个古墓是在小真山，此山只有32.8米高，里面发现了青铜器26件，有鼎、盉、剑、戈等。后来又继续在旁边的大真山作考古发掘，连国家文物局都来人作现场指导，可见此事影响之大。

　　"苏州发现吴王墓！"

　　"墓里面发现有调兵的虎符！"

　　这些当时还不能下定论、但让人激动的惊人消息不胫而走，在苏州城乡引起了热烈的关注。

　　通安这一带有着丰富的春秋吴国信息。1986年在通安一座叫严山的小山，采石人爆破开山，炸出了许多玉器，并发生了哄抢，后来经过吴县文管部门追缴，征集到402件玉器，但还是被走村串户征集古物的贩子收去了20余件完整的玉器无法追回。这批吴玉器数量之多、制作之精，足以惊世！后来专家研究认为，严山离吴王夫差最后兵败自杀的阳山仅1.5公里，极可能是吴越最后的"干遂之战"时，夫差兵败逃上阳山前命人埋藏在严山的。因此我对真山的"吴王墓"事不敢怠慢，我在真诚正直的吴锡麟先生的帮助下，随他乘车赶到考古现场去作采访。

　　　　漆片里的信息：难道是春申君墓？

　　当地人所说的大真山高76.9米，实是山的主峰，这里有编号为D9的古墓，我去时考古还在进行，有关方面破例让我下到现场。当

真山满山翠绿，但平时来此山的人很少（嵇元摄）

时无论普通市民还是考古工作者，都希望这是一个吴国王室墓。有其他媒体的记者也写了文章，直接断言称发现了"吴王墓"。

我捡起了地上的一个小于火柴盒面积的漆片的碎片，乌黑色的漆片上面，用朱砂绘有图案，我看了又看，似乎能感觉得到2000多年前的古代信息。有一位也是来现场考察的文博女学者站在我身旁，悄声指点我说："从这漆片看，像是楚国的墓。"她的提示，让我写报道就慎重多了。

过了一会儿又有人告知说发现了1000多枚贝币以及玉贝。

我曾写过吴国没有货币之谜的文章，现发现了贝币和玉贝，我心里就有数了，真山这座墓，属于楚墓的可能性大，于是将漆片放回了原处。说实话，地上貌似零乱的东西都是文物，主要是玉珠之类，不过沾了泥土貌不出众就如米粒一般。这漆片像是散丢在地上不受重视的遗弃物，我担心被人踩进泥里，犹豫着是不是将手中这漆片夹进采访本，以后也可以作为我文章的配图或作为我观点的证据……但最后还是放回了原处。事后有人告诉我说："旁边有警察呢，已经关注你了，发现你看了好一会儿后还是将漆片放回了原处……你若私夹进笔记本带走，那就……嘿嘿，为你捏把汗呢！……不过最后还是很佩服省报记者的。"

其实这些漆片都收回的。后来考古专家研究后说这些漆片是棺椁上的，并且根据这些收回的漆片大致拼出了图案。我十分佩服这些专家，这些人话不多，多是在埋头干活，却通过点点滴滴的古物能找出时光遥远的历史和文化的信息，实在是了不起。

但后来有人说我去的这个古墓是在小真山，此山只有32.8米高，这我也不能肯定了。这个墓专家说是"甲"字形墓，我猜想这甲的一竖，大约是指墓道吧，里面发现了青铜器26件，有鼎、盉、剑、戈等，还有一些玉器，说是"玉殓葬"贴在墓主人脸上的，米粒般的玉珠在那时加工出来实属不易，现在考古专家可以复原成珠襦……现场的专家非常谨慎，说现在下结论还早，需要等全部考古结束后，经过研究和讨论后才能作出初步结论。后来我到苏州博物馆去，一位领导给我看了出土的一个铜印章、用红印泥钤印在纸上的印文，4个字释读为"上相邦玺"。印并不是很大，但来头大得吓人，说这是楚国春申君的印。后来国内许多专家有不同解读，不过评判这些观点不属于记者工作的范畴了，只是钦佩高新区实属吴文化的"富矿区"。

此处还出土了一枚刻有"郢爰"两字的陶冥币。据《通安镇志》

真山脚下的水杉林，种在浅水中，很有特色（毡元摄）

记载，在该镇的华山村，1956年省文管会来通安文物普查时，发现并征集到了楚国金质货币"郢爰"，说明在通安发现楚国信息不是偶然。郢是楚国都城名，结合来看，真山D1墓是楚墓的可能性较大。我此次到真山，看见市政府所立的"苏州市文物保护"标志碑，上面写着"真山吴楚贵族墓葬群"，此碑表明官方的观点是大小真山有着吴和楚的历史文化遗存。

公元前473年，吴国被越灭亡后，全境并入越国，楚威王七年（公元前333），楚国东来灭越，吴地属楚，并将吴地作为楚相春申君黄歇的封地。春申君在楚国主持朝政，让他的儿子来吴地管理自己的封国。原先的吴都阖闾大城已成"吴墟"，是在黄氏父子的打理下，得到了重建。司马迁为撰写《史记》前来采访，也赞叹恢复得好，而且原吴地的经济也有了恢复和发展。因此之故，春申君被苏州人民所感戴，至少在宋代就被奉为城隍神（见南宋范成大《吴郡志》），香火供奉至今。因此说在真山发现春申君墓、城隍老爷的墓，在苏州人的心里激起历史情感的涟漪，也是很自然的。

有吴王葬在此山？

但也有人坚持说，真山墓是苏州历年来发现的最大的东周墓，出土玉器包括玉珠单件达万余件，"根据发掘者研究推断，这座规制宏伟的大墓墓主应该是吴王寿梦"。这个观点见诸通安镇送我的《通安文脉》一书第四节"真山墓地：吴楚寻踪，王侯归处"，可能也是部分专家的意见。（或说D1墓是寿梦墓，D2墓是春申君墓。如今真山树木茂密，上山不易，原墓在考古结束后都已回填，无法核对现场；加上我记忆或有不清楚之处，所以具体墓的出土文物和历史价值等结论，还以文博和考古单位专家的结论为准。）

寿梦名乘，是吴泰伯的十九世孙。从第二代吴王仲雍之后的吴王，一直到寿梦的老爹去齐，这十几个吴王都有其大名而无其史实，

在真山公园里远眺真山（嵇元摄）

寿梦第一次在中国史书中亮相是在徐州那一带，因发动伐郯国战争、和周王认同姓姬是亲戚关系等一系列事件而震动了中原诸国。

但在苏州的历史书如唐代的《吴地记》中，寿梦曾南下来到苏州，和地方父老相谈甚欢，留下了一个地名叫都亭桥，就是今天西中市那里。这个记载表明，他可能想把吴国的中心南迁到今天苏州一带。果然他长子诸樊为吴王时，将吴都迁到了苏州。到了寿梦孙子阖闾通过政变上台为吴王，建造吴都就是今天的苏州，从此打开了长三角地区的开发史。所以寿梦在苏州的历史地位，同样是非常重要的。他的墓（墓应该改称王陵才对）如果确实在真山，那意义是非常深远的。

我走进真山公园，进门就见绿色树廊和清清池水，如入清凉世界。那些水杉一排排很整齐地长在浅水里，根部膨出，主干挺拔，枝叶精致，呈现出一种柔美的娇绿，让人暑意消了一大半。水里还种了一些挺水、沉水和浮水植物，说明牌上说是些荇菜、芦苇、水烛、茭白、水葱、千屈菜、菱、再力花、苦草、睡莲等，水池如镜，倒映着远处的真山，很有风情。

原来，这个真山公园还真有点名堂，是一个地形多样，具有吸

真山之麓有一寺庙（秬元摄）

水、蓄水、渗水、净水功能，天然的渗透力很强的"绿色海绵体"；当然也是一个市民休闲、健身、娱乐的公共场所。比如，挺水和浮水植物能对水中的污染物进行吸引、过滤、分解和转化，沉水植物可水下造氧，遏制污染内河的藻类生长。水里据说还有鱼虾、昆虫和两栖动物，因为我去时正是中午大太阳之际，没有细找，不知那些可爱的小生灵躲哪儿去了。

"海绵体"走完，却见一寺庙，有大约四进的模样，一进进依山坡升高，这规模在一个镇上不能算是小庙了。因是防疫期间，寺门紧闭，庙前不见一人。寺门上的匾，写的是"甄山寺"。原来，这甄山是山的本名，大概是山体状如甄而得名吧？也有作珍山、蒸山等其他山名，至于何时改叫作真山，也许是后来的事吧。

龙形之地，腾飞有时

一斤重的七朝肉圆

坐公交车去金墅，经过一条长长的商业街，街两边的店面房古色古香。看车少，我特地站到街当中两边眺望，长街一眼望不到头，给人壮观的感觉。看公交车上路线牌，经过的站有中心街、中心桥、新街口之类，街名的气派也蛮大的嘛！不觉好生奇怪，远离苏州城市中心的通安，怎么会有一条这么长的店铺鳞次栉比的街的？于是在回

通安的民俗（通安镇党政办提供）

来时特地下了车，决定到街上走走。

有的地方有河，我就在桥上站了片刻，但没有下去逛临河小巷，另一头横巷的尽处可以看到远处青青的大山，有人指着山说那是阳山……看起来这街还是很有特色的。有的路段店铺做成了仿古风格，不过门关着，显然许多店还在招商中；有的路段没有做成仿古的，店里生意反倒不错。我想，仿古风貌的店铺大概是最近改造的，工程刚完工吧。

我来回走了大约千米，然后找了家内有顾客的面馆坐下，和人攀谈起来。初步获知，这里有新街，也有老街。不过我所看到的老街，是相对新街而言，不是有1950年前建筑的老镇之街，应该是20世纪七八十年代建筑。店里人也实事求是地说，商气还没有完全聚起来。我说再过两三年就会热闹了。又有人说，这里店铺多是多，但规模都是小的，听说镇政府招商有个很大的成果，马上要启动了。就是真山公园那里建个甑山广场，是个商业综合体，听说是个很上档次的"销品茂"。至于这里是什么街，倒是有很多人笑起来，说要看你问的是哪一段。这条街要弯几个弯，公交车都有五六个站头，街那么长，是讲不清楚的，反正就是通安镇的商业中心街吧！我说，确实，一个镇有这么长的商业街，我不是少见多怪而是真心很佩服的。

可能是我讲得大家都很开心，有一位先生特别有趣，特地告诉我一个通安特有的民俗，说"你如果写进书里会很有意思"。他说，过去通安街上有4家茶馆，通安茶馆和其他地方不一样的是，苏州人基本上喜欢吃绿茶，我们通安人茶馆店里欢喜吃红茶。啥个道理？说不清楚，通安的风俗就是有点不一样。他的话，引起了笑声。

我又问，通安有什么特色菜，介绍介绍呢？这下子问倒了全店里的人，大家想了一会儿说，我们通安没有什么特别出名的菜。过了一会儿，有人说，我想到了，不过你今天吃不到的，就是能吃到也确保你吃不了。"哦？那是什么菜？"我倒感兴趣了。

那人说，一只肉圆一斤重，里面还有一只蛋，而且，一上就是

随着经济和社会的发展，苏州高新区既保护传统民俗，也弘扬新风尚（丁达祥摄）

4只肉圆，你怎么吃得光？我想，苏州人最讲精致细腻，这菜该多么有农家豪迈的风情啊，少见！有意思！于是就说："这是你们通安的地方特色菜啊，可以开发成旅游商品，名字就叫四喜大肉圆，旅游人带走，真空包装了电商平台也可以卖，一定会很受欢迎。"谁知我的话却引起了一片笑声。一个当地老者说，你是一片好心，不过这肉圆不能卖钱的，叫"七朝肉圆"，是女儿出阁大喜第七天，女方家做了送女婿家的，是男方家吃的，还有百来只小肉圆才是送男方家亲戚分享的。我说，这大肉圆过去是通安婚俗的吉祥食品，但真的是很好的地方文化资源，今天可以考虑开发成旅游食品。当然记者的话不是指示，闲说闲听而已。大家又笑了。

高新区北部唯一的镇

我为体验当地风俗变迁，出店来又找了一家以前没见过、来苏州的外省人开的饭店，吃着现炒的有点辣的外地风味菜。心想，苏州不

通安之秋（丁达祥摄）

再是纯正的苏帮菜城市了，瞧这原先远离苏州城的地方，也集中了有十几个外省城市的风味吧！窗外那么壮观的商业街，可能在苏州乡镇也是不多吧，其实大多是外地人来发展的平台。通安都发展起来了，这商业街好好打理，结合其他旅游资源，可能会成为一个旅游新热点呢。

其实通安正在实实在在地变化之中。有人举例说，你去通安最好坐有轨电车2号线，这条线的通安站、华通花园站，是两座江南水乡风格的无桥墩天桥，跨运河、跨道路，秀美中透出现代建筑的气势，是通安的打卡网红点。我对打卡、网红什么的毕竟兴趣不如年轻人，两次都是乘坐公交车来的，但后来有次看到有微信公众号"深度科技城"推送的文章说："（两座）仿古天桥是浒光运河上的新地标，综合了现代有轨电车、江南水乡、传统文化等要素，古今交融，别有韵味。仿古天桥也是欣赏夜景的好去处，繁星点缀的夜幕下，天桥灿若星河，仿佛一袭流光溢彩的华袍，旁边的河流倒映着天桥，映衬出烟火人间图。真实又蓬勃，透亮而有力。"有图有真相，我不禁有点懊悔了。

从"七朝肉圆"想到通安的历史又想到仿古天桥，这个地方是既悠久又很新。因为通安这块地长期属于浒墅关，苏州城里人听说多而实际去得少。直到1950年3月才设了通安乡，这个地方进入正式乡镇建置方才算"扬名立万"。后来金墅等4个小乡并入，次年也就是1958年成立通安人民公社，打下了大通安镇的框架。

今天的通安全境像个哑铃状，比喻成龙形也是很形象的。通安西面拥有4.5公里长的太湖岸线，绕城高速公路、312国道、中环快速线、有轨电车2号线和地铁9号线等穿城而过，东面是京杭大运河，南面的大阳山如翠屏，境内一马平川原都是良田，加上100多条河，典型的江南鱼米之乡，占据着明显的区位优势，今后前景一定会很辉煌。

我和通安朋友交流过，我说通安人可能对种粮食太过有感情，而且妇女勤劳，几乎家家有人刺绣，有个叫俞秀英的绣娘，或者应该叫大师了吧，全国"三八红旗手"，20世纪80年代在日本名声很响。所以啊，那时发展乡镇企业时不大有通安的消息，我来采访的次数也少。

但是，先发优势的乡镇，在今天产业快速升级的年代，有的也面

通安现代农业园油菜花（丁达祥摄）

临着如何转型的问题。讲起来通安是高新区北部唯一的镇，但在今天中心城市、超大城市风生水起的年代，新一轮发展大潮中有点边缘化的乡镇如何谋求跟上时代步伐赢得发展，是一个不容易答好的课题。

好在通安并不是个睡大觉的地方，他们给我看了一些材料，高新区正在抢抓长三角区域一体化发展的重大战略机遇，通安也正在深入推进"五年跨越发展计划"，坚持走"历史文化、自然山水和现代文明相结合的特色开发路线"，大力发展生态旅游，通过加强与清华大学、中科院等大院大所的合作以及加大优质项目招引力度，已经会聚了大批高端优质人才与产业化项目。

目前入驻产值千万元以上的企业已超百家，上市公司已有2家，逐渐形成了智能装备制造、新一电子信息、大健康等新兴产业。今年第一季度就有9个高质量项目成功落户，新增企业主体200余家，引进外资企业2家，"退二优二"、产业提档升级，都有不错的成果。通安现在人口大概有10万，户籍人口4.9万、外来人口5.1万，我想通安正在进入加速度的通道，未来可期。

前行的脚步声，越来越响

通安镇机关里一位年轻美丽的姑娘让我看商业街后的小区，我赞叹说："啊呀，可真漂亮，这么多啊！"她说，这里能看到的小区，都是动迁小区，农民基本都住上了这高楼。

至于老街改造工程，远比您看到的要恢宏。我连忙要来有关材料，一看，才发现工程真不是我所看到的那么简单，这项空间梳理、特色风貌塑造工程，表面上是街景立面改造、景观风貌提升，总面积1.28平方公里，其实还有市政设施完善的内容。除了这条商业街，规划重点塑造的包括金墅港两岸、中心路、通浒街、新街、苏锡路、金通路等主要街道，形成通安老镇文化旅游中心区、金墅港老街区、创意仓区等重要功能片区，也就是通安镇区、树山村和大太湖旅游，

鸟瞰通安镇（通安镇党政办提供）

通安镇一个正在大力推进的科技园区（二期）项目的效果图（通安镇党政办提供）

夜景下的老镇新貌（郑哲摄，通安镇党政办提供）

将融为一体。

至于在通安怎么玩，我在材料上看到的愿景是这样的：今后将开通从树山村到太湖的金墅港水上旅游，从树山开始，自"梨田乡愁"（乡村风光）经"桥塸水厅"（城镇风光）、"创意仓"（工业遗产）、"工业水街"（现代工业）、万顷良田（农业风光）、金墅老街（历史风光）直至太湖金墅港，全程7公里，是苏州名街山塘街长度的两倍，并将根据这些节点设6个码头。

这工作量该有多大，不具体采访不知道，举一个例子吧：通安在太湖里有83条主船，拥有83本捕捞证，这不仅是渔民的83只金饭碗，也是不可再生、珍稀无比的允许吃太湖资源的权利，此外还有

附带 71 条辅船、111 条杂船、3 条汽艇以及渔网等渔具。但为了保护水源和落实太湖禁捕、退捕工作,这些船已全部结束其历史使命,退出太湖上了岸。有关人士说:"通安太湖渔船的'退、禁、转、稳'等工作全部完成。"这简单的一句话,背后该有多少细致工作、深明大义、顾全大局等感动人的故事啊,可惜我未能深入采访。

至于作为骨干产业的通安工业,只能大而化之了解一下了。我看到了苏大产业园,好几幢楼已经投入使用,还有二期,也即将竣工了。据介绍这个项目一共有十几幢楼,总建筑面积 15 万平方米,主要用于战略新兴产业和高新技术项目的孵化以及产业化项目的落地与培育;富民产业园,总面积 10 万平方米,共由 14 幢楼组成,主要用于出租给机械与电子工业企业；其他的吴中产业园、绿宝产业园、华通产业园、同进产业园……不能一一细述。

我走过镇上居民悠然往来的中心街，也走过破败的金墅老街，强烈的对比起先让我有点不解，心想"通安怎么啦？"不久听到消息，高新区举行推进科技生态功能片区"功能区＋镇（街道）"运行体制试点工作动员大会，通安镇纳入科技生态功能片区管理，板块能级开始质的飞跃！

于是我全明白了：高新区正在调整资源、优化组合，下着一盘很大的棋，蓄势待发的通安镇锁定的目标是建设一个"强富美高"、百姓幸福的新家园。

那么，我以后若听见有关通安的网红啊、打卡啊、新景点啊、新发展啊、新变化啊之类的好消息，再不能反应迟钝了。

"东风浩荡征帆满，激情满怀谱新篇。"这是通安人告诉我的两句诗，很感染人。出处是哪里，我没有考证，但是通安许多人都知道，因此我吟咏再三还是引在本文中。作为一个匆匆过客，我期待着下次再来，不仅乘坐有轨电车来，来后还能坐着观光游船，看通安富而美的风光……嗯，还期待能吃到寓意吉祥的重达 1 斤的大肉圆……

镇湖

太湖边的刺绣之乡

有轨电车：画中人在画中游

一路风景，看到太湖边

2021年春，抗疫战的胜利已如彩霞满天，吹来的风中有了春天的气息，柳枝条上有了轻柔的嫩绿，这难免不让人静久思动，最想的是到大自然里去吐吐闷气。

苏州人有个潜意识习惯，喜欢近郊走走作个小游，而且多半是往西边那个现叫苏州高新区（虎丘区）的地方去：那里有山有水有太

去镇湖可坐有轨电车，一路上全是美丽风景（高新区宣传部提供）

湖，自然还有各种好吃的物事能安慰人的舌头和心情，加上多少有或远或近的亲戚朋友让人感受人世间的温馨，真可谓山温水软，风物清嘉，不可辜负……于是在一个风和日丽的日子，我自然地来到了太湖边。

此次西行，是乘坐地铁到苏州高新区的狮子山站，不用出地面，在地下就可便捷地转到有轨电车 1 号线的起点站。这 1 号线全长 18 公里，终点站是西洋山站。

停在车站的有轨电车是红色夹有一点白的，大气而漂亮，不含车头共有 4 节车厢。车厢和站台一个水平，而且无缝接轨，抬腿可进，这点比公交车要方便；车厢洁净宽敞，座位的间隔也宽，坐着很舒适。走进车厢迎面的是一笑脸，原来还配有一位穿制服的标致姑娘值班，全程态度和蔼地照料（帮助、指点、提醒）乘客乘坐，因为有轨电车在长三角地区是稀罕之物，不懂这新事物的人多。考虑如此周到、安排如此人性化的服务让人如沐春风，这也是高新区的特点吧？一下子给人"差不多坐飞机头等舱也不过是这样吧"的感觉。

有轨电车座椅舒服不说，更有大而明亮的窗户，车子行驶时极平稳，窗外景色如长卷缓缓展开，乘客们都被窗外的美丽画面所吸引。

遇到新鲜事，好像忍不住发议论已是今天中国人的特色。车子才开几分钟，就有人说话了："坐地铁快是快，就是窗外墨黑，坐得辰光长了，心里有点闷的。像今天这样坐的有轨电车，赛过是一种观光车。"

马上有人接嘴说："我年纪奔七了，车速太快吃不消的，有轨电车这样的速度，上下车像平地，我觉得真好。我反正不赶时间，坐有轨电车最舒服了！"

还有一位好像是当地人，也不怕陌生，主动来插话说："你们是市区的老苏州人吧？我们以前到苏州城里，是坐船的，木船，要三四个青年人不断换班摇橹，早上天刚亮就开始摇船，过 12 点钟才能到苏州城脚边，白相两个钟头，又要急匆匆赶快摇转回家了。现在这有轨电车，以前做梦也没有想到过啊！"

苏州也只有高新区有这样的有轨电车，既然已有多条地铁线了，为何还要在自己的区域里再建两条有轨电车呢？正好车行驶到白马涧站，我忽然明白了，苏州高新区，位于苏州西部，这里有山有水有文化积淀，区域内景点名胜多多，又是苏州市区发展较快的新板块，从有轨电车的站点设置看，确实考虑到居住区和景区的有机结合，既方便本地人出行，也方便外面的人来休闲观光。

车厢里有人在指点，语气里满是惊奇："这个小区好像去年年初还是一个工地的，怎么今年已经建好了？"

我对窗外看看，也不知道这是什么小区，还没有想明白，很快眼前又换新的景色了……照理说，我对高新区也不陌生。当初苏州在城西划了一个圈，启动了一大块农村地，向新城区进发。噢，对了，那是 1990 年 11 月，苏州高新技术区成立。我骑着自行车过狮山大桥去采访报道大会，天空中时有几滴轻雨洒下，塑料薄膜的雨衣也被风吹破了，但心情是好的："这是洗尘呢，真是好雨知时节，多好的雨啊！"

遥想当年奠基事

这个典礼的举行，背景并不简单。1986 年国务院批准苏州城市总体规划，提出"全面保护苏州古城风貌，重点建设现代化新区"的城市建设方针，在古城西侧开辟 26.48 平方公里的现代化新城区。其中京杭大运河以东的地块主要是用于松动古城，大量居民在这里有了新居；过了 10 来年苏州市委、市政府等主要机关搬在这里，我也跟着在这里工作了几年——这里现在属姑苏区。而在大运河以西，开发建设的面积是 11.37 平方公里，时称"河西新区"。

姑苏古城面积是 14.2 平方公里，我心想苏州在运河以西搞这么个有点"迷你"型的新城区，能做些啥事呢？

一幅展出的作品，再现了当年高新区启动场景（毵元摄于展板）

苏州工业的丝绸、工艺美术天下闻名，我因为中学的学校在丝绸业集中的城东，得以到娄门内一家丝织厂里去上"学工"课，学会了开有梭织绸机，能看4台机，少年时的这段经历让我至今对丝绸充满感情。苏州当时还有名声响彻神州大地的所谓"四大名旦"，就是长城电扇、孔雀电视、香雪海冰箱和春花吸尘器，广告投放多，影响大，苏州人当城市名片……我当时对苏州城区西跨运河发展感到振奋，有个念头闪过：会是在这里继续做大丝绸、家电之类吗？但听典礼上传出的信息，是另起炉灶的意思。

第一个10年，是这块土地初创和奠定基础的阶段。到了1992年，获批国家级高新区，发展开始加速度。我去看过管委会大楼对面的一个展览，有块展板上面有这样一段话："这一时期，苏州高新区沿京杭大运河西岸扇形推进，并以集约而快速的步调，呈现出现代产业、出口加工、内外资集聚的强劲态势，不仅诞生了高新区精神，而且创造了许多'第一'和'唯一'，在全国50多个国家级高新区中，位列前三。"

这段话叩响我的心扉，让我的心律回到了和高新区同一频谱的时代，许多往事涌上心头。我曾和高新区人讲起，我第一次去采访"新区"，听第一批进场的人说起，最初的管委会办公场所是在农村借的，条件之艰苦让人今天很难想象，比如厕所是男女混用，谁去方便要在远处大喊一声"里面有人吗？"有时里面会坦然传出一声响亮应答："有人！"今天想象这场景，是尴尬、感慨还是感奋？

苏州西部这方土地本就是好山好水好地方，当有了成千上万满怀激情的"新区人"热血和汗水的加持，没过几年，苏州就传开了这样一句意味深长的口号："假山假水城中园，真山真水园中城"，前一句说的是苏州古城，后一句说的是高新区。因为太过确切，竟成了流行语，很快人人都耳熟能详。

现在有轨电车在如画景色中行驶，就如有首电影插曲所唱的"画中人在画中游"，眼前所见的果然是真山真水的花园中新城区，这是当年无论如何不会想到这场景的。

这时，我倒有点佩服高新区的超前考虑了，预先设置了有轨电车这一不太多的城市交通设施。对于我来讲，这有轨电车在高新区行驶，驶过小区，驶过厂区，驶过高楼群，驶在山麓……除了大阳山壮巍的山体，渐变不停的全是新景色，真的是一路看不够的风景，也不由得一路感想如潮。

再无沉入太湖的"三洋县"

漫步太湖大堤上

一路风景看过去，看得出高新区的城区正往太湖边推进，工地处处，感觉现在是一个更大更美的新城区在形成之中，格局之大，只可意会，三言两语难以说清楚。车过白马涧站，我看了一下站名表，到终点站前两站有个"绣品街北站"，问了列车服务姑娘，说就是镇湖站。

我瞬间明白了，这就是苏绣重镇镇湖，想不到有轨电车直接通到这里还设了站，不来这里已差不多 10 年了吧？于是打电话给镇湖文化站的郭成，他是我忘年交朋友。他正好在办公室里，接到电话很意外也很热情，要我一定去他那里："来看看新的镇湖呢，这些年来这里变化很大了！我来陪你走走。"

小郭开了车来接我，他说过去镇湖是镇，现在改为街道了，这几年各方面都有比较大的进步，建议我先兜一下，来个故地重游，也好有个大概的新印象。

到了这里，自然要去看太湖。车行太湖大堤上，堤顶是平整的柏油路，两边是高低相错的绿树，白玉兰半谢，桃花"纽头（就是花骨朵）"尚未绽开。靠湖路面是红色的塑胶路，好似彩带飘向远方，让太湖边的这条路带有了新潮气质。小郭说这是自行车道……果然是的，不一会儿看到了路面上印着白色自行车标志。

进入镇湖，首先看到的是这个"路标"（嵇元摄）

苏州的太湖岸线大约 286 公里，政府计划在这两年里都要打造成风光带。镇湖的太湖风光带有 19 公里，只是全市太湖风光带的一小段，不过车一开在堤上立马让我惊艳。这条湖畔道路，可以说普通，也可以说体现了镇湖的变化和镇湖人生活的提升。但小郭又说了，许多外面的人，比如其他城市的青年人，会结伴骑自行车来作观光健身游。我看车外风光无限，坐着车匆匆而过岂不是太过辜负春光？就要求小郭陪我下车走走。

　　堤外是湖滩，枯黄色的芦苇在湖风中摇曳，风声中好像还有苇叶摩擦的轻微"琤琤"声。小郭说，留着去年的芦苇没有收割，是为了冬季的水鸟可以在湖滩芦苇丛里安家。确实，堤上时有人来车往，胆小的鸟儿不会在光秃秃的湖滩上安心为家的，镇湖街道这样做真的很贴心。有长长的红漆木栈道，在湖边蜿蜒，还有部分栈道伸到了湖里的浅滩上，这是镇湖建的湖滨生态游憩带的重要组成部分。人走上去，湖水轻轻荡漾在脚下，湖风拂面而来，扶栏抬眼远望，湖面浩阔，烟波中近处泛着湖光，远处有淡淡的如淡墨渲成的山影，湖对岸

镇湖街道的一处景点（高新区宣传部提供）

邻居城市无锡依稀可见……边走边眺，风月无边，真是心旷神怡，俗虑顿消。

但有点奇怪的是，湖中从北往南躺浮着一条黑色的"巨蟒"。这是什么？以前没有看见过啊。原来，风会将太湖其他地方的蓝藻吹过来，污染了这里的清清湖水，这条黑带具体叫什么名说不上来，但知道了是一种物理拦截蓝藻的设施。

镇湖得名的豪气：不再家园沉入太湖

和小郭漫步太湖边，有一种物我两忘的心情，真想好好坐一会儿。他一边走一边给我介绍景色：杵山生态公园、马山游客中心，还有一个老火车头，他说这里是西京湾，好像还没有建成，倒是看到了好几辆房车……心想有轨电车上人说这里去苏州要靠摇船，如今房车就那么多，这岁月啊，也变得太大了。

以前我来镇湖，看到绿杨丛中有一座小小的村庄，镇湖人说

镇湖的太湖风光，芦苇已黄，芦花摇曳，也是一道风景
（史家泉摄，高新区宣传部提供）

这个古村落叫三洋村。这里流传着一个故事,叫"沉脱三洋县,浮(余)起无锡城"。这个半岛的尽头叫"峧嘴"(峧或是蛟字),三洋县就在峧嘴外面。据说,很久以前,三洋县还很繁华,县里有座禹王庙。敬奉禹王为神,是太湖人普遍的信仰。有一天,有一对母女来到三洋县,在路边一家肉铺门前走过。母亲对自己女儿说,等到这里禹王庙前的石狮子的眼睛里出血,这个三洋县就要沉脱(脱是"掉"的意思)了。这话让肉铺里的屠夫听见了,觉得奇怪,心想石狮子眼睛怎么会出血呢?他天天去看,总不见石狮子有什么变化。有一天他好奇心起,将手上沾着的猪血往石狮子眼睛上抹。瞬时间,天昏地暗,一会儿狂风暴雨也来了,西面太湖里白浪滔滔,向三洋县汹涌而来,人们纷纷逃命。有一孝子背了双目失明的母亲,往东逃跑,后面是洪水滚滚,这孝子越跑越慢了。母亲对儿子说,你放下我,赶快逃命去吧!但儿子不肯,实在背不动了,就坐了下来,宁愿和母亲死在一起。说也奇怪,洪水就在他们面前停下了,接着就退下去了,这样就留下了这个半岛,名叫西华。而太湖西边的地方,却慢慢繁华起来了,形成了一座新的城市叫无锡。而被水淹的地方,大地下陷,成为现在的太湖。

在苏州清代的地方史籍《吴门表隐》里有记载说,现在三洋村的太湖里,原来有个三洋洲,明朝时沉在湖里。该书卷三又说:"太湖中有四昂(昂字有山旁)……东昂在西华峧嘴上,至明中沦于湖。"

这类事在苏州许多地方志书里都有记载。大旱时太湖干涸,湖底可以看到河道、桥梁、井、砖瓦、陶罐。"沉脱三洋县"故事在太湖之畔流传,曲折地反映了太湖的自然灾害所造成的沧桑巨变吧。但从另一个角度解读,太湖边的人包括这里,这块土地名要么叫西华,意思是苏州西部华美的家园,要么叫镇湖,意思是一定会制服太湖洪水为害……这是多么坚定的意志和大气魄啊!

我和当地人交谈,他们说,这镇湖是伸入太湖的一个半岛,三面环水,因此河道纵横、水网密布,以平原为主,点缀着20来座小丘陵。经过几代人的开垦和耕种，就在三面太湖波浪里"抢"出了1万多亩农田，民以食为天，就主要用来种植粮食。

太湖水养育着镇湖人，但这里人也时不时要和洪水抗争，几乎每年都要被吞没掉几亩、几十亩农田。为了保护这家园，势必要反复和太湖水作斗争，而用来镇住太湖洪水的真正意义上的水利工程，还是在新中国成立以后。1952年年底开始第一次筑太湖大堤，将沿太湖圩堤全部贯通，1955

镇湖这块远离苏州中心的农村土地，在改革开放的大潮中涌现出了群星璀璨的绣娘群，其中代表性的是中国刺绣艺术大师、民间工艺美术大师、国家级非物质遗产项目（苏绣）代表性传承人、江苏省首批"五个一"高级人才姚建萍（高新区宣传部提供）

年、1958年两次筑堤，1985年又第四次筑堤、2000年第五次复堤，终于建成了堤顶高7米、顶宽6米的大堤。

堤内有条河，静静地卧着，就是为取土挖废掉的农田，面积据说有3000多亩，可见建堤是多么不容易。现在湖堤看来不仅是固若金汤还加景色秀美，大规模筑堤背后是将近半个世纪的奋斗。今天来到湖堤上，不见当年筑堤人，但身后宁静的镇区和脚下湖堤、眼前湖面，心里还是忍不住想到那个故事："以后再也不会有沉脱'三洋县'之类的传说了吧。"

于是我明白了这个地方得名镇湖的缘由——是一种致力建设家园

的豪气啊！

石帆村：且看今日太湖村

在太湖堤上半是散步，半是赏景，心情放松，忽然看到堤内有个红字写的石帆村标志牌，满眼绿色中，这鲜明的色彩对比让人眼睛一亮。我此次来镇湖很想看看太湖的村庄今天是啥样，倒未必一定要访古村落。因为整个苏州高新区的发展不仅仅是建设出了一个个开发区、商文中心、住宅区、道路网等，而且广大农村在这几年飞速发展的大潮中，其变化和命运如何，从作家的笔墨当随时代的角度来看，是值得关注的。

小郭听了我的意思，就建议说，我们去看看这边的农村吧，就去这石帆村。

石帆村由马干上和东石帆村组成，农户167户，常住人口429人，面积480余亩，因拥有太湖岸线，村内继承了太湖水乡水网密布

石帆村里一处太湖游击队故居，受到很好保护（石帆村提供）

特色，形成了湖边河塘的自然格局，聚落形态具有浜村合一的显著特点，河浜与村互融互动，是太湖边上有特色的村落。

这村的历史不详，至少不属古村落，按苏州的建设实力，不用几天就可以全部推为平地，建出一个高楼区来。但作为太湖边一个自然村落，村民还是安居于此，没有被外面的世界吸引出去。既然这样，看看"上面"政府对村里做了些什么。

不要看现在的村容村貌美丽怡人，其实也是做了大量的工作。"上面"认为改善农村人居环境，建设美丽宜居乡村，是实施乡村振兴战略的一项重要任务，石帆村有效汇集了行政村、志愿者、群众多方力量，共创整洁、有序、文明的净美乡村。前两年的那段时间里，青年党员志愿者、巾帼志愿者，还有一些部门也参与，加上采用发动农民群众加入、支部助力等形式，共整治房前屋后乱堆放1200处，清理河道1230米，拆除破旧围网约500米，拆除露天鸡鸭棚305个，清理垃圾2000余吨。实话实说，这工作量还是蛮大的。帮助农民拆违建、清垃圾、搞卫生，具体、烦琐，这也是苏州高新区农村基层组织要做的工作之一。我们看到江南风情美得如诗如画，当然不是天上掉下来的，美景背后也是满满的爱呢！

小小地感慨一番后，继续在村里闲走闲看。现在的石帆村，不仅河道水质好，河驳岸修缮好，而且还有景观塑造，墙上还有壁画，看得人仿佛进入了艺术园，而且增设了村内的照明、农村生活污水改造，增设了公共卫生间、小游园和健身广场和村口及村内的标设标牌；整修了道路、停车场，还为纪念太湖游击队"冲山之围"中牺牲的镇湖烈士，修缮了游击队西华联络点……同时还在石帆村农户中开展"美丽庭院"创建、"星级示范户"评比活动，农舍分为一星级、二星级、三星级，评定结果由村民代表大会决议通过并经公示后上报……这些综合措施，有效地改变了村容村貌和农民的生活方式。

石帆村的产业以农耕加刺绣为主特色，不过如今穿插了旅游要素，展现特色田园、手绘乡村、果园采摘、优质农产品等相辅相成

高新区处处可闻当年战斗事迹，这是镇湖的烈士陵园（嵇元摄）

的江南农村形象。东石帆村拥有果园150多亩，果品为主，主要是葡萄、黄桃，成熟季可供游客采摘。大规模果园有林海春雪果园、昌盛果园等，其带动了一批村民自产自销，进行黄桃、梨、葡萄种植。大规模种植使村内闲置土地充分利用，村民通过土地租赁亩均增收2000元，村集体年增收4.2万元。村内有家庭小绣坊，产业门类齐全，年轻绣娘群体正在壮大。新生代农民及绣娘采取"生态+""互联网+"等方式，有效延伸产业链，促进一二三产业融合发展。

常有游人来石帆村，看不用买门票的原汁原味的太湖村，亲眼所见了今天的新农村是啥样的，大多是赞叹、羡慕而归。

镇湖特产正越来越多

好茶长在太湖碧波中

　　湖中远远的还看见两个小岛，两岛之间有长堤相连，这长堤如玉带卧波，形态好美，更让人觉得镇湖人用心的是，堤有3座石拱桥，中间一桥的桥孔，远远望去数了一下，有17孔桥洞，这桥洞数和桥形，大概参照了颐和园里的堤和十七孔玉带桥吧？不过因为是建在浩渺的太湖里，所以桥洞似乎高大一点。左、右两座桥各是拱起7

今天去贡山岛，不用坐船，可以从堤上走过去（高新区宣传部提供）

孔，让堤的曲线更加优美多姿。堤上还种着杨柳树，在湖风中吐着如烟轻绿。小郭告诉我，不仅桥有桥栏，堤两边也有石栏，这是为了让人走在堤上更加安全。

这两座岛，当地人叫大贡山和小贡山，是不是数千年前地陷为湖，留下了这些山？导致当地人至今多不称岛而称山。镇湖人说，岛上种有茶树，品质上乘，历史上曾作为贡品，所以叫贡山。

大贡山海拔高仅 68 米许，面积只有 0.66 平方公里，离陆地也只有 2.5 公里。据介绍，这中峰最高处叫"大抛头项"，东湾嘴称"黄狗头"，西湾嘴称"西吊嘴"，还有金湖嘴、石铁猫、大腰湾、金湖门等地名，加上人说大贡山曾有两座白莲寺，至今遗址犹存，这都反映了镇湖人对大贡山的熟悉。至于白莲寺，在历史上大大有名。南宋时苏州下属昆山县有僧人茅子元（法名慈照），在彼时流行的净土结社的基础上创建新教门，称白莲宗，即白莲教。这个披着宗教外衣的群众社团，千年以来不停反抗朝廷，著名的有方腊起义，反元的明教，都和此教关系密切。清代也有多次起义反抗，最终被清廷扑灭。这两座寺址，也许隐藏着什么历史信息呢，但今天只能听到风声低诉了。

大概在两寺荒废后，岛上再无居民，这也导致岛上保持着较好的生态。新中国成立后，有陆地上的镇湖人利用此岛，种了毛竹、松树、杉树等。特别是茶树，因为精心加工，加上镇（街道）的重视，帮助宣传，已经成为苏州一款小众而名贵的精细绿茶，说是敢和苏州另一名茶碧螺春叫板。前几年我去镇湖，炒茶是用木柴作炉火。我这次去想看柴火炒茶，但告诉我说湖中气温比陆地要低一点，茶树长得晚一点，现在茶芽还小，需要再长几天，让茶叶中的成分长足茶才有味。这样我就理解了，为什么有人说"贡山茶叶嫩肥厚，秀丽带曲，茸毫泛白；采摘、制茶过程均为纯手工操作；茶汤色清透明、清香耐泡，口感香醇，收口甘甜"，评价很高了。

但也正因为岛上茶叶还没有开采，我没有上成岛、买成贡山茶叶。

小贡山和大贡山相距只有 0.5 公里，比大贡山小，故名。岛由 4

贡山岛上采春茶（高新区宣传部提供）

座山峰组成，东南主峰"枇杷山"仅有27米高（也许是因以前山上种有枇杷这一吴地名果而得名），还有猫捕山、鱼场山、箬帽山，都不过10来米高。迷人的是，岛虽小，但岛上还有一个约80亩面积的湖荡，使得小岛很有旅游开发的价值。不过因为有个类似"佛曰不可说"的原因，小贡山没有开发，树木和野草在岛上长得自由自在。

镇湖桃，好就好在有点黄

难能可贵的是，镇湖还很珍爱地保留着一些村，比如西村，黄桃很有名，我曾经在《走读苏州》一书里介绍过。这种桃子，并不是本地原产，据一位已退休的老村支书告诉我，这黄桃还是从上海郊区学来的，引种的品种也是名种。黄桃原先是做罐头的水果，肉色金黄，自带富贵气，上海是个带有洋气的城市，除鲜吃外，常用于做蛋糕，非常夺目。

黄桃鲜食，比水蜜桃稍硬，但甜味更胜一筹，风味绝佳，而且营养丰富，有人形容为"用匙挖来吃的水果冰淇淋"。我看新闻上说："成熟的镇湖黄桃，其糖度最高可达18度，平均值则在14—16度之间，要知道，一般枇杷的糖度只有11—13度，西瓜的糖度在9—13度，而黄桃能够达到18度，是相当甜了"；"黄桃的营养价值也更为充沛，含丰富的维生素E、纤维素、胡萝卜素、番茄黄素、红素及多种微量

镇湖黄桃品质优良，为当地名产（镇湖街道提供）

黄桃园里的小景，值得细看（镇湖街道提供）

元素，被誉为'养生之桃'。镇湖黄桃更是采取了特殊的手法，增加了桃子中硒元素的含量，而硒元素正是'抗癌小能手'。"在 2020 年苏州地产优质果品品鉴评优活动中获得三金四银，让人刮目相看。

我的朋友周斌是当地桃农，我因多次在他那里买桃，比较熟悉，曾问过他，种桃收入如何？他说很不错，当然具体他就不肯说了。他曾对我说过，假如有可能还想通过合作再扩大些桃园，然后让城里人春天来看桃花，桃子熟时来采摘，看来这个旅游思路还挺有创意。但能否实现，还要看当地的发展定位。因为在镇湖，农田也是寸土寸金呢，这次来镇湖想去看看他的桃园，才知道他到附近一个地方去种桃子了，想来是他的桃园有了发展了。因为时间关系，只好留待以后有机会再去看他的桃园了。

在路上，看到一些桃园，有桃农在培土、修枝、施肥之类，据小郭讲，这里有了贡山黄桃专业合作社、林海春雪果园等新型的黄桃种植基地。镇湖的黄桃质量上乘，一个黄桃常规的重三四百克，大的要 500 克左右，已经成为镇的农产品名片。因为也就大约 500 亩桃园，产量不是太大，所产黄桃大多用于摘桃游、礼品桃出售，一般超市、水果店里是买不到那硕大又甜的镇湖黄桃的。

猪爪烧出大名堂

到了饭点了，因为要去看一位苏绣艺术家，小郭请我先去绣品街附近的郁香饭店解决午餐。到了门口，看店堂里食客挤得满满当当，竟然没有空桌位。我说何必到人这么挤的地方呢，随便吃点啥就可以了，下午还有许多地方要去。小郭没有多说什么，把我拉到门口。门的左边大玻璃上，显目地贴着海报，一盆枣红色的猪爪，诱人的样子让人感觉似乎香味正扑鼻而来，上面有两行字："舌尖上的猪爪已传三代；爷爷传下来的非物质文化遗产"，小店牛气十足。下面一行字更是了不得："已卖出 568000 份"。每份也就每海碗 750 克

此店所烹猪爪，味道极美。宣传图被镶以"金"框（秸元摄）

猪爪卖 88 元，我暗地算了一下，88 元一份每份利润约 20 元，那不是仅这一道菜品就赚毛利 1000 来万元了？想想要咋舌了。怀着好奇心重新进店，主人给我礼遇，安排我坐在大门口，还百忙中亲自来陪聊一会儿，但他轻轻说的一句更让我呆住："这是两年前的销售成绩了。"

等候菜品上来的空当里，看了一下店堂墙上店口挂着的各种牌子，有苏州餐饮业特色名店、江苏省餐饮名店、中国太湖"三白"美食示范店、2019 年太湖美食文化节太湖湖鲜烹饪大赛金奖、百年老店、郁香猪蹄烹制技艺·苏州虎丘区非物质文化遗产……奖牌好多啊！墙上的大照片还介绍店里的老烧小肠结、老法头盐抹鸡等特色菜。菜上来，店主郁东方先生来陪坐一会儿，我坐下来一边吃一边听他介绍如何烧制猪爪的过程，只觉得此菜耗时耗工、其烦无比，郁香猪爪之所以好吃，实在是充满了苏州人的工匠精神，或者说镇湖绣娘的刺绣功夫吧。

这种边吃边采访实在是为难了我。一是太好吃了让我不知不觉中至少"干掉"了 500 克猪爪，让小郭和郁老板偷着相视而笑；二是嘴唇老被汤汁黏住，说话好像不太方便，需不停地用湿巾纸擦嘴唇⋯⋯

听他们两人关系很熟悉的样子，小郭解释说，在申请非物质文化遗产过程中，他在文化站做了一些工作。他说，我们镇湖靠着太湖，生态敏感，不能发展工业，

店主用心，街道给力，一道普通的红烧猪爪菜，于是成了太湖名菜（嵇元摄）

此前还关掉了许多厂，但农民总还要致富呀，有这样的商品好苗子，当然要重视了。听他们低声商量，好像是关乎今后如何做大郁香猪爪、将其培育成镇湖新旅游产品的事。小郭也若有所思地说，街道还准备挖掘、培育一个镇湖豆腐为非物质文化遗产⋯⋯

对基层干部来说，这点事在那么多工作中当然太不足挂齿了，不是为吃午饭，小郭都不会带我来这里。我们外来人匆匆走过赞叹几声镇湖风光美，但在镇湖太湖美的背后，当地干部需要埋头做许多生态保护和百姓致富的具体功课呢！

全街皆是刺绣艺术馆

这里有三四百家刺绣艺术馆

不管是谁来到镇湖，必然要去名闻遐迩的"刺绣一条街"。

这"刺绣一条街"，2000年建成开街，当时就吸引了400余家商户入驻。街口大牌楼上金字牌匾上叫绣品街，但也有人叫苏绣街的。一字之改，意义深远。

原来，苏州城里的苏州刺绣厂、吴县刺绣厂两大苏绣基地，昔日曾辉煌一时，但如今已经雨打风吹去。据有关机构统计，苏州刺

声名远扬的镇湖绣品街（镇湖街道提供）

绣品约占全国四大名绣的 80%，而镇湖刺绣又占苏州刺绣的 80%。镇湖过去是苏绣的主要发源地之一，今天占了全国刺绣的一半，岂不惊人。如今镇湖先后被国家相关部门命名为"刺绣艺术之乡""文化产业示范基地""国家级非物质文化遗产（苏绣项目）生产性保护示范基地"。绣品街 2000 年建成开街，20 年来长盛不衰，至今还是有 400 余家刺绣商户或者叫苏绣艺术家的工作室入驻，刺绣街被有些人叫作苏绣街，反映了苏州刺绣回归太湖边的新变化。

坐小郭的车子在苏绣街上来回走了两圈了，为的是走马观花看一下这条特色街。周丽琴绣庄、汤晓红刺绣工作室、姚建萍刺绣艺术馆、陈红英刺绣艺术工作室……街两边鳞次栉比皆是绣庄。像姚建萍，从农家女打拼为刺绣大师，苏绣巨作《春早江南》甚至陈列在人民大会堂常委会全体会议厅，另一苏绣巨作《海纳百川》收藏于中南海，她自己成为第一批国家级非物质文化遗产项目苏绣代表性传承人，其苏绣之路甚至是一部太湖女儿的传奇。另一位陈红英则是夫妇同为著名的刺绣伉俪……苏绣不是生活必需品，盛世而兴，因此集中了这么多绣庄，竞争必然激烈，这也促进了苏绣艺术在镇湖形成了百

千女绣金秋（镇湖街道提供）

花争艳春色烂漫的局面。不要看镇湖绣娘们沉稳、谦虚、大方，气质娴雅，其实无不具有好学上进、努力创新、坚韧不拔、不甘人后的精神，实在是苏州女儿中优秀的一群。

美丽绣女有点小烦恼

车过陈晓霞刺绣艺术工作室，因为多次邮购买过这里的绣品，隔着她工作室的窗玻璃，看到她穿着淡红色上装，正在自己的绣庄里，于是就停车去拜访她。美丽的绣女也不知是红衣的原因还是因为不期而遇，脸色泛着嫣红，显得格外漂亮。

她的工作室里满是绣品，喝着她沏的清茶，听她谈关于苏绣的事，真是非常美好的时光。她说，她10来岁就跟随母亲刺绣了。当时苏州城里的刺绣厂会发一些刺绣活下来，她就从生活用品刺绣开始。因为这些活是商业性的，市场怎么好销，就需要绣什么活。绣品

一位普通的农家女，也是一位苏绣艺术家（嵇元摄）

有的是内销、有的是出口，质量要求都很高，这样就让绣女们从小打下了绣艺相对比较全面的基础。但是在后来，也会有所侧重，有的擅长绣猫、狗，有的擅长绣风景，有的擅长绣花卉，因此镇湖有八千绣女，就是那个时代催发的一朵艳丽的艺术之花。

镇湖街道将刺绣作为一门支柱产业来培育，建了这条绣品街，而且对绣女提高绣艺，多有各种帮助。陈晓霞不仅有自己的绣庄，而且还通过学习，绣艺和美术理论都有提高，不仅作品多次获奖，而且还被江苏省人力资源和社会保障厅评为高级工艺美术师。我简直不敢相信面前这位昔日的农家女，口口声声说这件绣品、绣艺一般，那件绣品价格不贵（意为普通作品），原来已获得"副高级职称"。但她说她接下来要冲刺研究员级别的高级工艺美术师，看来她温柔的微笑背后，藏着继续出发的决心呢。

于是我和陪去的小郭——原来他还是镇湖刺绣协会的秘书长——一起要求看看她的新作。她犹豫了一下，去取出了一件作品给我们看。啊，沉甸甸的，绣作光彩照人，如同神物，让我们看得目瞪口呆，手不敢乱动乱摸，以免唐突。心里在想，绣这件作品大约亿万针了吧，多少心血在这丝线下面啊。

但她却有点心事的样子。她说现在镇湖刺绣产业也面临着新的挑战，一是人工价格高，导致绣品成本增大；二是绣女不会自己创作画稿，名家作品又买不起，如今版权意识普及了，不敢随便用人家的作品；三是后继乏人，现在的人生选择更加多元，而且绣娘是一种要求高、很寂寞又很辛苦的行业，所以她自己的女儿未必会继承绣庄。

但她的进取心还是不经意流露出来："猪蹄烧得好可以申请非物质文化遗产，我的绣花真丝绸围巾，可不可以也申遗呢？"

小郭沉吟一下："我想也许可以，下次我专门来你这里一起研究这事。"

出门后，小郭告诉我，市、区对苏绣高度重视，寄予厚望，并有指示说：苏绣小镇要好好打造，成为旅游打卡地，要加强品牌动作，引育优秀人才，不断推进苏作工艺传承与创新，助推陈出新文化产业加快发展。所以，我们区里会在平台、人才、品牌、生态、文旅融合等方面，大力推进苏绣全产业链发展。

哦，"苏绣全产业链"，这是一个多么有内涵的新名词，我虽然不大理解，但想来也就是镇湖苏绣产业的新方向啊！

绣女学起弹古琴

告别了陈晓霞老师，就去参观镇湖代表性景点中国刺绣艺术馆。

走到艺术馆对面，看到一家门面轩昂而气质典雅的绣庄，门口牌子上有"中国蔡梅英刺绣所"字样。蔡老师从艺40多年，真的是名声大得如雷贯耳了。她是中国刺绣艺术大师、中国知识产权文化大使、研究员级高级工艺美术师、中国工艺最高奖"山花奖"获得者，

镇湖新一代绣女，有绣艺，有知识，有追求……是中国独特的、优秀的美丽妇女群体（嵇元摄）

全国劳动模范……挂"刺绣所"的牌子也很适合啊。我怀着敬意进得大门，厅堂当中很显眼摆着一张古琴，寂然无声。可巧她不在，就问一个年轻女生："这是蔡老师抚的琴吗？"她说是的。见琴如见人，想来蔡老师为提高艺术修养才百忙当中又学了古琴的吧。郭主任介绍说这位秀美的年轻女生，是蔡老师的女儿，大学毕业后就在这里工作了。既是熟人，那我就问了一个我最关心的问题："你会接你母亲的班，也做绣娘吗？"

她莞尔，肯定地回答："当然啦，我从小就跟我娘学刺绣了……我的女儿我也会让她做绣女的。"

我心头一热，心里想："是啊，艺术要有传承，家传最好，但愿这里以后是蔡氏苏绣艺术世家。"我带着祝愿离开这家民办研究所。小郭告诉我，现在镇湖绣娘自学蔚然成风，都在提高自己，这既是市场竞争的需要，也是时代进步的推动。

走在绣品街上，春阳温煦地洒下，看着这条人不多、很静谧的街道，我仿佛感觉这条街像一条在商品大潮中前行的船，八千绣女在奋力划桨迎着风浪前行，对那些坐在绣架前飞针走线、话语不多的镇湖绣娘，心中难免不涌起真诚的敬意。

别有风韵的旅游新亮点

小"镇"上的国字号

到镇湖来，必去的一个"景点"，是一个江南民居和苏州园林艺术相结合的建筑群，外观粉墙黛瓦，里面亭台楼阁、廊桥水榭，风格秀丽典雅。

这个馆占地 8000 平方米，建筑面积 5000 平方米。2005 年开始建造，在完成了建设工程、室内装修、环境营造和刺绣作品征集等

这个建筑群是苏绣艺术重要的展示、交流和学习的平台（嵇元摄）

工作后，于 2007 年 9 月顺利开馆，并在 2013 年被评选为国家 3A 级景区。

这就是中国刺绣艺术馆。

许多人也许会奇怪，小小一个镇（现为街道），怎么会有个冠以"中国"为名的文化展示平台，是不是口气有点大了？

走进苏博馆，里面正在举行《匠心百年》苏绣展，有一拨拨人在参观，我为不打扰游客，就从他们身后匆匆走过。绣史馆展示了中国刺绣的历史沿革，3000 多年来刺绣史尽呈眼前，只要驻足片刻，苏绣、湘绣、蜀绣、粤绣四大名绣的各自奥妙，就能了然于胸了。缂丝馆对缂丝工艺、历史发展、制作过程作了介绍，那外形小巧、功能精当的缂丝手工织机，也让人开了眼界。

现在镇湖在打造"苏绣小镇"，通过自己的艺术馆用"大国非遗印象苏绣""人才汇聚绣创精彩""三生融合厚植特色""谱写新篇未来已来"四大部分内容，全面展示了苏绣小镇的独特优势、产业特色、发展成果、营商环境、绿色发展、幸福民生等领域的创新实践……显然，镇湖在探索适合自己的发展之路上，取得了让人佩服的丰硕成果。走出馆来，看到不远处新建的楼盘，一时被迷住，心里想，住在这里，真的是家在桃花源中啊！

建这个艺术馆，据了解当时投资了 5000 万元，今天看来这笔钱投得非常值得。一是假如在今天建造，怕是两个亿也不止吧？二是当初是为了给绣品街有个配套的参观处，现在是多得不可胜数的刺绣精品和刺绣文化的大型展示、介绍平台，成了绣乡风貌的点睛之笔，和绣品街相得益彰，甚至成了镇湖旅游的标志性景区。三是谁也没有想到，这馆也是一个国内规模最大，集刺绣技艺研究、学术交流、展示评比及文化传播的多功能专业刺绣平台。四是和绣品街一起成为了镇湖，甚至成为了苏州刺绣中心的两根支柱。绣品市场竞争也很激烈，这两个载体，是打造给镇湖绣娘们在市场竞争中赢得优势的硬件。

喜见新人在成长

　　再补叙我回来后的一件事。5月下旬，我在央视新闻频道看"奋斗百年路、启航新征程——党旗在基层一线高高飘扬"系列报道，其中一条对镇湖的报道，时长竟然有6分多钟，让我有点激动。因为新闻首先从中国刺绣艺术馆里举办的《匠心百年》苏绣展览引起，第一件作品介绍的是一套4件组绣《日新月异》，从我国成功发射的各种卫星到嫦娥四号、玉兔二号再至复兴号、港珠澳大桥等大国重器，被一针一线栩栩如生地表现出来，而这正是我认为可以看作苏绣艺术新境界的一件代表性作品。央视记者采访了这一大型绣作的绣制者，一位非常漂亮的年轻绣娘吴昊僖。她说："创作这件作品的灵感来自国

绣女平时守着三尺绣绷静心做活，能走进扶贫基地，会站立巷口做志愿者，也上得国际场合，对人落落大方。举止娴雅，形象美好……她们体现着苏州人的形象（镇湖街道提供）

家近几年海陆空三个方面所取得的一些科技成果。"

小吴生于 1986 年，是位年轻的党员，正在读在职的本科师范，是位好学的绣女。为了庆祝中国共产党成立 100 周年，她通过采用细平绣、乱针绣、戳针绣等多种刺绣针法以及辅材绣制，创制了 4 件共 6.32 米长的巨作，热情讴歌了祖国在党领导下所取得的伟大成果，既展示了苏绣也能反映时代的新生命力。

我找她时正是防疫吃紧阶段，她是街道防疫工作的志愿者，刺绣之余要去做许多具体的工作，人很忙。我借她一点宝贵时间，聊起刺绣的事。她说，外婆、祖母都是镇湖的绣娘，她的母亲在下巴达到绷架高时就学刺绣了，是地道的太湖绣娘世家。母亲徐祥云曾是苏州刺绣研究所和吴县刺绣厂的"外发绣娘"，也就是她绣的作品，被作为彼时两家苏绣头部单位的正式作品，可见绣艺水平之高。现在吴昊僖还会和母亲合作绣制一些高档次的大型作品，比如《瑞典王储合家欢》《红军三大主力会师》等，都是被收藏的珍品。她从 2014 年至 2020 年，刺绣作品就不断获奖，我和她交谈，时有电话来订她工作室的绣品，这是因为她的绣作质量上乘，所以深受欢迎。郭成对我说，她在母亲经营刺绣厂的基础上创办了刺绣公司；走进高校，受聘为实训教师，开展教学工作；还长期给北京某区残疾人传授绣艺，落实一项扶贫项目……这位娇柔美的江南姑娘，体形苗条，表面看是一位典型的江南女子，谁知身上却蕴含着多么大的正能量啊……从她的足迹也透露出苏绣美好的明天。

当然，到镇湖除了看苏绣，不能不去万佛寺，到了寺院门口，却打了一愣，寺门非复旧时貌了，有 5 个飞檐翘角屋顶的山门，很是壮观。

太湖之畔的国宝——万佛塔

镇湖现存最古老的宝贝，是位于西京村的一座万佛塔，寺也就

冬天的万佛塔（稆元摄）

因此得名。早在1956年，就被列为江苏省首批省级文保单位，如今
是全国重点文物保护单位。

万佛石塔是异常珍贵的佛教文物，原名禅师塔，始建于南宋绍
兴年间（1131—1162），南宋末年毁于火，元大德十年（1306）高僧
昕日重修，因是那个时代的缘故吧，塔形别具一格，既不同于我国传
统的重檐宝塔，也不同于从印度传入我国的瓶形塔（即喇嘛塔），是
全国文物古建筑中仅存的元代石塔。

石塔从外形上分为台基、塔身、塔刹三大部分，从地面至塔顶
共高11.5米。基座平面呈长方形，南北向长8.6米，东西面宽5.2
米，均用青石砌成，造型简洁。不过所用的石栏板等大约是后世修缮
所加。

塔身只有单层，造型外方内圆，外部有明显的向上的收分，呈
一立方锥形。四角4根石柱均有明显的侧脚，阑额以上的屋顶由4层
石块叠砌而成，上置方形刹台以承塔刹。塔朝南辟一火焰状的拱门，
门高2.1米，阔0.72米，正面额上有"古塔重建"4个大字，东西

两面刻有"阿弥陀佛"四字。塔门两侧镌刻了一副楹联，上联"造塔功德普愿众生"，下联为"发菩提心同成佛道"。

古银杏树下的塔身也就是塔室，似圆形穹顶，上窄下宽，底部直径 2.14 米，顶部直径 1.65 米，壁高 3.75 米，下部设有 0.74 米高的须弥座。须弥座正中束腰处有修塔题记"澄觉精舍记"字样，为考证建造年代提供了线索；左侧刻有"吴门石匠吴德谦昆仲造"，指明了当时的工匠为苏州的石匠吴德谦兄弟二人，这在向来忽视建筑工匠工作成果的中国古代显得不同寻常。从苏州建筑传统来看，或许二人也是石塔设计者也未可知。右侧刻"院道者南园同斡缘"，即与当时寄居在寺中的居士名"志园"的人一起出力建造。须弥座上环筑 10 层武康石块，并刻满一排排浮雕小佛像。佛像高 4.5 厘米，宽 3.5 厘米，仅鸡蛋大小，一个个衣冠清晰，结印趺坐在莲座上，这些小佛像每排平均有 180 尊，共 60 排，计 10800 尊，万佛宝塔名称由此而来。

塔里正中朝南一座佛祖像，彩绘佛首，这是住持果延大和尚前些年所修补，让塔室有了精神。穹顶上的塔室里布满佛像，空间不大，大约只能站六七个人，但还是显得气势宏大而庄严，显示出万佛端坐恭聆释迦牟尼宣讲佛的场面，还是有一种震撼人心的效果。塔旁边一株古银杏树，树龄已有 450 多年，树高 30 米左右，古树古塔，构成太湖边上很有沧桑感的一景。

但细看这些佛像，在触手可及的地方，佛头均已毁坏，不仅十分可惜，而且让人疑云重重。新中国成立初期万佛寺还有观音殿、弥勒殿等建筑保存完好，20 世纪 50 年代还住有僧人。后因扩建村里的西京小学，就将这些佛殿逐步拆建；塔前的一只鼎，也在 1958 年大炼钢铁时被毁。好在塔身还是基本完整，塔刹是一个葫芦状的石雕花瓶，仰月宝珠结顶，下有复莲、四层相轮和四面均有壸门的佛龛，很有特色。1976 年，一场台风将塔顶吹落，镇湖公社文化站站长张善德进行了维修，1998 年，江苏省文化厅、吴县市文化局再次拨款，由镇湖文化站张锦峰负责维修，请南京专家来清洗佛像，并搬迁了小学。

这些佛头为何被毁？原来这是当地迷信，认为小佛像头敲成石粉后，煎汤代药，用于治疗"老贼头"，导致这一文物受到严重破坏。所谓"老贼头"，就是疟疾。专家来考证过后发现，万佛塔非常独特，塔刹有罗马文化的风格，塔的形状体现出蒙古包的影子，门上有印度式的火焰纹，造塔用的是堆砌法（造塔时不用脚手架，建塔工地周边堆泥，工匠在泥堆起的高墩上施工，塔建成后再搬掉这些泥，显出宝塔），像这样的形制和做法的建筑，目前在中国地表已经没有了，据说这是全国唯一的遗存，因此格外珍贵。

自称"惭愧僧"的果延法师是寺院住持，七八年前给我看过修复万佛寺的规划图，感觉今后万佛寺会比较宏大。如今再去，寺院森森，大殿（普天行化）、观音殿、伽蓝殿、五佛殿、万佛殿、法堂、藏经楼、观音殿、澄觉轩、五观堂、碑廊、寮房等相继建成，绿化、环境也非常好，成为去镇湖旅游一处不可不去的景点。据说寺旁的"裸心泊"民宿，到了休息日，房价昂贵还一房难求。良好的太湖生态和深厚的历史文化，在这里产生了具体的效益。

"宝地"比30个拙政园还大

司马迁眺望的地方

我站在镇湖的太湖湿地公园里,望着眼前天光云影的水面和绿色交相辉映的景色,看见几只梅花鹿在远处河边的树林下跑过,不禁想起2000多年前的一件事。

汉武帝时,太史令司马迁为写《史记》,特地南来采风,他说他亲自"至于会稽太湟,上姑苏,望五湖"。

满眼绿色,赏心悦目(太湖湿地公园提供)

这会稽是指会稽郡，全郡 26 县中吴县为首县，吴县亦即郡城，就是今天的苏州；"上姑苏"是说他登上了姑苏山。这姑苏山是哪座山，专家学者各有各说，我不知认同谁家的观点为好，但在苏州城的西部是肯定的；司马迁还特意提到他在姑苏山上远眺"五湖"，古人将太湖东北部分为五湖，分别是贡湖、游湖、菱湖、莫湖、胥湖。这贡湖、游湖，就是指今天镇湖一带的太湖。"太湟"的太是大的意思，湟字不太好理解，南朝刘宋学者裴骃在《史记集解》中解释"湟"字，说"一作'湿'"。那么这就好理解了，大致可以这样理解：司马迁来到会稽郡的郡城西，登上姑苏山，眺望镇湖这一带当年吴王曾携西施游览过的太湖。吴国的历史往事已经烟消云散，只有这大片的太湖湿地风光，虽美如往昔却又在风中无语，让他徒生无限感慨。

这"太湟"中的 2.3 平方公里，今天辟作了"苏州太湖（国家）湿地公园"。有人告诉我，这个公园是太湖地区最大的湿地公园，由 2000 多个鱼塘改建而成，园内水面大约占三分之二。粗算一下，面积大约相当于 30 多个拙政园。2010 年 5 月正式开放时我进去走马观花兜了一圈，也只能算是跑了全园一个角吧，只觉得"野豁豁"地大。水在这里不是简单概念，湖泊、河流、沼泽风貌各异，河湾港汉纵横错综，如此复杂的水系，一个外人贸然进去只怕会迷路吧？而且园内桥梁众多，介绍说各种造型的桥达 52 座之多，行走时的感觉仿佛走在一个个由桥相连接的岛屿之上，这体验很独特也很美妙。

记得当时听介绍说，这个园的特点是突出了"自然、生态、野趣"。我心里想，嗯，这也是因地制宜建这湿地公园的思路吧。这"野"字很有大自然味，用在这里确很贴切，不过所谓野趣，就是有点"荒"吧？

后来听说，第二年 10 月，这太湖湿地公园就成为全国首批 12 个正式授牌的国家级湿地公园，我有没有报道不记得了。再过一年也就是 2012 年，这湿地公园被评为国家 4A 级景区，当时园方提供的新闻稿上介绍说，这是苏州首家、也是唯一一家集这两块金字招牌于一身的生态景区。说实话，对于以小中见大、移步换景、精致典雅的古典园林著称的苏州，镇湖这个太湖湿地公园的诞生，给苏州的旅游增加了一个有新时代气息、风貌独特的景区，让旅游空间拓展到了太湖边上。

但也有朋友不太赞同我的看法，说我对太湖湿地公园的看法视野小而浅薄，格局小了。我年纪大了，老脸不容易红，但心里是忐忑的，于是表态愿闻其详。

朋友说，第一，高新区是苏州西部工业、服务业和城市的重要一翼，这个湿地公园首先是保护了一个生态资源库，这里空气清新，PM2.5每立方米均不超过15微克，是个氧气生产和输送"工厂"……听到这里，我插嘴说真想建议高新区向市场出售这里的罐装空气呢！

人间天堂里造个小鸟天堂

这当然是说笑，我接着说："你继续说第二呢？"

"第二，"他说，"长三角发展迅速，江滩、海滩都有开发，这是

鸟的天堂（太湖湿地公园提供）

现实，咱们不妄加评论，但太湖也是候鸟经过的重要'补给站'甚至生育基地呀。你知道吗？这里原先缺少适合鸟类栖息的浅滩栖地，园方专门建了3.38万平方米用芦苇、芦竹搭成的生态浮岛，作为鸟类栖息的'家园'，这才吸引了每年上万只候鸟飞来这里，是这个太湖湿地公园所作的不能用金钱衡量的生态贡献呀！"

后来园方向我介绍说，现在这里有脊椎动物178种，野生鸟类130种，其中国家二级鸟类13种、省级保护鸟类57种，世界自然保护联盟濒危物种红色名录2种、易危和濒危物种各1种，鸳鸯啊、雨燕、燕隼、喜鹊、戴胜等；包括被子植物、裸子植物和蕨类植物的维管束植物240种。〔国家二级保护鸟类14种，省级保护鸟类62种，被世界自然保护联盟（IUCN）列为世界濒危物种1种：黑脸琵鹭；世界易危物种1种：田鹨，世界近危物种2种：罗纹鸭和紫寿带。经初步调查，浮游植物共有7门97种，维管束植物共55科121种，鱼类有14目24科98种，鸟类11目35科148种。〕"请你想想，这不过2.3平方公里的'巴掌大'空间里所集聚的生物资源，让你惊奇不惊奇？开心不开心？"

惊奇！开心！怪不得园里有观鸟塔、观鸟亭、观鸟长廊、望远镜、实验室、教室、科普展板、湿地文化展示馆、太湖（游湖）鸟类标本展览区等，这些配置让这个太湖湿地公园成了一个科普基地。因此我点点头，认为他说得对。但他还是强调了一句："看一个地方的发展，工作固然千头万绪，首先要看生态保护得好不好，金山银山，不如绿水青山！你说是不是？"这话当然是啊！

不过，我觉得这湿地公园既名之曰公园，还是要考虑到旅游这一块。"第三，你从平时的报道，经常可以获悉一些此园开展旅游的信息。"朋友说。

园子里有1.5公里的樱花大堤、2公里的海棠大堤、百亩桃花岛次第花开，还有200米长的紫藤科普长廊，真是姹紫嫣红、艳光四溢。2021年春季疫情缓解，园子就举办"花开江南、徒步花海"活动，按惯例还同时举办了孩子最爱的有趣而环保的稻草人节。这活动其实已举办 10 届了，成了太湖湿地公园的经典旅游活动。特别是风和日丽之日，举家来这里赏花的、情侣来这里交换甜言蜜语的、孩子来这里收集写春天作文素材和写生的，到处飘来孩子和各种人物、动物的嬉闹笑声……真是人面春花相映红啊！

不过高新区朋友说，你已多年没有来了，园内旅游内容增加了不少，比如湿地公园有坐游船观赏的内容，除了坐船观赏湿地风光外，还因为有一片水森林，就是水杉长在水里，形成一个森林，但人只能坐船在林中赏景，船慢慢在如镜的水上滑行，时见鸟飞起，这种旅游体验是很独特很惬意的。

是景区，也是课堂

公园每年夏季还搞湿地星光夜活动，有一年叫"夜探侏罗纪"，安排了 20 多种 30 余只大型恐龙动物模型，配上 LEDos 打扮出的流

大熊猫已经被苏州人宠得不成样子（太湖湿地公园提供）

光森林、炫光影跑道，加上恐龙巡游，游客来此度过了一个开心夜。2020年是欢乐泼水节，孩子们打水仗、水中拔河、水中赛跑……个个都开心得大笑大叫，真的是欢乐满园。

所以朋友说，镇湖的这个在旅游界日益有热度的国家湿地公园，加上万佛塔景区、刺绣街、太湖大堤和贡山，以后这里一定会成为苏州市区旅游的特色板块。这个湿地公园的旅游内容多，要说一时是说不完的。

"这我承认，那第四呢？"

"你自己想吧，我喝茶了。"

我想，他故意不说太湖湿地公园的宝贝，那我来说吧。镇湖还以有一对"国宝"动物大熊猫而闻名。这也是苏州地区唯一的大熊猫，从2011年9月来苏至今已经10年了，其中一只喜欢吐舌头，一只喜欢咂嘴，常常让游人看得忘记了时间。大熊猫的到来，使得熊猫馆成为这家湿地公园的亮点，也是无数市民特别是孩子喜欢的牵挂之地。

为了这两位宝贝的到来，园方依水建了3500平方米的熊猫馆，有室内展厅、室外展厅各2个。室内展厅宽敞明亮，四季恒温，模拟自然的石坡、水池、树木和原木木床，墙壁上还绘有自然景观绘画；室外展厅宽广开阔，犹如儿童乐园，也是模拟自然的草坪、水池、景观石、原木木床以及树木花草、玩耍器材等。还配有精饲料间、医务室、储物间、贮存间、值班室，能满足熊猫馆日常工作的各种需求。

我特别好奇熊猫远道而来江南久居于镇湖的太湖之畔，能否"宾至如归"？我请教了熊猫馆的杨杰馆长。他说，熊猫在这里长住很适应呢！这里一年四季不断竹和笋，它们喜欢吃的纲竹、慈孝竹等这里和浙北都有，因此生活习惯和四川家乡没有什么变化。他们还在湿地公园里种了一些，有的竹子就从四川买过来的。它们俩喜欢吃嫩笋，这点口腹之欲园方会保证。特别是冬笋，有种大马蹄笋，笋肉嫩但是很小，紧紧裹在笋壳里，熊猫挑剔不爱吃，于是就觅了一种笋肉较多的笋。

我想苏州人吃笋算是讲究的了，但也没有这两位吃笋行家考究。杨馆长又说，苏州夏天无笋，湿地公园是从浙江那里买鞭笋来给它们吃的，2021年的价钱要20多元一斤，差不多是两斤猪肉钱。

杨馆长还很高兴地告诉我："这两位宝贝来苏州10年，除偶得感冒外，其他大病还没有生过，这一成绩得到了上级有关部门的好评。"我正在细想，我朋友又说了，却是反问我："有个问题你想过没？你不觉得有点纳闷吗？镇湖的这太湖国家湿地公园，并不是动物园，为何单单费那么大劲养两只熊猫呢？"

经他点拨，我就明白了，熊猫馆的馆名是"大熊猫科普馆"，楼下是展厅，二楼特别为游客和学生设计了多功能科普展厅。这个厅以生动有趣的方式展出大熊猫的特性、习性、形态、成长过程、生活环境等知识，游客特别是学生，通过展厅内各种资料的介绍和熊猫知识问答游戏，认识了大熊猫和其他野生动物。湿地公园还成立了大熊猫俱乐部，是一个保护大熊猫、培养会员爱心、传授和交流大熊猫科普知识的非营利民间团体。事实上这个熊猫馆的影响已经扩大到长三角

世博会上的苏州馆，移建在太湖之畔（太湖湿地公园提供）

地区，大熊猫粉丝还不少，有了这个俱乐部，熊猫科普馆就可以和这些熊猫粉丝互动，他们会常来这里看望熊猫，甚至给大熊猫送来礼物，还咨询饲养专家有关知识。这对熊猫不能单单看作憨厚可爱的展出物，某种程度上也可看作两位"教师"呢。

对了，园内还有一个旅游必去之处，就是世博馆。2010年上海世博会上，苏州馆向世界展示了2500多年历史和灿烂文化，成了盛会上的亮点，当年许多人最终没能参观到，引为憾事。为使世博会曲终人不散，苏州荣誉得到延续，苏州决定把这个世博苏州馆移建回苏州，最后选址在太湖国家湿地公园作永久展示。这样，世博会结束了，但苏州馆永不落幕；同时，这个馆也成了湿地公园内有独特历史意义的地标建筑和标志性景点。

作为一个精辟简介苏州文化的普及平台，世博馆里精心展出了养蚕文化、丝绸文化、鱼米之乡和古城风貌，苏绣、核雕、虎丘塔、万年桥、《盛世滋生图》……走一圈，苏州历史和文化的精华就大致知道了，因此许多家长会特地陪孩子来参观。

到了这里，不用朋友多言，我已回答了第四个问题：这个湿地公园，其实还是一个课堂。

您想啊，如果来镇湖的太湖国家湿地公园，不仅新鲜空气养肺、绿色养眼、放飞心情养精神，还有许多知识可以养脑。这让我想到汉语里有个形容得到宝贝多多的成语，叫"如入宝山"。这里没有山，但有个湿地的"地"字，就说"如入宝地"——不亦甚是贴切乎？

图书在版编目（CIP）数据

好山好水好地方/嵇元著. -- 北京：作家出版社，2022.11
ISBN 978 – 7 – 5212 – 1695 – 0

Ⅰ.①好… Ⅱ.①嵇… Ⅲ.①散文集 – 中国 – 当代 ②随
笔 – 作品集 – 中国 – 当代 Ⅳ.①I267

中国版本图书馆 CIP 数据核字（2021）第 263570 号

好山好水好地方

编 委 会：苏州高新区宣传部
作 者：嵇 元
封面题字：杨同兴
责任编辑：桑良勇
装帧设计：周思陶
出版发行：作家出版社有限公司
社 址：北京农展馆南里 10 号 邮 编：100125
电话传真：86 – 10 – 65067186（发行中心及邮购部）
　　　　　86 – 10 – 65004079（总编室）
E – mail: zuojia@zuojia.net.cn
http://www.zuojiachubanshe.com
印 刷：北京盛通印刷股份有限公司
成品尺寸：152 × 230
字 数：273 千
印 张：20
版 次：2022 年 11 月第 1 版
印 次：2022 年 11 月第 1 次印刷
ISBN 978 – 7 – 5212 – 1695 – 0
定 价：70.00 元